suhrkamp taschenbuch 4244

W0358737

Paul liebt Berlin, vor allem Westberlin, sofern man Westberlin lieben kann, wenn man in einer dunklen Hinterhofwohnung in Kreuzberg lebt. Und er liebt Maria, die Spanierin mit den graugrünen Augen und der Motorradjacke. Die beiden lernen sich in Málaga kennen, wo er als Sprachlehrer jobbt. Maria, die angehende Ärztin, wird für ihn zur Liebe seines Lebens, und doch muß er sie bald verlassen: Sie ist verheiratet und erwartet ein Kind. Aber bei seinem Abschied aus Spanien ruft sie ihm nach: »Permanecemos juntos!« – »Wir bleiben zusammen!« Und tatsächlich: Sie sehen sich wieder, in Deutschland. Von der Lobby des Münchner Hotels Vier Jahreszeiten aus brechen sie auf zu einer Reise, die freilich nur einen halben Tag dauert ...

Hans-Ulrich Treichel, 1952 in Versmold/Westfalen geboren, lebt in Berlin und Leipzig. Er studierte Germanistik an der Freien Universität Berlin und promovierte 1984 mit einer Arbeit über Wolfgang Koeppen. Seit 1995 ist Hans-Ulrich Treichel Professor am Deutschen Literaturinstitut der Universität Leipzig.

Zuletzt sind von ihm erschienen: *Menschenflug* (st 3837), *Der Papst, den ich gekannt habe* (st 4042), *Anatolin* (st 4076) und *Liebesgedichte* (it 3342).

Hans-Ulrich Treichel

Grunewaldsee

Roman

Suhrkamp

Umschlagfoto: © Laura Wilson

suhrkamp taschenbuch 4244
Erste Auflage dieser Ausgabe 2011
© Suhrkamp Verlag Berlin 2010
Suhrkamp Taschenbuch Verlag
Alle Rechte vorbehalten, insbesondere das
der Übersetzung, des öffentlichen Vortrags
sowie der Übertragung durch Rundfunk und Fernsehen,
auch einzelner Teile.
Kein Teil des Werkes darf in irgendeiner Form
(durch Fotografie, Mikrofilm oder andere Verfahren)
ohne schriftliche Genehmigung des Verlages reproduziert
oder unter Verwendung elektronischer Systeme
verarbeitet, vervielfältigt oder verbreitet werden.
Druck: Druckhaus Nomos, Sinzheim
Printed in Germany
Umschlag: Göllner, Michels, Zegarzewski
ISBN 978-3-518-46244-7

2 3 4 5 6 7 – 16 15 14 13 12 11

Grunewaldsee

I

Bei ihrer ersten Begegnung waren sie beide Mitte Zwanzig und lebten zwar in der gleichen südlichen Hafenstadt, aber in vollkommen unterschiedlichen Welten. Sie hatte alles, was zu einem sorgenfreien Leben gehört. So empfand er es zumindest. Sie war mit einem erfolgreichen Mann verheiratet, der in Málaga als leitender Beamter in der Regionalverwaltung arbeitete. Sie besaß eine großzügige Eigentumswohnung in der Nähe der Strandpromenade, die ihre Eltern ihr vorausschauend zu einer Zeit gekauft hatten, als sie noch ein Kind war, und die sie seit ihrer Hochzeit mit ihrem Mann bewohnte. Darüber hinaus würde sie irgendwann ein auf den olivenbestandenen Hügeln außerhalb der Stadt gelegenes Grundstück mit Meerblick erben, das den Eltern gehörte. Mit einem Grundstück in solch einer Lage würde sie mehr als ausgesorgt haben, auch wenn María ihm versichert hatte, daß ihr das Grundstück heilig sei und sie es nie verkaufen würde.
Das Grundstück war bereits über mehrere Generationen in Familienbesitz und lange schon als Bauland ausgewiesen. Früher war es nur ein einfaches Stück Land gewesen, auf dem ihre Großeltern väterlicherseits Gemüse und Obst für den Eigenbedarf angebaut hatten und das von ihren Eltern auf die gleiche Weise genutzt wurde. Vor Jahren hatte ihr Vater dort sogar einmal ein paar Ziegen gehalten, was ihm aber irgendwann zuviel geworden war, denn es bedeutete, jeden Tag das Grundstück aufzusuchen, Futter

und Stroh für den Stall zu besorgen, den Zaun in Ordnung zu halten und sich um Klauenpflege, Parasitenbehandlung und anderes mehr zu kümmern. María hatte Paul einmal ausführlich über die Vor- und Nachteile der Ziegenhaltung aufgeklärt. Sie kannte sich überraschend gut damit aus, dabei war sie nicht gerade der ländliche Typ, auch wenn sie aus Südspanien stammte. Sie war nicht dunkel- oder gar schwarzhaarig, sondern blond, allerdings in einem dunklen, honigfarbenen Ton, was in Andalusien gar nicht so selten vorkam und möglicherweise ein Erbe der Wikinger oder Normannen war.

Paul beneidete María und die Familie um das Grundstück. Nicht so sehr wegen des Geldes, das man mit ihm gegebenenfalls erzielen konnte, sondern wegen der Sicherheit, die sein Besitz vermittelte. Wer Bauland, dazu noch mit Meerblick, in dieser Region besaß, der brauchte sich zumindest in finanzieller Hinsicht um nichts mehr Sorgen zu machen und würde für immer von Existenzängsten verschont bleiben.

Existenzängste hatte es in Pauls Familie immer gegeben, was auch damit zusammenhing, daß sein Vater einer einfachen Handwerkerfamilie entstammte. Der Großvater war Tischler gewesen, sein Vater hatte nach der Schule ebenfalls eine Tischlerlehre absolviert und sich unter größten Anstrengungen und in Abendkursen zum technischen Zeichner weitergebildet. Seine Mutter dagegen hatte noch nicht mal eine vernünftige Berufsausbildung, sondern bis zur Heirat und Familiengründung als ungelernte Kraft in einem Textilgeschäft gearbeitet. Zwar hatten sie es zu einem eigenen Haus im Braunschweiger Ortsteil Gliesma-

rode gebracht, waren aber viele Jahre mit dem Abzahlen der Kredite beschäftigt. Seine Eltern waren stolz auf ihr Haus, aber so sehr von den jahrelangen Schulden geprägt, daß sie sich auch dann nur wenig leisteten, als das Haus schon längst abbezahlt war. Wenn überhaupt, investierten sie in das Haus. Damit es immer anständig aussah. Der Gartenzaun, die Fassade, die Terrasse, die Fenster und das Dach – alles wurde beständig in einem perfekt renovierten Zustand gehalten, und sobald sich irgendwo kleine Schäden oder Spuren von Verwitterung zeigten, bestellte der Vater die Handwerker, falls er sich nicht selbst um die Reparaturen kümmerte. Seine Eltern wollten keinesfalls unangenehm auffallen, was allerdings mit den Jahren immer schwieriger wurde, da die ehemals bescheidene Wohngegend zusehends mit größeren Häusern von weitaus wohlhabenderen Besitzern bebaut wurde, als sie es waren. Die Siedlung für Arbeiter und kleine Angestellte verwandelte sich mit den Jahren in eine Siedlung für Bessergestellte, und das Häuschen seiner Eltern strahlte trotz der regelmäßigen Renovierungen eine zunehmende Ärmlichkeit aus, was die Mutter mehr als den Vater beschämte. Dem Vater genügte das Haus. Er war überhaupt ein genügsamer Mensch, ein wenig zu korrekt und pedantisch vielleicht, aber im Grunde gutartig und warmherzig.
Paul konnte sich über seine Eltern nicht beklagen. Sie hatten alles für ihren Sohn getan und auch sein Studium unterstützt. Daß er studierte und Akademiker wurde, war ihr größter Wunsch. Für Paul dagegen war das Studium der einzige Ausweg, da er handwerklich unbegabt war. Ihm schien es viel schwieriger, eine Tischlerlehre oder eine

Ausbildung zum technischen Zeichner zu absolvieren, als beispielsweise Geschichte zu studieren. Die Tischlerei war eine hohe Kunst, das Anfertigen von Bau- oder Konstruktionszeichnungen ebenfalls, der Besuch von Seminaren und das Lesen und Referieren von Büchern fiel ihm dagegen nicht allzu schwer. Genausowenig wie das Schreiben von Referaten. Im Grunde mußte man ja gar nicht selbst denken als Student. Man mußte nur das bereits Gedachte halbwegs verstehen, speichern und gegebenenfalls wieder von sich geben. Das genügte. Irgendwo hatte er einmal gelesen, daß es zwei Sorten von Gelehrten gebe: zum einen die wahrhaften Denker und zum anderen die Denker von Gedachtem. Er zählte die meisten seiner Kommilitonen und auch viele Dozenten, die er während des Studiums kennengelernt hatte, zu letzteren. Und sich selbst natürlich auch. Er war ein Denker von Gedachtem und würde damit sicher keine glänzende akademische Laufbahn machen, aber die Prüfungen in Geschichte und Sozialkunde konnte man damit bestehen, und selbst der Doktortitel war nicht ausgeschlossen. Allenfalls Fremdsprachen empfand er als eine Herausforderung, denn er hatte sich nie für sonderlich sprachbegabt gehalten – und gerade deshalb und gleichsam aus Trotz während des Studiums beschlossen, neben Geschichte und Sozialkunde auch noch Spanisch zu studieren. Die spanische Sprache war ihm schließlich leichter gefallen, als er vermutet hatte. Und dies vielleicht allein deshalb, weil er Spanisch beziehungsweise Hispanistik nur nebenbei betrieb. Es kam nicht darauf an, wie gut oder schlecht er Spanisch sprach, und weil es nicht darauf ankam, entwickelte er eine ungehemmte Lernfreude, ging so oft wie möglich ins Sprachlabor, kaufte sich die entsprechenden Lehr- und Wörterbücher, darunter den zweibändigen *Diccionario del uso del español* und den *Diccionario de la lengua española de la Real Academia Española*, und war geradezu euphorisch, als er zum ersten Mal einen spanischen Text, und zwar einen mehrseitigen Auszug aus Juan Rulfos *Pedro Páramo*, lesen konnte, ohne ein einziges Mal im Wörterbuch nachschlagen zu müssen.

Die steinschweren Wörterbücher gehörten zu den Büchern aus seiner Studienzeit, von denen er sich wohl niemals trennen würde. Vieles andere war nicht nur dem Zeitgeist oder den verschiedenen Umzügen zum Opfer gefallen, sondern auch seiner Aufräum- und Wegwerfwut, die ihn des öfteren überkam. Er ertrug es nicht, wenn die Wohnung sich mit Dingen füllte. Wozu auch Bücher, Zeitschriften, Broschüren und Zeitungen gehörten, die für einen Studenten der Geschichte unerläßlich waren. Er hatte Kommilitonen, die lebten in ihren Wohnungen oder Wohngemeinschaftszimmern auf eine Weise, wie man sich das bei alten Gelehrten vorstellte. Die waren im vierten Semester und hatten Zimmer, die mit Büchern, Broschüren und Papieren vollgestopft waren. Paul hatte das eine Zeitlang enorm beeindruckt, diese bis unter die Decke reichenden Bücherregale und die Bücher- und Zeitschriftenstapel neben Schreibtisch und Bett. Hier waren geistige Existenzen zu Hause, hatte er immer gedacht, bis er irgendwann feststellen mußte, daß es sich dabei oft genug nur um Menschen handelte, die ihren Sammeltrieb nicht bändigen und keine Ordnung halten konnten und beileibe

nicht alles, was sie um sich herum an geistigen Schätzen anhäuften, gelesen oder gar durchdacht hatten. Ein mit Büchern vollgestopftes Haus garantierte noch längst keine geistige Existenz. Im Gegenteil: Der Historiker Gerber, einer der Professoren, die Paul am meisten geschätzt hatte und noch immer schätzte, war seiner Meinung nach kein Denker von Gedachtem, sondern ein wirklicher Denker. Gerber lebte ohne viele Bücher um sich herum. Und dies trotz seiner Forschungstätigkeit und den zahlreichen Publikationen vor allem zur preußischen Geschichte einschließlich einer Monographie über den Großen Kurfürsten, die als Standardwerk galt. Aber auch zur Kultur- und Kunstgeschichte des 18. und 19. Jahrhunderts hatte Gerber publiziert, und hier wiederum speziell zu Karl Friedrich Schinkel und zum preußischen Klassizismus.
Paul hatte einmal ein Schinkel-Seminar bei Gerber besucht, das mit einer Exkursion auf die Berliner Pfaueninsel abschloß, für die Schinkel unter anderem das Palmenhaus entworfen hatte. Gerber hatte in der Sitzung zuvor zwei Gemälde des Malers Carl Blechen gezeigt, die das Innere des Palmenhauses darstellten. Paul waren die Bilder bekannt gewesen, was aber weniger seiner ohnehin nur fragmentarischen kunsthistorischen Bildung, sondern einem Zufall zu verdanken war. Paul hatte sich während des Studiums um eine Kommilitonin namens Birgit bemüht und sie, nachdem sie schon einige Male in die Cafeteria gegangen waren und sich dort vor allem über Studienangelegenheiten unterhalten hatten, zu einem Spaziergang auf die Pfaueninsel eingeladen. Birgit hatte die Einladung mit einem freundlichen Lächeln abgelehnt und ihm statt

dessen einen Spaziergang um den Grunewaldsee vorgeschlagen. Paul stimmte dann nur noch aus Höflichkeit zu, denn er wußte, daß ein Spaziergang um den Grunewaldsee allenfalls so etwas wie ein Arbeitsspaziergang werden würde, da hätten sie sich genausogut ein weiteres Mal in der Cafeteria verabreden können. Ein Spaziergang auf der Pfaueninsel dagegen war ein Fest – wie immer dieses Fest auch ausgehen mochte.

Nach einem Fest war Birgit offenbar nicht zumute, zumindest nicht mit ihm, obwohl sie zu dem Spaziergang um den Grunewaldsee in kunstvoll zerfetzten Jeans erschien, die an einigen Stellen nackte Haut durchschimmern ließen, was auf irritierende Weise mit ihrem brünetten Lockenkopf und der runden, musterschülerhaften Nickelbrille kontrastierte. Mit anderen Worten: Paul war hingerissen von Birgit, und er hätte sie während des Spaziergangs gern geküßt. Er hätte sie nicht nur gern geküßt, er hätte ihr in gewissem Sinne auch gern die Jeans zerfetzt, wenn sie nicht schon zerfetzt gewesen wären. Birgit aber war für solche Vergnügungen wohl nicht zu haben. Sie hatte irgendwann, als sie auf der Höhe des kleinen Strandes waren, der als Nacktbadestrand unter dem Namen Bullenwinkel eine gewisse Berühmtheit erlangen sollte, damit begonnen, ihm von ihrer derzeitigen Beschäftigung mit dem Maler Carl Blechen zu erzählen. Sie studierte Kunstpädagogik, wollte Kunsterzieherin werden und war besonders an Carl Blechen interessiert, von dem Paul bisher nicht viel mehr als den Namen gehört hatte. Blechen hatte zwei Innenansichten des Palmenhauses auf der Pfaueninsel gemalt, und Birgit wurde nicht

müde, Paul davon zu erzählen. Die Bilder waren zwischen 1832 und 1834 entstanden und stellten das Palmenhaus auf eine Weise dar, als handele es sich um einen orientalischen Palast: reichverzierte Loggien und Säulen, üppige Palmen, auf einem Teppich hingelagerte Odalisken. Und das alles auf einer Havelinsel. Je ausführlicher Birgit erzählte, um so mehr bedauerte Paul, daß sie sich nicht auf einen Spaziergang auf der Pfaueninsel eingelassen hatte. Er bedauerte es nicht nur, es kränkte ihn auch.
Für ihn war der Grunewaldsee offenbar gut genug, obwohl der für viele Berliner ja nichts anderes als ein Hundeauslaufgebiet war. Wer in Zehlendorf, Steglitz oder Dahlem einen Hund hatte, der ging mit ihm um den Grunewaldsee. Und man brauchte keine allzu empfindliche Nase zu haben, um den Uringeruch zu bemerken, der besonders im Sommer und an heißen Tagen rings um den See in der Luft hing. Paul störte das freilich nicht sonderlich, er ging immer gern in den Grunewald und um den Grunewaldsee. Im Gegenteil: Er hätte selbst gern einen Hund gehabt, beneidete die Berliner Hundebesitzer um ihre Hunde und nutzte die Spaziergänge um den Grunewaldsee so oft wie möglich dazu, einem Hund das Fell zu kraulen. Fremdstreicheln nannte er das für sich. Manche Hundebesitzer duldeten das, andere reagierten unfreundlich oder gar eifersüchtig und riefen ihre Tiere sofort zurück. Dann blieb Paul nur übrig, den Tieren das Fell zu kraulen, wenn ihre Besitzer nicht in Sicht oder gerade unaufmerksam waren. Und manchmal konnte er am Hundestrand, der dem Bullenwinkel direkt gegenüberlag, für ein paar Minuten einen der Hunde sogar in ein Apportierspiel verwickeln,

ehe die Besitzer merkten, daß jemand mit ihrem Hund Herrchen spielte.
Diesmal aber war er selbst möglicherweise der Hund, der wiederum von Birgit um den See geführt wurde. Vielleicht spielte Birgit gerade Herrchen mit ihm und führte ihn mit Hilfe von Blechens Innenansichten des Palmenhauses an der Nase herum. Warum sonst hatte sie sich die zerfetzten Jeans angezogen? Durch die nicht nur an den Knien und Oberschenkeln ihre nackte Haut hindurchschimmerte, sondern auch an einigen Stellen, die von einem Slip bedeckt hätten sein müssen. Aber er sah keinen Slip. Oder war dieser ebenfalls zerfetzt? Vielleicht kombinierten modebewußte junge Frauen zerfetzte Jeans mit zerfetzten Slips. Das hätte er gern genauer gewußt. Er hätte sich und Birgit gern in den schmutzigen und nach Hundeurin riechenden Grunewaldsand geworfen und ihre Kleidersitten erkundet. Wenn er ehrlich war. Aber er war lieber nicht ehrlich. Statt dessen hörte er sich gelehrte Ausführungen über Blechens Innenansichten des Palmenhauses an und tat so, als gäbe es für ihn nichts Schöneres und Befriedigenderes als solch ein Gespräch. Er tat so, weil sie so tat. Beziehungsweise wohl wirklich so empfand. Er hatte selten einen Menschen so beseelt von einer Sache erzählen hören wie Birgit von Blechens Innenansichten, wobei es insgesamt nicht nur zwei Bilder gab, sondern sogar vier. Es existierten zwei Vorstudien und zwei spätere Fassungen, die sich nicht zuletzt durch die Art der Palmendarstellung unterschieden, wobei sie besonders von einem der Bilder fasziniert schien, auf dem im Vordergrund eine mächtige Palme zu sehen war, auf

deren Stamm sich eine üppige und zum Teil farbig blühende Vegetation ausbreitete.
Je mehr der Spaziergang sich seinem Ende näherte, desto größer wurde Birgits Erzählfreude. Natürlich hatte Paul den Verdacht, daß Birgit deshalb so begeistert erzählte, weil sie immer sicherer sein konnte, den Spaziergang ohne einen Annäherungsversuch von Seiten Pauls zu überstehen. Paul hatte in der Tat bisher kein einziges Mal versucht, sie zu berühren, und er würde es auch nicht mehr versuchen. Er würde sie zur Bushaltestelle bringen, sie mit Handschlag verabschieden und dann weiter zu Fuß zum nächsten U-Bahnhof gehen, um in seine Kreuzberger Wohnung zu fahren. Und bis er sie verabschiedete, würde sie ihm weiter von Blechen erzählen, um nur ja keine Peinlichkeit oder irgendeine Art von Abschiedsintimität aufkommen zu lassen. Wenn sie schließlich mit dem Bus Richtung Schöneberg davonrollte, würde er aus dem Stand heraus eine Magisterarbeit über Blechens Innenansichten des Palmenhauses schreiben können, so gut fühlte er sich informiert. Einzige Quelle: Birgits Erzählungen. Ansonsten hatte er schon während des Spaziergangs die übliche Enttäuschung gespürt, die er nach solchen sogenannten freundschaftlichen Spaziergängen mit Frauen immer gespürt hatte. Zumal dann, wenn er mehr als nur Freundschaft wollte. Wobei er meistens mehr als nur Freundschaft wollte. Er gab zu, daß er in dieser Hinsicht ziemlich simpel gestrickt war und ihn auch ein Feminismusstudium oder die Lektüre sämtlicher Bücher von Simone de Beauvoir nicht dazu gebracht hätten, anders zu fühlen, als er fühlte. Das war wahrscheinlich angebo-

ren, und es fiel ihm trotz gegenteiliger Erfahrungen noch immer schwer, es einigen seiner männlichen Bekannten abzunehmen, daß sie nicht genauso waren wie er, auch wenn diese nicht müde wurden, von ihren rein intellektuellen Frauenfreundschaften zu schwärmen. Daß er sich nun auf dem Weg zur Bushaltestelle vornahm, Birgit für immer zu vergessen, war sozusagen auch angeboren. Und darum war er auch mehr als überrascht, als sie ihn beim Abschied umarmte, ihm einen Kuß auf den Mund drückte und anschließend sagte: »Das sollten wir wiederholen.« Der Kuß erschütterte sofort seinen Vorsatz, sich auf Nimmerwiedersehen von Birgit zu verabschieden. Am liebsten hätte er sie schon am nächsten Tag angerufen, aber er war sich nicht sicher, ob er ihr »Das sollten wir wiederholen« überhaupt richtig verstanden hatte. Meinte sie den Kuß – oder nur den Spaziergang? Oder beides zusammen? Wie auch immer. Offenbar hatte ihr die Tatsache gefallen, endlich einmal einen Mann getroffen zu haben, der nicht gleich mit ihr ins Bett wollte. Der ihr nicht auf die zerrissenen Jeans starrte und die nackte Haut, die durch die Hose hindurchschimmerte. Vielleicht war er der erste Mann ihres Lebens, mit dem sie beinahe zwei Stunden über nichts anderes als über Blechen sprechen konnte, ohne daß er irgendwelche Annäherungsversuche machte. Das hatte sie für ihn eingenommen. Daß er so zurückhaltend war. Und einige kluge Bemerkungen über die Berliner Architekturgeschichte und speziell über Schinkel hatte er auch gemacht. Sie wußte ja nicht, daß er sie am liebsten in die Grunewaldbüsche gezerrt hätte und daß die Kombination aus Mädchenlocken, Nickelbrille und zerrissenen Jeans Phantasien in ihm hervorgerufen hatte, die auch noch dem schmuddeligsten Bahnhofskino Ehre gemacht hätten. Und zum Dank dafür war er von Birgit mit einem Kuß und dem Wunsch nach einem weiteren Treffen verabschiedet worden – weil er so zurückhaltend und kultiviert gewesen war.

Er blieb auch bei ihrem nächsten und allen weiteren Treffen zurückhaltend und kultiviert. Das war er seiner Mannesehre sozusagen schuldig. Sie gingen ins Museum, ins Kino, ins Theater und auch weiterhin gelegentlich um den Grunewaldsee, und am Ende verabschiedeten sie sich jedesmal mit einem Kuß und einer Umarmung. Bis sie ihn eines Tages zum Abendessen in ihre Schöneberger Wohnung einlud und ihn nach dem Essen ohne alle Umstände fragte, ob er bei ihr bleiben und mit ihr schlafen wolle. Natürlich wollte er. Wenn auch nicht mehr mit ganz so brennender Begierde wie am Anfang und auch nicht unbedingt auf staubigem und nach Hundeurin riechendem Grunewaldboden. Allerdings stellte sich heraus, daß der Sex mit Birgit ganz ähnlich war wie ihr Spaziergang um den Grunewaldsee. Eine nicht zu schnelle und nicht zu langsame körperliche Betätigung. Ein gepflegter Dialog. So daß niemand außer Atem kam. Und keiner zu sehr dabei schwitzte. Und niemand benachteiligt wurde. Weder was die Erregung noch was die Befriedigung anging. Vollkommen ausgewogen. Erotisch und menschlich wertvoll. Und ohne Meinungsverschiedenheiten über die einmal eingeschlagene Richtung. Das war das Schöne an Spaziergängen um den Grunewaldsee. An Rundwegen überhaupt. Hatte man sich einmal für eine Richtung entschieden, ging es immer nur geradeaus. Der Sex mit Birgit war ein Rundweg, bei dem es ebenfalls immer nur geradeaus ging. Eine durch und durch harmonische und zielgerichtete Angelegenheit, die einer von beiden gern mit dem Satz »Es war schön« kommentierte, wenn sie sich danach maßvoll erschöpft auf dem Bett ausstreckten. Und der sie sich darum auch immer öfter widmeten, bis sie unversehens zu einem Paar dabei wurden.

Kaum verwunderlich, daß der Rundweg irgendwann zu einer Sackgasse wurde und daß sie sich auf ebenso kultivierte Weise, wie sie zueinandergefunden hatten, auch wieder voneinander trennten. Zwar dachte jeder für sich, daß der andere schuld sei an der Trennung, aber keiner machte dem anderen Vorwürfe. Was hätte Paul Birgit auch vorwerfen sollen? Daß ihre zerrissenen Jeans nur ein leeres Versprechen gewesen waren? Daß sie keine kunstvoll zerrissenen Slips darunter trug, sondern ganz normale Tangas, wie er nach ihrem ersten Schöneberger Abendessen herausfand? Daß sie gar nicht wünschte, daß er ihr die Kleider vom Leib riß und sie in die Büsche zerrte? Einmal hatte er es sogar versucht, das In-die-Büsche-Zerren. Zumindest ansatzweise. Bei dem einzigen gemeinsamen Spaziergang über die Pfaueninsel, den sie dann doch noch machten. Es war an einem warmen Oktobertag, die Insel war fast leer, als er sie zum Sex im Freien überreden wollte. Im hohen Gras ganz in der Nähe des Schlosses und mit Blick auf die Zonengrenze und das östliche Havelufer. Ein paar hundert Meter weiter stand die ins Wasser ragende Sacrower Heilandskirche, deren Arkaden-Architektur einen glauben machen konnte, man würde sich nicht an der

Havel, sondern am Ufer des Tiber befinden. Es fehlten nur noch die Pinien und Zypressen. Sonniges Oktoberwetter mit beinahe südlichen Temperaturen hatten sie ja bereits, und die überraschende Herbstwärme trug vielleicht mit dazu bei, daß Birgit sich ohne viele Widerstände mit Paul ins Gras legte und sich die Bluse aufknöpfen ließ. Und sie hatte auch nichts dagegen, ihren Büstenhalter auszuziehen, ihre weißen Brüste von der Oktobersonne bescheinen und sich von seinen Händen und Lippen verwöhnen zu lassen. Die Hose aufknöpfen ließ sie sich allerdings nicht. »Pubertär«, sagte sie nur, als sie seine Hand wegschob, die sich an ihrer Gürtelschnalle zu schaffen machte. Paul erwiderte: »Na und, Hauptsache, es macht Spaß«, worauf Birgit sagte, daß es ihr ganz und gar keinen Spaß mache, im Freien und möglicherweise auch noch unter den Augen der Grenzer, die in ihren Booten hockten und mit Ferngläsern gen Westen und Richtung Pfaueninsel schauten, Sex zu haben. »Da müßten die Grenzer schon auf der Silberpappel über uns sitzen, um uns zu beobachten«, sagte Paul, worauf Birgit nur erwiderte, daß der Baum garantiert keine Silberpappel sei. Zugleich versuchte sie ein weiteres Mal, seine Hand von der Gürtelschnalle zu schieben, aber Paul verhakte seine Finger in Birgits Hosenbund und sagte: »Mal sehen, wer stärker ist.«
Er hätte jetzt gern ein kleines Vergewaltigungsspiel gespielt. Das machten Liebespaare doch manchmal, auch wenn sie beide es noch nie gemacht hatten. Birgit hatte sich bisher immer freiwillig ausgezogen – aber eben niemals unter freiem Himmel. Um das Spiel ein wenig voranzutreiben, verstärkte er erst den Griff seiner Hand,

löste dann die unter dem Gürtel verhakten Finger, schob die ganze Hand in ihre Hose bis zum Ansatz ihrer Scham und beugte sich zugleich über ihre noch immer entblößten Brüste. Jetzt war die Pubertät sozusagen perfekt. Aber Spaß machte es trotzdem. Oder gerade deshalb. Und hoffentlich nicht nur ihm. Dann schloß er die Augen, um sich ganz auf ihre Brüste zu konzentrieren, und hörte, noch bevor seine Lippen sie berührten, ein leises und kindliches Schluchzen. Birgit weinte. Er hätte sich nicht gewundert, wenn sie ihn gekratzt, gekniffen oder gebissen hätte. Begleitet von den bösesten Beschimpfungen, die ihr zur Verfügung standen. Das traute er ihr durchaus zu. Mit Tränen hatte er nicht gerechnet, und mit der Wehrlosigkeit, mit der sie jetzt halb unter ihm lag, auch nicht. Sie rührte sich nicht. Er hätte ihr jetzt in aller Ruhe den Gürtel öffnen und die Hose ausziehen können. Er hätte alles mit ihr machen können. Sie schien vollkommen wehrlos – und Paul schämte sich plötzlich dafür, daß er noch immer seine Hand in ihrer Hose hatte und sie hier mit entblößten Brüsten im Gras der Pfaueninsel lag. Er setzte sich auf, sagte »Tut mir leid« und ärgerte sich im gleichen Moment darüber, daß sie ihn beschämte und er sich entschuldigte. Er war schließlich kein Vergewaltiger. Er hatte nur ein wenig herumgespielt. Mit ihr zusammen. Sie hatten Dutzende Male miteinander geschlafen. In allen Varianten, deren sich zwei moderne und aufgeklärte Menschen bedienen durften. Und es war sozusagen immer schön gewesen. Da muß es doch wohl erlaubt sein, unter einer noch immer wärmenden Oktobersonne im ungemähten Gras der Pfaueninsel seiner Liebsten die Bluse aufzuknöpfen und seine Hand in ihre Hose zu schieben. Mehr war schließlich nicht geschehen.

Anscheinend war doch mehr geschehen. Denn danach war es für sie beide nicht mehr schön gewesen, miteinander zu schlafen. Obwohl er natürlich niemals wieder versucht hatte, auch nur andeutungsweise ein Vergewaltigungsspiel zu spielen. Ihre Starre hatte sich nicht wieder gelöst, und sie begann immer öfter über Blasenentzündungen oder Unterleibsschmerzen zu klagen. Das konnte er ihr nicht übelnehmen. Aber er nahm es ihr übel. Zum Glück waren sie nie zusammengezogen und hatten sich immer nur gegenseitig in ihrer jeweiligen Kreuzberger oder Schöneberger Wohnung besucht. Insofern war eine Trennung undramatisch. Birgit war es, die zuerst davon sprach, daß sie es ja mit Freundschaft versuchen könnten. Kinobesuche, Museumsbesuche, gemeinsame Abendessen – aber ohne Sex danach.

Paul erklärte sich mit allem einverstanden und bestätigte Birgit, daß Sex schließlich nicht alles sei, es gebe ja auch noch die menschliche Bindung. Allerdings glaubte er kein Wort von dem, was er sagte. Er war vielmehr überzeugt davon, daß Sex doch alles war. Aber eine radikale Trennung von Birgit konnte er sich ebenfalls nicht vorstellen. Er hing an ihr. Am liebsten wäre ihm Freundschaft mit Sex gewesen. Das sagte er Birgit natürlich nicht, zumal sie ihn damit lockte, daß sie sich bald an ihre Examensarbeit machen wolle und sich das ohne einen Gesprächspartner wie ihn gar nicht vorstellen könne. Paul fühlte sich geschmeichelt. Auch wenn er etwas blechenmüde war. Aber sie wollte zu seiner Überraschung gar nicht über Blechen schreiben, sondern über Walter Leistikow. Den Grunewaldmaler. Paul kannte ein düsteres Grunewaldsee-Gemälde von Leistikow. Eine Abendstimmung aus Schwarz und Orange. Das Schwarz war ihm immer ziemlich realistisch vorgekommen. Oft genug hatte er bei abendlichen Spaziergängen um den See beobachten können, wie alles um ihn herum in Schwärze versank: der Wald, das Wasser, der Weg und schließlich auch der Himmel. Und je schwärzer alles wurde, um so lauter dröhnte der Autoverkehr von der Avus herüber. Und um so furchterregender konnte eine Begegnung mit den Wildschweinen werden, die im Grunewald umherstreiften, was ihm allerdings nur ein einziges Mal passiert war: daß plötzlich wenige Meter vor ihm und genau dort, wo vorher nur Schwärze gewesen war, mitten auf dem Weg ein Wildschwein stand. Dunkelgraues Wildschwein vor schwarzem Hintergrund. Beinahe wäre er mit dem Schwein kollidiert. Zum Glück war das Tier friedlich gewesen und genauso schnell, wie es aufgetaucht war, wieder verschwunden.

So ein orangefarbenes Abendrot wie auf Leistikows Gemälde hatte Paul allerdings noch nie über dem Grunewaldsee gesehen. Das Abendrot dort war immer rot gewesen. Rubinrot. Glutrot. Und manchmal, wenn der Berliner Himmel auf seine preußische Strenge verzichtete, auch rosarot. Vielleicht hing das mit der Luftverschmutzung zusammen. Leistikows Bild stammte immerhin von 1895. Da war die Luft noch ganz anders gewesen. Da konnte das Abendrot möglicherweise noch so orangen strahlen, als würde die Sonne nicht in Berlin, sondern in Granada untergehen.

Die Freundschaft mit Birgit war nach zwei weiteren und ziemlich verquälten Treffen dann ebenso gescheitert wie die Liebesbeziehung mit ihr. Was Paul nicht daran hinderte, seine Liebe zur Pfaueninsel weiter zu pflegen und immer wieder mit der Fähre dorthin überzusetzen. Für ihn war die Insel die echteste und unberührteste Natur, die Berlin zu bieten hatte, auch wenn er gut genug wußte, daß die Pfaueninsel ein von Architekten und Landschaftsgestaltern sorgfältig angelegtes Kunstprodukt war: Kein Baum und kein Strauch war ohne Bedacht gepflanzt worden. Aber manchmal schafft die Kunst eben die schönste Natur, hatte Gerber nach der Exkursion gesagt, als er das gesamte Seminar noch in sein Haus einlud, das sich im Ortsteil Wannsee in der Nähe des Kleistgrabes am Ende einer Straße befand, die unmittelbar in einen für den öffentlichen Verkehr gesperrten Waldweg überging. Gerber hatte in größter Abgeschiedenheit gewohnt, zumindest bis zu dem Tag, als die Bahnstrecke nach Potsdam wiedereröffnet wurde, die direkt hinter Gerbers Haus vorbeiführte und seit dem Mauerbau nicht mehr befahren worden war. Nach der Wiedervereinigung fuhr nicht nur die S-Bahn im Zehnminutentakt an Gerbers Haus vorbei, jetzt donnerten auch Regionalbahnen und rauschten ICE-Züge gleichsam mitten durch Gerbers Leben hindurch. Wobei Gerber keine der repräsentativen Wannseevillen mit schmiedeeisernem Tor und Karyatiden über dem Eingang bewohnte, sondern einen überraschend modernen Bungalow, der offenbar aus den späten sechziger Jahren stammte, schon einige Patina angesetzt hatte, aber von seiner Bauweise her noch immer das modernste Haus weit und breit war.

Dem Bungalowstil entsprachen die Inneneinrichtung und die Ordnung, die im Hause herrschte. Das Haus schien beinahe leer. Alles andere als eine Gelehrtenklause. Das Erdgeschoß war rundum verglast und ließ schon deshalb keine Bücherwände zu. Aber auch das von Gerber so genannte Studio war weit entfernt von dem, was man sich unter dem Arbeitszimmer eines Professors vorstellte. Eine schwarze Holzplatte mit Stahlbeinen als Schreibtisch, in der Ecke ein runder Glastisch und zwei Stühle sowie vor dem Fenster, das zum Garten und den dahinterliegenden und damals noch grasbewachsenen Bahngleisen hinausging, ein freistehendes Bücherbord mit vielleicht zwei oder drei Dutzend Büchern darauf. Paul bewunderte Gerber. Für sein Gelehrtentum, für sein Kunstinteresse, das keineswegs jeder Historiker aufbrachte, und er bewunderte ihn auch für seinen Bungalow ohne Bücher. Das hatte Stil: Bücher schreiben, aber keine besitzen. Bücher nur im Kopf, aber nicht im Haus haben.

Paul dagegen, der noch kein Buch geschrieben hatte und außer seiner Doktorarbeit wohl auch keines mehr schreiben würde, wenn überhaupt, hatte ständig das Bedürfnis, Platz zu schaffen. Das war wahrscheinlich ein Kindheitserbe. Das Haus seiner Eltern war ein sehr kleines Haus und immer zu voll. Mehr ein Häuschen als ein Haus. Ein Wohn-, ein Arbeits- und ein Eßzimmer sowie die Küche im Erdgeschoß. Und im ersten Stock Schlaf- und Kinderzimmer mit schrägen Wänden, an denen man sich den Kopf stieß, wenn man nicht aufpaßte. Hinzu kam noch das sogenannte Arbeitszimmer des Vaters, das aber kein Arbeitszimmer, sondern ein mit Aktenordnern und Kartons vollgestellter Raum war, in dem es nicht mal mehr Platz für einen Schreibtisch gab. Hier wurde alles gesammelt, was sich im Lauf der Jahre an Papieren angesammelt hatte. Jede Rechnung, jede Quittung, jeder Kontoauszug wurde vom Vater aufgehoben. Auch die Bauunterlagen waren noch alle vorhanden.

Der Mutter war der Raum schon immer ein Dorn im Auge, aber der Vater ließ nicht mit sich reden und niemanden an den Raum heran. Dafür durfte sich die Mutter für den Rest des Hauses zuständig fühlen und ihrer Neigung zur Raumgestaltung nachgehen. Sie schmückte und dekorierte gern, sie liebte Vasen, Stickbilder, Gestecke aus Strohblumen, Wandteller, Kissen und Teppiche und stopfte damit das Haus förmlich aus. Ihr Lieblingsstück war ein altertümliches Spinnrad mit Fußpedal und allem, was dazugehörte, das sie im ohnehin viel zu engen Wohnzimmer aufgestellt hatte. Das Spinnrad war ungefähr so günstig plaziert wie das Tigerfell in Freddie Frintons *Dinner for One*. Wer immer sich im Wohnzimmer aufhielt, stieß sich an dem Spinnrad, bis es dem ansonsten immer geduldigen Vater irgendwann zuviel wurde, er einen heftigen Streit vom Zaun brach und das Spinnrad auf den Dachboden trug, was die Mutter zwar akzeptierte, ihr aber trotzdem die Tränen in die Augen trieb. Nicht so sehr wegen des Spinnrads, sondern vor allem wegen der Heftigkeit, mit der der Vater reagiert hatte.

Wenn die Mutter weinte, was nicht selten und auch wegen noch nichtigerer Anlässe vorkam, drückte sie oft gleich darauf ihren Sohn an sich und überschüttete ihn mit Zärtlichkeiten, was Paul mit einer Mischung aus Widerwillen und Wohlgefühl über sich ergehen ließ. Wobei der Widerwillen daraus resultierte, daß es eben seine Mutter war, die ihn an sich drückte. Das Wohlgefühl sich aber der Tatsache verdankte, daß ihm hierbei kein schwerer und übermächtiger Mutterleib die Luft abdrückte, sondern eine schlanke und sportliche Frau mit einem eher kleinen, aber festen Busen, an den sie bei solchen Gelegenheiten, und als er die entsprechende Körpergröße erreicht hatte, seinen Kopf preßte und der sie auch in mittleren Jahren gelegentlich noch dazu ermutigte, keinen Büstenhalter zu tragen. Vor allem nicht unter den von ihr so geliebten Kaschmirpullovern mit V-Ausschnitt, die sie vorzugsweise zu Hause trug und von denen ein halbes Dutzend in ihrem Schrank lag. Paul mochte die Pullover seiner Mutter, und in gewisser Weise bedauerte er, daß sie sich irgendwann und als er älter geworden und in die Pubertät gekommen war, abgewöhnt hatte, ihn weiterhin an ihre Brust und die nach Wollwaschmitteln duftenden Pullover zu drücken. Wobei diese jugendliche und schlanke Mutter in einem verwirrenden Kontrast zu der Frau stand, die eine Neigung zu kitschigen Einrichtungsgegenständen hatte und mit hausfraulicher Emsigkeit das Haus dekorierte. Sich selbst dekorierte sie nicht. Mit sich selbst ging sie weitaus zurückhaltender und stilsicherer um und machte aus sich diesen sportlich-skandinavischen Typ, der so manche Männer auch noch nervös machte, als sie bereits im fortgeschrittenen Alter war.

María war nicht der skandinavische Typ, sondern gehörte unverkennbar nach Spanien, auch wenn sie weder schwarzhaarig noch glutäugig war, sondern blondes Haar und je nach Wetterlage zwischen Grün und Grau oszillierende Augen hatte. Aber sie besaß einige Charakterzüge, die gewissermaßen schwarzhaarig und glutäugig waren, was für Paul eine unwiderstehliche Mischung darstellte. Als Paul ihr zum erstenmal begegnete, wohnte er in der Altstadt von Málaga bei Janet und Andrew, einem englischen Pärchen. Beide waren wie er an der Universität als Sprachlehrer beschäftigt und arbeiteten im selben Instituto de Lingüística wie Paul. Nur daß er eben nicht Englisch, sondern Deutsch unterrichtete, und dies, ohne es überhaupt studiert zu haben. Das war bisher aus seiner akademischen Laufbahn als Historiker geworden: ein dilettierender Deutschlehrer in Spanien, der auf der Basis eines Einjahresvertrages vor allem Anfänger unterrichtete. Aber es war besser als nichts. Und länger als ein Jahr konnte und wollte er ohnehin nicht in Spanien bleiben. Die Stelle hatte er einem Spanischdozenten des Romanistischen Instituts zu verdanken, der offenbar Kontakte zur Universität Málaga hatte und irgendwann die Anfrage bekam, ob er jemanden kenne, der schnell und unbürokratisch eine Stelle als Sprachlehrer übernehmen würde. Der Dozent sprach Paul an, Paul sagte zu und war ohne viele Umstände als sogenannte Ortskraft eingestellt worden, allerdings zu äußerst schlechten Bedingungen. Das Gehalt war so niedrig, daß er davon kaum leben konnte. Darum wurde seine Tätigkeit normalerweise auch von echten Ortskräften ausgeübt: zumeist deutschen Frauen, die in Málaga verheiratet waren und sich etwas Geld dazuverdienten. Das Geld, das Paul hier verdiente, reichte nicht mal, um sich eine vernünftige Wohnung oder ein Apartment zu mieten. Doch in Deutschland hatte er zur Zeit buchstäblich nichts außer der Hoffnung auf das Referendariat. Das war ihm allerdings sicher, mit dem ersten Staatsexamen hatte er einen Anspruch darauf. Allerdings gab es eine Warteliste, und nach Auskunft der Schulbehörde mußte er zur Zeit mindestens zwei bis drei Jahre auf eine freie Stelle warten, so groß war der Andrang. Wobei dieser Andrang auch dazu führte, daß es einen ebenso großen Andrang auf freie Lehrerstellen gab und es keinesfalls sicher war, so eine Stelle zu bekommen.

Eine Zeitlang hatte er mit dem Gedanken gespielt, sich für ein Zweitstudium einzuschreiben und Landschaftsgestaltung zu studieren. Er hatte sich sogar schon die entsprechenden Informationen über den Studiengang besorgt, der an der Technischen Universität angeboten wurde. Mit der U-Bahn war er von Kreuzberg aus schneller an der TU als an der FU. Aber es gab einen Numerus clausus für das Fach Landschaftsgestaltung, und das bedeutete wiederum Wartezeiten oder aber die Möglichkeit, einen Studienplatz in Dortmund oder Bamberg oder sonstwo zugewiesen zu bekommen. Wenn überhaupt. Landschaftsgestaltung war seit einigen Jahren sehr nachgefragt, hatte ihn der Studienberater wissen lassen. Nachdem es jahrelang ein eher kleines und vor allem auch technisches Fach gewesen war, kamen jetzt sowohl die Schöngeister, so der Berater, als auch die Grünen und wollten Landschaftsgestaltung an der TU studieren. Der Mann schien darüber nicht erfreut zu sein. Die Schöngeister und die Grünen ärgerten ihn. Sie verstopften den Studiengang. Er rate darum auch

den meisten ab. Sie wüßten ja gar nicht, was sie erwartete. Da hätten die meisten völlig falsche Vorstellungen und würden sich wundern, wenn sie am Ende bei einer Autobahnmeisterei arbeiteten und für die Begrünung von Mittelstreifen verantwortlich seien. Paul mußte dem Mann recht geben. Und er stellte sich zugleich vor, wie der Studienberater wohl reagieren würde, wenn er ihm von seiner Passion für die Pfaueninsel erzählte. Für Paul war ein Landschaftsgestalter jemand, der die Pfaueninsel gestaltete. Der hier einen Ginkgobaum pflanzte und dort eine Rosenhecke versetzte beziehungsweise pflanzen oder versetzen ließ. Und der auf die Sichtachsen achtete. Es gab auf der Pfaueninsel nur einen einzigen Ginkgobaum. Da wäre durchaus noch Platz für einen zweiten gewesen. Wenn es die Sichtachse zuließ. An Grünstreifen auf Autobahnen dachte er weniger. Und an Mathematik, Pflanzenschutz, Bodenkunde oder Ingenieurbiologie auch nicht. Vor allem nicht an letztere. Bis zum Besuch der Studienberatung hatte er gar nicht gewußt, daß es so etwas überhaupt gab: Ingenieurbiologie.
Nach der Studienberatung war er sich nicht mehr sicher, ob Landschaftsgestaltung das Richtige für ihn sei. Da wurde er doch lieber Geschichtslehrer und beschäftigte sich statt mit Preußens Autobahnen mit Preußens Arkadien, zumal er jetzt schon wußte, daß er als zweite Staatsexamensarbeit gern eine Unterrichtseinheit darüber entwickeln würde. Darauf freute er sich schon. Das Thema war natürlich nur etwas für die Oberstufe. Am besten für eine Dahlemer oder Zehlendorfer Oberstufe. Er hatte während des Studiums einmal ein Praktikum an einer

Schule in Moabit gemacht. Normalerweise war so ein Praktikum kein Problem, weil es an den meisten Schulen genügte, wenn der Praktikant hospitierte. Das heißt sich in die letzte Reihe setzte und den Unterricht nicht störte. Danach erhielt man eine Bescheinigung, daß man ein erfolgreiches Praktikum absolviert habe. Paul hatte schon mehrmals hospitiert und schon mehrere solcher Bescheinigungen in seinem Studienbuch. Auch in Moabit war es nicht anders gewesen – bis auf den Tag, an dem er eine siebte Klasse betreuen mußte, weil der Lehrer kurzfristig ausgefallen war. Also improvisierte er eine Stunde Sozialkunde. Thema: Das Parteiensystem der Bundesrepublik Deutschland. Frage: Was bedeuten die Abkürzungen CDU, SPD und FDP? Die meisten Schüler wußten nur, was SPD bedeutete: Schiller pißt daneben. Das wurde ihm gleich aus mehreren Mündern zugerufen. Paul hatte die vorlauten Schüler nicht gemaßregelt oder sich irritiert über deren Spruch gezeigt. Er hatte sie vielmehr dazu aufgefordert, ihm auch entsprechende CDU- und FDP-Sprüche zu nennen – oder solche zu erfinden. Worauf ein fröhliches Sprücheschmieden begann, das beinahe die ganze Stunde ausfüllte, aber zu keinem überzeugenden Ergebnis führte, was Paul mehr irritierte als der Schiller-Spruch. Besonders aus der FDP hätte sich einiges machen lassen. Doch schienen die Schüler besser erzogen, als Paul und wohl auch sie selbst dachten. Mit dem Schiller-Spruch hatten sie ihr Pulver bereits verschossen. Und zugleich war er sich sicher, daß er ihnen eine Lektion erteilt hatte: Da den Schülern selbst nichts Besseres beziehungsweise Schlechteres eingefallen war, würden sie niemals vergessen, was er am Ende der Stunde hinter die Buchstaben CDU und FDP an die Tafel schrieb: Christlich Demokratische Union und Freie Demokratische Partei.

Das Praktikum beflügelte Paul. Er war sich sicher, mit Schülern zurechtzukommen. In gewisser Weise hatte er sich ja bloß an einen didaktischen Grundsatz gehalten, der von Anfang an sein Studium und überhaupt jedes Didaktikseminar begleitete: Hole die Schüler dort ab, wo sie sich befinden! Wäre er als Schüler auch dort abgeholt worden, wo er sich gerade befunden hatte, dann wäre seine eigene Schulzeit sicher harmonischer verlaufen. Aber der Grundsatz muß damals noch unbekannt gewesen sein. Zu seiner Zeit wurde man als Schüler nicht abgeholt, sondern herumgestoßen beziehungsweise irgendwohin verfrachtet. Zu seiner Zeit war schulische Erziehung vor allem Umerziehung. Paul konnte sich noch gut an seine Umerziehung vom Linkshänder zum Rechtshänder erinnern. Geboren war er als Linkshänder, und in einem Anfall von schulischer Liberalität durfte er auch mit der Linken das Schreiben erlernen. Er wurde sozusagen dort abgeholt, wo seine Hirnfunktionen ihn hingestellt hatten. Doch schon in der zweiten Klasse und nach einem Lehrerwechsel war es mit der Liberalität wieder vorbei. Nun nahm man ihm übel, daß er mit links schrieb. Es wurde ihm als Renitenz ausgelegt, und er wurde gezwungen, sich auf rechts umzustellen, was ihm auf Lebzeiten seine Handschrift verdorben hatte. Die Buchstaben kippten mal nach rechts und mal nach links, und das Handgelenk tat ihm weh und verkrampfte sich, seit er mit der rechten Hand schreiben mußte. Nach dieser Umerziehung hätte er wirklich renitent werden können.

Die Lehrer ahnten gar nicht, was sie anrichteten, wenn sie sich in fremde Hirnhälften einmischten. Die Hemisphären mochten es nicht, wenn man an ihnen herumpfuschte. Sie wurden dann aggressiv. Paul stellte sich in seinen bösesten Träumen sogar vor, die Schule abzufackeln. So weit kam es allerdings nicht, da Paul sich schließlich und als er alt genug dafür war, in das Maschineschreiben rettete. Mit Hilfe einer Reiseschreibmaschine der Marke *Olympia*, die er sich zur Konfirmation gewünscht hatte. Pauls Vater war ganz begeistert von diesem Wunsch gewesen. Die Schreibmaschine besaß Paul noch immer. Die hatte ihn die ganze Zeit begleitet und stand jetzt auf dem obersten Regalbrett in der Abstellkammer.

Die Studienberatung an der TU hatte Paul entmutigt und erleichtert zugleich. Paul wußte jetzt, daß er sich kein Zweitstudium aufladen würde. Mit Pflichtveranstaltungen in Mathematik und Ingenieurbiologie. Das war nichts für Schöngeister, da hatte der Studienberater ganz richtig gelegen. Um sich zu trösten, war Paul nach der Studienberatung in das Café am Steinplatz und dann in verschiedene Charlottenburger Buchhandlungen gegangen. Eine davon lag an der Hardenbergstraße gleich gegenüber der TU-Mensa und besaß eine große Berlin-Abteilung und eine Ledercouch, auf der man sich niederlassen und lesen konnte. Durch die Glasfront der Buchhandlung hatte er einen guten Blick auf den Platz vor der Mensa, auf dem täglich mit allem möglichen gehandelt wurde. Taschenbücher zum halben Preis, gestohlene Fahrräder, Palästinensertücher und dergleichen mehr. In den Berlin-Regalen der Buchhandlung fand Paul gleich zwei neue Sammelbände über die Geschichte der Havellandschaft, wobei der eine sich speziell dem Palmenhaus auf der Pfaueninsel widmete. Die Bücher überstiegen sein Budget, er würde warten müssen, bis er sie in den Bibliotheken ausleihen konnte. Zumal sich darin auch sehr spezialisierte Studien fanden. Über den Luftcirculations- und Wasserverdunstungsofen des Palmenhauses beispielsweise. Oder über die Absenkung des Palmenkübels unter der Kuppel des Palmenhauses. Die Absenkung des Palmenkübels war von dem Schinkelschüler Ludwig Persius höchstpersönlich geplant worden, wie die erhalten gebliebenen und in dem Buch abgedruckten Konstruktionszeichnungen belegten. Mehr als die Absenkung des Palmenkübels interessierte Paul die Geschichte des Sandwichinsulaners Maitey, den es im Jahr 1824 auf die Pfaueninsel verschlagen hatte und dessen Grab sich noch immer auf dem Friedhof von St. Peter und Paul befand. »Hier ruht in Gott der Sandwichinsulaner Maitey« stand auf dem Grabkreuz. Solch ein Schicksal würde auch Pauls zukünftige Schüler interessieren. Die Absenkung des Palmenkübels dagegen wäre eher etwas für TU-Studenten. Der aus Hawaii stammende Maitey war im Jahr 1824 mit einem Schiff der Königlich Preußischen Seehandlung nach Deutschland gekommen und nach seiner Ankunft in Berlin sogar von Alexander von Humboldt persönlich über seine polynesische Heimat und speziell über die hawaiianische Sprache befragt worden. Nachdem eine Zeitlang unklar geblieben war, was mit dem Mann geschehen sollte, gab man ihm eine Anstellung als Gehilfe des Maschinenmeisters auf der Pfaueninsel. Was für ein Glück, dachte Paul. Von den Sandwich-Inseln nach Preußisch Arkadien und auf die Pfaueninsel. Andere Berliner verbrachten ihr Leben am Ufer der Panke oder am Landwehrkanal.

Paul selbst mußte auch mit dem Landwehrkanal vorliebnehmen, von dem er nur ein paar Meter entfernt wohnte. In einer Straße, die direkt auf den Kanal zulief. Und das Schönste, was er hier einmal erlebt hatte, waren zwei Schwäne, die mit hoher Geschwindigkeit in vollkommener Harmonie der Flügelschläge Richtung Osten über das Wasser flogen und dabei ein sirrendes Geräusch machten, das so laut und eindringlich war, als würden sämtliche Kreuzberger Telefonleitungen gleichzeitig summen. Er wäre den Schwänen gerne nachgeflogen. Er hätte sich gern von der Kottbusser Brücke in die Lüfte erhoben. Und er glaubte sich daran zu erinnern, daß ihm sogar ein paar Tränen in die Augen geschossen waren, als die beiden Tiere über ihn hinwegrauschten.

Fliegen konnte Paul nicht, aber immerhin die U-Bahn und den Bus nehmen und zum Havelufer fahren, wenn ihm seine Zweizimmerwohnung zu eng und die Gegend zwischen Reichenberger Straße und Paul-Lincke-Ufer zu schäbig wurde und er das ganze Kreuzberger Elend, das er hier oft genug empfand, hinter sich lassen wollte: die Dunkelheit in der Wohnung, den Geruch im Treppenhaus, die zerbeulten Briefkästen, den berlinernden Hausbesitzer mit seinem anmaßenden Gehabe, die Trunkenbolde am Kanalufer. Ein Spaziergang am Havelufer konnte ihn wieder mit der Stadt versöhnen. Auch dort gab es Schwäne, die er zwar noch niemals singen gehört hatte, aber er kannte eine Stelle am Wasser, an der sie besonders zutraulich waren und es duldeten, wenn er sich in ihrer Nähe im Sand niederließ. Dann konnte es vorkommen, daß die Schwäne und er gemeinsam auf das Wasser und hinüber ans andere Ufer blickten, wo die Sacrower Heilandskirche stand, die ihm besonders in der Abenddämmerung oder an nebligen Herbsttagen vorkam wie eine römische Basilika, die am Havelufer gestrandet war.

Vor seiner Abreise nach Spanien hätte Paul seine Wohnung beinahe an einen Bekannten untervermietet, hatte sich kurzfristig aber dagegen entschieden, trotz der finanziellen Einbußen, da er sicher sein wollte, jederzeit wieder nach Berlin zurückkehren zu können. Falls er krank würde in Málaga. Oder mit dem Job nicht zurechtkam. Wobei es nicht so war, daß er sich nach Kreuzberg zurücksehnte. Sein Leben dort war ohnehin ein Provisorium.

Sein jetziges Leben allerdings auch. Das Zimmer, das Andrew und Janet ihm überlassen hatten, besaß kein Fenster, sondern nur eine Milchglasscheibe über der Tür. Und das einzige Licht, was von außen in sein Zimmer schien, war die Flurbeleuchtung. Wenigstens mußte er dafür nur sehr wenig Miete zahlen, Andrew und Janet hatten ihm das Zimmer zum Selbstkostenpreis überlassen. Auch sonst verlief das Zusammenleben mit den beiden ohne Komplikationen. Ihre Umgangsformen waren genauso, wie man es sich bei Engländern vorstellte: höflich, ein wenig ironisch und auf angenehm distanzierte Weise herzlich. Zugleich betrachteten sie ihre Tätigkeit als Sprachlehrer nicht wie er selbst als Verlegenheitslösung, sondern als Profession. Andrew ging niemals ohne Jackett und Krawatte zur Arbeit, und Janet meistens in einem dunkelblauen Kostüm. Damit hätten sie genausogut bei Barclays oder Lloyds España arbeiten können. Paul dagegen lief herum wie zu Studienzeiten, auch seine Büchertasche war die gleiche, die er schon als Student benutzt hatte. Allerdings blieb die Professionalität der beiden nicht ohne Wirkung auf ihn. Schon nach ein paar Wochen legte er sich einen Anzug zu, keinen Business-Anzug zwar, aber immerhin einen aus beigefarbenem Leinen sowie hellbraune Budapester Schuhe, die seine ausgetretenen Clarks ersetzten. Nur zu einer Krawatte konnte er sich nicht durchringen. Aber er wollte ja auch nichts werden in Málaga. Janet und Andrew dagegen arbeiteten darauf hin, sich selbständig zu machen und eine Sprachschule zu eröffnen. Nicht für Studenten, sondern für eine besser zahlende Klientel, der sie Kurse in Business English und English for Finance und ähnliches anbieten wollten. Der Job an der Uni sollte ihnen nur den Einstieg erleichtern. Inzwischen hatten sie zahlreiche Kontakte über die Uni hinaus, kannten Leute aus dem Wirtschaftsleben Málagas und der Verwaltung und waren anscheinend mit María und ihrem Mann nicht nur bekannt, sondern auch befreundet. Auf jeden Fall tauchte María öfter in ihrer Wohnung auf, wobei Paul sie die ersten Male nur gehört und nicht gesehen hatte. Aber ihre Stimme, eher Alt als Sopran, hatte ausgereicht, um sich sogleich eine schwarzhaarige und temperamentvolle Spanierin vorzustellen. Bei einem weiteren Besuch hatte er sie dann gesehen. Aber nur von hinten und beim Verlassen der Wohnung. Eine schlanke, dunkelblonde Frau in Jeans und einer leuchtendroten Lederjacke, die wie eine Motorradjacke geschnitten war. Er wäre der Frau am liebsten nachgelaufen, um sich ihr vorzustellen – und um sie auch von vorn zu sehen. Er wußte jetzt schon, daß sie ihm gefiel. Es war wahrscheinlich ihr Hüftschwung, mit dem sie aus der Wohnung gegangen war. Und die Motorradjacke. Auch wenn er nicht glaubte, daß sie auf einer Honda oder Yamaha durch Málaga fuhr. Er freute sich darauf, sie wiederzusehen. Und beim nächsten Mal würde er sich ihr vorstellen. Da war nichts dabei, wenn sich der Mitbewohner von Janet und Andrew deren bester Freundin vorstellte. Wenn sie denn die beste Freundin war. Aber eine gute Freundin war sie ganz sicher, so regelmäßig, wie sie die beiden besuchte.

Allerdings kam sie nach dem Tag, als Paul sie zum erstenmal gesehen hatte, für längere Zeit nicht mehr in die Wohnung. Anfangs war er noch bei jedem Klingeln aufgesprungen und hatte durch den Türspalt gespäht, weil er mit María rechnete. Aber es war nicht María. Janet und Andrew erhielten von allen möglichen Leuten Besuch, aber nicht mehr von María. Ob ihr etwas passiert war? Ob sie sich zerstritten hatten? Vielleicht war Janet auch eifersüchtig geworden, denn María mußte Andrew genauso gut gefallen, wie sie ihm gefiel. Obwohl Andrew noch niemals die geringste Andeutung gemacht hatte, daß ihn außer Janet noch andere Frauen interessierten. Daß er sie überhaupt wahrnahm. Und das in Málaga. Es war zwar nicht die Stadt Carmens, aber Schönheiten, die einen Mann um den Verstand bringen konnten, sah Paul hier jeden Tag. Seit einiger Zeit gab es für Touristen sogar eine Stadtführung, die den Frauen Málagas gewidmet war und die vom Stadtmuseum organisiert wurde. Janet hatte ein

Faltblatt mitgebracht, auf dem für die Führung geworben wurde, und gleich die Idee gehabt, in ihrer künftigen Sprachschule spezielle Frauenkurse anzubieten – und vielleicht sogar mit dem Stadtmuseum zusammenzuarbeiten. Andrew sagte nur, daß er im Prinzip für alles offen sei, auch für feministische oder sonstige Sprachkurse, entscheidend für ihn sei die Nachfrage. Die Führung nannte sich *Mujeres en las calles*, was irgendwie zweideutig klang. Aber Janet meinte, es ginge nicht etwa darum, das Rotlichtviertel zu besichtigen, das es im engeren Sinne ja ohnehin nicht gab, sondern um die Kulturgeschichte der Frauen von Málaga. Allerdings waren gleich mehrere Stunden des Rundgangs dem Picasso-Museum und dem Museum der Schönen Künste und den dort ausgestellten Frauendarstellungen gewidmet, was ja im Grunde wiederum eine Männerangelegenheit war, schließlich waren die Bilder von Männern gemalt worden. Es fehlte eben eine Carmen in Málaga, und auch Andrew meinte, daß Janet gern Frauenkurse anbieten dürfe, er wisse aber schon jetzt, daß am Ende doch alles auf Business-Englisch hinauslaufen werde. Das seien die einzigen Kurse, mit denen man wirklich Geld verdienen könne. Janet sagte nur »Wir werden ja sehen« und heftete das Faltblatt demonstrativ an das schwarze Brett im Korridor. Paul hatte sich in die Diskussion nicht eingemischt, er war generell skeptisch, was das Geldverdienen mit Sprachkursen anging. Einer seiner Bekannten in Berlin verdingte sich schon viele Jahre als Lehrer an einer Sprachschule und mußte noch immer regelmäßig um seinen Job fürchten, weil die Schule nicht genügend Schüler hatte. Andererseits aber traute er Andrew einiges zu. Andrew war vom Typ her eben durch und durch Geschäftsmann, ein Business-Typ, der sich auch bestens im Uni-Milieu zurechtfand und von allen Dozenten die meistbesuchten Kurse hatte. Da konnte auch Janet nicht mithalten, trotz ihres blauen Kostüms, der weißen Bluse und ihrem geradezu klassisch-englischen Aussehen. Mit anderen Worten: Sie war attraktiv, aber nicht unbedingt hübsch, und sie hätte als Heranwachsende ihre Zahnspange ruhig noch ein paar Monate länger tragen sollen. Doch sie besaß eine phantastische Figur, war schlank, sportlich und vollbusig zugleich und hatte diesen gewissen Sexappeal, den strenge Lehrerinnen auf manche Männer ausüben.

Andrews Erfolg als Sprachlehrer verdankte sich zum einen der Qualität seines Unterrichts. Er bereitete sich sorgfältig vor, interessierte sich für Didaktik, nutzte ständig neues Lehrmaterial und hatte Freude an der Arbeit im Sprachlabor. Er schaffte es, per Kopfhörer und Mikrofon zwei Dutzend Studenten bei ihren individuellen Lese- und Ausspracheübungen gleichzeitig zu betreuen, ohne daß sich einer von ihnen vernachlässigt fühlte. Darüber hinaus verkörperte er als Business-Typ genau das, was die meisten Sprachstudenten einmal werden wollten: nicht etwa Shakespearespezialisten oder Kenner des viktorianischen Romans, sondern Manager, Immobilienmakler oder Reisebürobesitzer. Besser noch: Besitzer einer ganzen Kette von Reisebüros.

Paul hatte sich in die Diskussion um die Frauenkurse und eine Zusammenarbeit mit dem Stadtmuseum nicht eingemischt, dachte aber bei sich, daß er nur zum Bäcker oder zum nächsten Kiosk gehen mußte, um die schönsten Mujeres en las calles zu sehen. Doch er wollte gar nicht auf die Straße gehen und irgendwelchen Frauen nachschauen. Er wartete darauf, daß María wieder zu Besuch kam. Und dies von Tag zu Tag ungeduldiger. Aber María kam nicht. Seit Wochen war sie nicht mehr in der Wohnung aufgetaucht, und Paul hatte es sich längst wieder abgewöhnt, den Besuchern von Janet und Andrew nachzuspionieren. Zugleich aber hatte er beschlossen, sich nun endlich um eine eigene Wohnung zu kümmern. Der fensterlose Raum deprimierte ihn so sehr, daß er sich immer öfter in der Küche aufhielt, die wenigstens ein Fenster zum Hof hatte. Er gewöhnte sich an, seinen Unterricht am Küchentisch vorzubereiten, nahm gelegentlich sogar seine Reiseschreibmaschine mit in die Küche und ließ sich auch nicht weiter durch Andrew und Janet stören, die dort ihren Kaffee oder Tee zubereiteten, dabei aber äußerst rücksichtsvoll waren und schnell wieder in ihren Zimmern verschwanden. Manchmal entschuldigten sie sich sogar, wenn sie die Küche betraten, und sie boten ihm regelmäßig Tee oder Kaffee an, bevor sie sich wieder zurückzogen.

Als María eines Tages doch wieder auftauchte, saß Paul allerdings nicht in der Küche, sondern lag auf dem Bett und las. Das heißt, das Buch war ihm irgendwann aus der Hand gerutscht, und er war eingeschlafen. María mußte schon mehrere Male an seine Tür geklopft haben, bevor Paul reagierte. Erst als sie vorsichtig die Tür öffnete und den Kopf durch die Tür steckte, rief er laut »Herein« und schwang sich vom Bett. Diesmal hatte sie nicht die rote Motorradjacke an, sondern eine Windjacke und darunter ein hellblaues T-Shirt, das mit einer aus Silberfäden gestickten Sonne verziert war. Dazu trug sie Jeans und Schuhe, die wie leichte, modische Wanderschuhe aussahen. Nachdem sie sich einander vorgestellt hatten, schaute sie sich in Pauls Zimmer um. »Es fehlt das Fenster«, sagte sie. »Dafür ist über der Tür eine Klappe«, erwiderte Paul, was ironisch klingen sollte, sich aber wie eine Rechtfertigung anhörte, denn er begann sogleich, sich für seine Unterkunft zu schämen. Er konnte María noch nicht mal einen vernünftigen Platz anbieten, denn es gab nur einen Tisch, der ihm als Schreibtisch diente, den Stuhl davor und das Bett.

María setzte sich, ohne lange zu fragen, seitwärts auf den Stuhl und blickte mit ihren grünschimmernden Augen auf Paul, der nun auf der Bettkante saß. »Wir könnten in die Küche gehen, und ich mache uns einen Kaffee«, sagte er, worauf sie nur sagte: »Lieber nicht« und ihn dabei vielsagend anlächelte. Er verstand ihr Lächeln nicht. Aber es gefiel ihm trotzdem. Und auch ihre Augen gefielen ihm und die Art, wie sie sich das Haar mit dem Handrücken aus dem Gesicht strich. Dann fragte sie ihn erst nach seiner Arbeit und dann nach seiner Herkunft, und sie nahm alles, was er ihr erzählte, mit einen bestätigenden Nicken zur Kenntnis. Ganz so, als seien ihr sein Job an der Uni, die Tatsache, daß er einen Einjahresvertrag als Sprachlehrer hatte, aber von der Ausbildung her kein Sprachlehrer, sondern Historiker war und auf eine Stelle als Studienrat beziehungsweise das Referendariat wartete, ebenso bekannt wie die Tatsache, daß er aus Norddeutschland kam, in Berlin studiert hatte und dort in Kreuzberg lebte.

Ihr bestätigendes Nicken irritierte ihn, aber es spornte ihn auch an, immer mehr Details aus seinem Leben vor ihr auszubreiten. Daß er nicht sicher sei, ob er als Lehrer auch eine Anstellung finden werde. Und daß er deshalb sogar vorgehabt hatte, Landschaftsgestaltung zu studieren. Das habe er nun aber nicht mehr vor. Das Fach sei überlaufen. Und am Ende würde man gar keine Landschaften gestalten, sondern Grünstreifen für Autobahnen anlegen. Landschaften interessierten ihn aber trotzdem. Als Historiker. Beziehungsweise Geschichtslehrer. Als zukünftiger Geschichtslehrer.

Paul verhedderte sich ein wenig in seinen Erzählungen. Er wußte nicht, ob es überhaupt günstig war, wenn er von seinen beruflichen Plänen erzählte. Vielleicht fand sie Lehrer uninteressant. Doch María schaute ihn weiterhin so wohlwollend und aufmerksam an, daß er ihr am liebsten auch noch von seiner Kindheit in Gliesmarode erzählt hätte, wenn sie nicht plötzlich auf das fehlende Fenster in seinem Zimmer zurückgekommen wäre. Dies sei kein Zustand, meinte sie, so könne man nicht leben. Worauf Paul erwiderte, daß er sich beinahe daran gewöhnt habe und sich zum Arbeiten meist in die Küche setze. Samt seiner Reiseschreibmaschine. Dort könne er beim Arbeiten aus dem Fenster in den Hof schauen und würde außerdem noch von Andrew und Janet mit Tee oder Kaffee versorgt.

Nun blickte María ihn nicht mehr einverständig an, sondern auf eine Weise, als würde sie über seinen Geisteszustand nachsinnen. Was hatte er nur Falsches gesagt? fragte er sich. Und dann fragte er auch María. »Nein, nichts«, meinte sie nur, schwieg ein paar Sekunden und sagte schließlich ohne Umschweife, daß er nicht länger Andrews und Janets Küche okkupieren könne. Und dann erfuhr Paul, daß Andrew und Janet María von ihrem Problem erzählt hatten. Sie schätzten Paul, das sei keine Frage, das hatten sie María ausdrücklich versichert, aber er habe sich angewöhnt, ihre Küche zu okkupieren, ihren Lebensmittelpunkt gewissermaßen, und das ginge so nicht weiter. María habe sich daraufhin angeboten, mit Paul zu sprechen, was sie nun tue, und sie habe auch eine Lösung für das Problem. Eine Wohnung, die sie ihm vermitteln könne. Am Stadtrand zwar, dafür aber mit Garten und sehr viel Platz. Und vielen Fenstern, durch die er hinausschauen könne. Sie lächelte, während Paul zugleich die Schamröte ins Gesicht stieg. Er sah María lächeln, und im gleichen Moment sah er sich als Störenfried in Andrews und Janets Küche sitzen. Ihren Kaffee oder Tee trinken. Ihr Privatleben stören. Und jetzt wußte er auch, daß die Höflichkeit der beiden nichts als eine Art höhere Ironie war. Indem sie ihm Kaffee oder Tee anboten, wollten sie ihm mitteilen, daß es Zeit war, sich endlich eine eigene Wohnung zu suchen. Und je nachdrücklicher sie ihm Kaffee oder Tee anboten, um so nachdrücklicher wiesen sie ihn darauf hin, ihr Privatleben nicht mehr länger zu stören. Warum hatten sie nur nichts gesagt? Sie waren wahrscheinlich zu gut erzogen. Die feine englische Art. Am Ende machte die feine englische Art alles nur noch schlimmer. Er mußte so schnell wie möglich ausziehen, egal wohin. Und sein Gesicht wahren. Wenigstens gegenüber María. Aber wie wahrt man mit einem vor Verlegenheit rotglühenden Kopf

sein Gesicht? Wenn er wenigstens ein Fenster öffnen und frische Luft hereinlassen könnte. Aber es gab kein Fenster. Es gab nur die Klappe über der Tür.
María schien jetzt auch nichts mehr einzufallen. Jedenfalls schwieg sie weiterhin und sah Paul dabei an. Allerdings mit diesem aufmunternden Blick, den er manchmal bei Katzen gesehen hatte, wenn sie die Maus in ihren Fängen dazu bewegen wollten, einen Fluchtversuch zu machen. Wohin sollte er flüchten? Das einzige, was jetzt half, war, auf Marías Angebot einzugehen. »Kann ich die Wohnung besichtigen?« fragte er. »Jederzeit«, sagte sie. »Gleich morgen?« fragte er zurück. »Ich komme um zehn Uhr vorbei und hole dich ab«, sagte sie. Er bedankte sich und gab ihr zum Abschied einen angedeuteten Kuß auf beide Wangen.
Am nächsten Morgen wartete er bereits vor der Haustür, als María ihn mit einem verstaubten Kleinwagen abholte, auf dessen Rückbank ein halbes Dutzend medizinischer Lehrbücher lagen, darunter auch der *Pschyrembel*. Auf deutsch. Erst jetzt fiel ihm ein, daß er sich noch mit keinem Wort nach Marías Lebensumständen erkundigt hatte. Was nicht etwa daran lag, daß er ein egomanischer Charakter war, sondern daran, daß Andrew und Janet gelegentlich von ihr gesprochen hatten. Er wußte, daß ihr Mann in der Regionalverwaltung arbeitete, er wußte auch, daß sie Medizin studierte, aber nicht so vorankam, wie sie wollte. Aber er wußte nicht, daß sie in der Lage war, deutschsprachige Fachbücher wie den *Pschyrembel* zu lesen. Sie hatten sich auf spanisch unterhalten, und zur Not hätte er sich mit Englisch beholfen. Aber ihr Gespräch war über

Alltagsthemen nicht hinausgegangen, und er hatte sich ohne Probleme verständlich machen können.
Er würde sie später nach dem *Pschyrembel* fragen. Jetzt war er zu sehr damit beschäftigt, wie die Wohnung wohl aussehen würde, die sie ihm vermitteln wollte. Sie fuhren längere Zeit in nordwestliche Richtung und in eine Gegend, die beinahe schon ländlich wirkte. Einzelne Wohnhäuser, Gärten, dazwischen Garagen, aber auch stallähnliche Gebäude. Auf einigen Grundstücken sah er sogar Hühner und Enten und immer wieder vereinzelte Orangenbäume. María erzählte ihm, daß die Gegend einst ein ländliches Gebiet gewesen sei und viele Malagueños hier Landhäuser einschließlich Gemüsegärten und kleine Obstplantagen zur Selbstversorgung besaßen. Einer davon sei ihr Onkel, der sich tagsüber noch gerne im Haus und Garten aufhalte, das Grundstück aber nur noch nachlässig bewirtschafte, seit seine Frau gestorben war. Trennen wolle er sich davon aber auch nicht. Damit das Haus nicht zu oft leer stehe, vermiete er einige Zimmer. An Bekannte oder Freunde beziehungsweise Freunde von Freunden. Oder an Leute von der Universität, die sie ihm meist vermittle. Nur vertrauenswürdig mußten sie sein. Wie Paul beispielsweise. »Du kennst mich ja gar nicht«, wandte er ein, worauf sie lachend sagte, daß sie alles über ihn wisse. Das passiere ihr manchmal, daß sie manche Menschen auf Anhieb durchschaue. Er sei wie ein aufgeschlagenes Buch für sie, das habe sie gleich gemerkt. Fast hätte er erwidert: »Hoffentlich kein *Pschyrembel.*« Stichwort: Übersteigerte sexuelle Appetenz. Vor allem in der Gegenwart von María. Schließlich hatte er während der

Autofahrt zwar auch an seine Wohnprobleme, vor allem aber daran gedacht, wie es wäre, sie zu berühren, zu küssen, mit ihr zu schlafen. Aber das kannte er ja schon von sich, was er sich freilich nicht als Störung anlasten wollte, sondern einem stammesgeschichtlich bedingten Reflex zuschrieb: Eine Frau benahm sich freundschaftlich und hilfsbereit, und er dachte daran, mit ihr zu schlafen. Allerdings konnte er auch daran denken, wenn eine Frau sich nicht hilfsbereit und freundschaftlich benahm. Vielleicht war es auch ganz normal: Welcher Mann würde eine Frau wie María nicht anziehend finden? Es reichten schon ihre grünen Augen und die Art, wie sie zuhören konnte. Ganz zu schweigen von ihrem Hüftschwung. Wobei sie heute keine Jeans trug, sondern eine Art Wickelrock, der sie beim Autofahren behinderte und den sie ohne Umstände über den Knien zusammenraffte, um die Beine für die Pedale frei zu haben. Sie waren aber nicht nur für die Pedale, sondern auch für Pauls Blick frei, und er mußte sich anstrengen, nicht ständig auf ihre schlanken und gebräunten Beine zu starren, die gleichsam typisch spanisch waren, was für ihre blonden Haare ja nicht unbedingt galt, aber einen äußerst reizvollen Kontrast dazu bildete.

Gut, daß sie irgendwann an dem Haus ihres Onkels ankamen und das Thema weibliche Intuition nicht weiter behandeln mußten, sonst hätte er ihr noch seine Phantasien gestanden, da sie ja ohnehin darüber Bescheid zu wissen schien. Seine männliche Intuition wiederum reichte nicht einmal so weit, sich vorzustellen, wie sie darauf reagieren würde. Es schien alles denkbar. Daß sie ihm direkt um den Hals fiel, war allerdings die weniger wahrscheinliche

Reaktion. Vermutlich würde sie auf der Stelle wieder ins Auto steigen und ihn unverrichteter Dinge vor dem Haus des Onkels stehenlassen.

Er wollte also lieber nichts riskieren und sich auf die Wohnungsbesichtigung konzentrieren. María hatte einen Schlüssel für das Haus; sie hatte Paul schon während der Fahrt gesagt, daß ihr Onkel nicht da sei, sie aber alle Vollmachten habe, der Onkel würde ihr uneingeschränkt vertrauen. Das Haus hatte den Charme eines Landhauses aus dem 19. Jahrhundert, wenn auch etwas ärmlich wirkend, aber mit einem repräsentativen, säulengerahmten Eingangsportal. Zu vermieten waren zwei Zimmer im ersten Stock. Das untere Stockwerk mit dem großen Salon und mehreren Zimmern wurde vom Onkel benutzt, auch wenn es dort nicht besonders wohnlich aussah. Paul hatte nur den Salon gesehen, der mit schwerem, düsterem Mobiliar, einem geschnitzten Tisch, lederbezogenen Stühlen sowie einer dunkelroten, verschlissenen Samtcouch ausgestattet war, auf der diverses Werkzeug und Gartengerät lag: mehrere Schraubenzieher, eine Rohrzange und eine Handsichel. Die beiden Zimmer im oberen Stockwerk ließen sich als Schlaf- und als Arbeitsraum nutzen und waren durch eine Flügeltür verbunden, die man öffnen konnte und so über einen großen, durchaus ansehnlichen Raum verfügte. Eine kleine Zimmerflucht beinahe. Das Mobiliar war eher bäuerlich, nicht so massiv und düster wie im unteren Salon, was Paul nur recht war. Einen passenden Schreibtisch dazu gab es nicht, dafür aber eine moderne Arbeitsplatte auf zwei Böcken mit einer dieser typischen Schreibtischlampen, die er sich auch vor einiger Zeit in Berlin gekauft hatte und die sich Federgelenkleuchten nannten, wie er während des Einkaufs gelernt hatte. Er kannte niemanden in Berlin, der nicht so eine Federgelenkleuchte besaß. Und außer dem Verkäufer kannte er auch niemanden, der wußte, wie die Lampen hießen. Offenbar waren sie auch in Spanien verbreitet. Paul fühlte sich sofort wohl in den beiden Räumen. Ein Bad mit Toilette befand sich auf dem Korridor, das mußte er mit dem Onkel teilen, was ihm nicht behagte, aber María meinte, daß der Onkel sich nur tagsüber in dem Haus aufhalte, schlafen würde er in der Stadtwohnung. Er habe also Bad und Toilette morgens und abends für sich allein. Paul war beruhigt. Er sagte sofort zu, die Wohnung zu mieten. Die Miete war günstig, weil dem Onkel daran lag, daß das Haus während seiner Abwesenheiten und vor allem über Nacht nicht leer stand. María sagte ihm, wenn er wolle, könne er sofort einziehen, der Onkel sei für ein paar Tage nicht in der Stadt, aber sie habe ein zweites Paar Schlüssel. Paul willigte ein, und María übergab ihm die Schlüssel. Dann nahm sie ihn wieder mit zurück in die Stadt, nicht ohne ihm noch die Bushaltestelle zu zeigen, von wo aus er künftig ins Zentrum und zur Universität fahren würde.

Beim Umzug halfen ihm Andrew und Janet, die einen Kombi besaßen, so daß eine einzige Fahrt ausreichte, um seine Habseligkeiten, Kleidung und Bücher vor allem, in das Landhaus zu schaffen. Beide waren wie immer äußerst freundschaftlich und zuvorkommend, was die Situation aber nicht weniger beklommen machte. Doch war für Janet und Andrew der Konflikt mit Pauls Auszug beendet. Und es wäre ohne weiteres möglich gewesen, die freundschaftliche Beziehung weiterhin zu pflegen. Aus ihrer Sicht. Aus Pauls Sicht dagegen nicht. Er wußte schon jetzt, daß ihn die Scham von jedem weiteren Kontakt abhalten würde. Zumindest von jedem privaten. In der Uni würden sie sich ohnehin sehen. Auch das kannte er schon von sich: daß er jemanden falsch behandelte oder sich ins Unrecht setzte und aus Scham darüber den Kontakt abbrach. Den Kontakt zu María würde er natürlich nicht abbrechen. Ihr gegenüber hatte er sich ja auch nichts zuschulden kommen lassen. Glücklicherweise. Weil er standhaft geblieben und auf ihr Angebot, seine geheimsten Gedanken zu offenbaren, nicht eingegangen war.

Als sie den Umzug beendet und Andrew und Janet sich verabschiedet hatten, räumte Paul das Werkzeug von dem samtenen Sofa im Salon und ruhte sich einen Moment aus. Er war froh, diese Bleibe gefunden zu haben. Ein ganzes Haus. Und fast für sich allein. Und dazu in einer ländlichen Gegend und doch innerhalb der Stadt. Es war ruhig um das Haus herum. Nur in der Ferne hörte er Hupgeräusche und ein leises Rauschen, das sich zwischendurch in ein Rattern verwandelte. Er hatte die Haustür offengelassen und sah in den Vorgarten, wo eine altersschwache Palme stand, deren Blätter vom Wind bewegt wurden. Der Wind wehte den Duft von Tannen oder Kiefern herein, obwohl er keine Nadelbäume gesehen hatte. Im Vorgarten standen nur die Palme sowie ein paar Büsche und Sträucher. Hinter dem Haus waren Beete mit Tomatenstauden, zwei Orangenbäume und ein fast kahler Zitronenbaum, der aber noch einige Früchte trug. Das war Paul gleich aufgefallen, als er den Garten besichtigt hatte. Aber auch die anderen Bäume waren nicht im besten Zustand. Im Garten müßte einmal Staub gewischt werden, hatte er bei der Besichtigung gedacht. Zumal die Palme hätte eine Reinigung verdient. Reinigten nicht die deutschen Hausfrauen ihre Gummibäume mit Möbelpolitur? Hier hätte der Regen für Abhilfe sorgen können. Doch der Regen von Málaga war selbst staubig. Wenn er trocknete, blieben Sand und Staub zurück. Vielleicht kam er aus den Wüsten Nordafrikas oder vom Rif-Gebirge, das sich auf der anderen Seite des Meeres befand. Doch es hatte schon einige Zeit nicht mehr geregnet, es wurde zusehends wärmer, und Paul freute sich auf den spanischen Frühling. Schon jetzt war es manchmal so warm, daß er im kurzärmeligen Hemd herumlaufen konnte.

Den ersten Tag im Haus verbrachte er mit dem Einräumen seines Zimmers. Er stellte fest, daß ein Kleiderschrank fehlte. In seinem Schlafraum gab es nur ein Holzregal mit einem Vorhang davor, in das er Hemden und Wäsche legte. Alles andere hängte er an eine Garderobe. Auch die Hosen. Als es dämmerte, färbte sich der Himmel rosarot, ohne daß er etwas von der untergehenden Sonne sah. Er ging noch einmal durchs Haus, um etwas zu trinken zu suchen. Vielleicht gab es sogar einen Weinkeller. Er war schließlich in Spanien. Er hätte jetzt gern Wein getrunken, ein Stück Brot gegessen und eine Zigarette geraucht. Und zwar alles gleichzeitig. Obwohl er nur selten rauchte. Aber es war kein Wein im Haus. Er fand zumindest keinen. Allerdings waren auch bis auf den Salon im Erdgeschoß und die Küche alle anderen Räume verschlossen. Auch die Kellertür war versperrt. Der Onkel hatte alles verrammelt. Jetzt fiel Paul auf, daß in einem hinteren Korridor im ersten Stock gleich mehrere Kleiderschränke standen, die ebenfalls alle mit einem Hängeschloß versehen waren. Allzuviel Vertrauen schien der Onkel in seine sogenannten vertrauenswürdigen Mieter nicht zu haben. Paul war irritiert. Auch ein wenig gekränkt. Der Mann wurde ihm unsympathisch. Bis jetzt war er ihm sympathisch gewesen. Weil er Marías Onkel war. Paul hatte nicht wenig Lust, das Werkzeug aus dem Erdgeschoß zu holen und einen der Schränke zu öffnen. Verschlossene Schränke machten neugierig. Mit einem Vorhängeschloß verschlossene Schränke machten noch neugieriger. Doch er versagte es sich, den Einzug in seine neuen Räume mit einer Sachbeschädigung oder gar einem Einbruch zu krönen, und machte sich statt dessen auf den Weg, um Wein, Brot, Kaffee und auch einiges für das Frühstück einzukaufen. Gleich neben der Bushaltestelle gab es einen Minimarket.

Als er den Minimarket erreicht hatte, war er mindestens eine halbe Stunde unterwegs gewesen. Bei zügigem Tempo. Was bedeutete, daß es mehr als eine Stunde Fußweg brauchte, um Lebensmittel einzukaufen. Paul begann mit seinem Umzug zu hadern und hätte am liebsten gleich wieder seine Sachen gepackt. Aber jetzt war es zu spät. Er würde bleiben, allein schon wegen María, die möglicherweise noch nie zu Fuß vom Haus ihres Onkels bis zur Bushaltestelle gegangen war, sonst hätte sie ihn bestimmt auf die Entfernung aufmerksam gemacht, die ihm im Auto sehr viel kürzer vorgekommen war. Aber da hatte er auch nicht auf den Weg, sondern vor allem auf María geachtet. Immerhin schmeckten das Brot, der Käse und vor allem auch der Wein besser, als der Minimarket hätte vermuten lassen, so daß er nur noch einen Anstandsrest in der Flasche ließ und weinselig zu Bett ging. Auch das ferne Rauschen, das sich zwischendurch in ein Rattern verwandelte, beruhigte ihn eher, als daß es ihn störte. Irgendwo da draußen mußte eine Bahnlinie sein. Vielleicht war es sogar die von Málaga nach Madrid.

Am nächsten Morgen wurde Paul durch ein leises Klopfen an der Tür geweckt. Er hatte traumlos und fest geschlafen, mußte erst am Nachmittag unterrichten und war noch nicht gewillt, aufzustehen. Draußen schien es auch noch dunkel zu sein. Er hatte zwar die Vorhänge zugezogen, aber es waren dünne, fadenscheinige Vorhänge, und es zeigte sich noch nicht einmal ein Schimmer der Morgendämmerung. Es klopfte ein zweites Mal, diesmal nicht mehr ganz so leise. Vielleicht war es der Onkel. Paul hatte keine Lust auf den Onkel. Schon gar nicht mitten in der Nacht. Er hatte noch nicht einmal Lust, die Augen zu öffnen. Vielleicht kam der Onkel, um die Miete zu kassieren. Paul reagierte nicht. Doch nun öffnete sich die Tür, und bevor er »Herein« sagen konnte, sah er, wie sich ein blonder Haarschopf durch den Türspalt schob. Es war María. Die Szene kam ihm bekannt vor. María sagte leise: »Schlaf weiter, es ist noch sehr früh.« Paul traute sich noch immer nicht, die Augen zu öffnen. Falls es ein Traum war, wollte er ihn nicht vorzeitig beenden. Daß es keiner war, merkte er an dem Lufthauch, der mit María hereingeweht kam. Nun öffnete er doch die Augen und sah, wie sie sich bis auf das T-Shirt und den Slip auszog, auf das Bett zuging

und sich ohne ein weiteres Wort neben ihn legte. Schließlich sagte sie: »Ich bin müde. Ich muß noch mindestens zwei Stunden schlafen.« Dann gab sie ihm einen Kuß auf die Stirn, drehte sich um und schlief sofort ein.
Paul dagegen war nun hellwach. Er konnte auch die nächsten zwei Stunden nicht schlafen, so dicht neben María. Doch er wagte nicht, sie zu berühren, obwohl er gern näher an sie herangerückt wäre. Er hätte sie auch gern umfaßt, seine Arme um sie gelegt, ihren Nacken geküßt oder zumindest den Duft ihrer Haare gespürt. Er hielt sich zurück. Er fürchtete, daß eine falsche Bewegung ausreichte, und sie würde genauso plötzlich wieder verschwinden, wie sie gekommen war. Also bewegte er sich nicht, sondern lag regungslos neben der schlafenden Frau, beobachtete die Morgendämmerung durch die Vorhänge und erhob sich, um das Frühstück vorzubereiten, als die ersten Sonnenstrahlen zu sehen waren.
Er hatte in der kleinen Küche gewartet, bis sie wach geworden war, und dann das Frühstück zubereitet. María schlug vor, unten im Salon zu frühstücken, weil der Onkel erst morgen zurückkommen werde. Während des Frühstücks erzählte sie, daß sie das Haus seit ihrer Kindheit kenne und sehr oft hier gewesen sei. Sie wisse gar nicht, wie oft sie an diesem Tisch gesessen habe, speziell an Sonntagen, wenn sie den Onkel und die Tante besuchten. Damals sei es ja noch ein Besuch auf dem Land gewesen. Inzwischen könne man nur noch von einem Besuch am Stadtrand sprechen. Allerdings besäßen ihre Eltern beziehungsweise sie selbst noch ein Grundstück außerhalb von Málaga, höher gelegen als dieses und mit Meerblick. Aber

ohne Landhaus, nur ein Gartenhäuschen stehe auf dem Grundstück sowie ein Unterstand für die Tiere, die ihr Vater dort eine Zeitlang gehalten habe. Dann sagte sie noch, daß sie Paul das Grundstück gern einmal zeigen würde, falls er Lust auf einen Ausflug habe.

Natürlich hatte er Lust. Er wäre am liebsten gleich mit ihr aufs Land gefahren, hielt seine Begeisterung aber zurück, da sie plötzlich schwieg, ihr Marmeladenbrot zur Seite schob und dann beinahe schüchtern sagte: »Ich bin dir eine Erklärung schuldig.« »Du mußt mir nichts erklären«, erwiderte Paul, obwohl ihn nichts mehr beschäftigte als die Frage, was ihr Besuch zu bedeuten hatte. Lust auf spontanen Sex war es ja offensichtlich nicht, was sie zu ihm ins Bett getrieben hatte. Schließlich sagte sie, daß sie seit längerem schon daran dachte, sich von ihrem Mann zu trennen. Sie lebten aneinander vorbei. Sowohl in ihrem Alltag als auch gefühlsmäßig. Doch immer wenn sie mit ihm über den Zustand ihrer Ehe sprechen wolle, gebe es Streit. Und manchmal auch Gebrüll. Ihr Mann sei halt Spanier. Er fühle sich sofort kritisiert. Dabei gehe es nicht um Schuld. Die Gefühle füreinander seien einfach erschöpft. Und alles andere auch. Sie liebe ihn nicht mehr. Und er sie auch nicht. Davon sei sie überzeugt. Seit Wochen sei sie fest entschlossen, aus der gemeinsamen Wohnung auszuziehen. Nach dem letzten Streit habe er unbedingt mit ihr schlafen wollen. Sie hatte nachgegeben. In den Wochen und Monaten zuvor hatte sie des öfteren nachgegeben, und oft genug war dem Sex ein Streit vorausgegangen. Allerdings sei sie niemals davon schwanger geworden. Jetzt aber doch. Vor zwei Tagen habe sie den Test gemacht. Abtreibung komme auf keinen Fall in Frage. Und eine Trennung auch nicht mehr. Dann schwieg sie, und Paul hätte sie gern in den Arm genommen. Aber er traute sich nicht. Zumal er sich vorstellte, daß sie in Wahrheit nicht zu ihm gekommen war, sondern in das Landhaus des Onkels, in dem sie offenbar unbeschwerte Kindheitstage verbracht hatte. Er war die Beigabe, und er hatte das Gefühl, daß jedes Wort und jede Geste in diesem Moment nur falsch sein konnten. Also schwieg er ebenfalls und rührte sich so lange nicht, bis sie plötzlich aufsprang und mit den Worten »Entschuldige den Überfall« geradezu fluchtartig das Haus verließ.

Daß Paul danach längere Zeit nichts mehr von María hörte, erklärte er sich damit, daß sie sich womöglich für ihren überfallartigen Besuch schämte. Oder einfach anderes zu tun hatte. Sich um ihren Mann und ihren Ehefrieden kümmern mußte. Und um ihr Studium. So ein Medizinstudium ließ sich nicht nebenbei absolvieren. Und mit einem Kind würde es noch schwieriger werden. Am liebsten hätte er sie angerufen. Doch er befürchtete, daß ihr nächtlicher Besuch kein Versprechen auf die Zukunft war, sondern ein Abschied. Sie hatte wahrscheinlich schon in dem Augenblick, als sie zum erstenmal ihren Kopf durch seine Zimmertür gesteckt hatte, gewußt, daß Paul sich in sie verlieben würde, schließlich war er das sprichwörtliche offene Buch für sie. Und sie hatte ebenso schnell beschlossen, ihm mitzuteilen, daß aus ihnen nichts werden würde. Weil er ihr aber sympathisch war und sie ihn nicht brüsk abweisen wollte, hatte sie ihm zwar keine gemeinsame Liebesnacht, aber immerhin zwei gemeinsame Stunden gegönnt, in denen sie das Bett miteinander teilten. Eine geschwisterliche Geste. Was Paul durchaus rührend fand. Aber auch traurig. Eigentlich zum Heulen, so eine geschwisterliche Geste. Aber Paul wollte nicht heulen. Zumal ja nichts Besonderes geschehen war. Er war allenfalls das Opfer einer unglücklich verheirateten, schwangeren und launenhaften jungen Frau geworden, die zwei Stunden neben ihm in seinem Bett geschlafen hatte.

Paul wollte nicht länger über María nachgrübeln, sondern versuchen, es sich in seiner neuen Unterkunft so gut wie möglich einzurichten. Und sich erst einmal genauer in dem Haus umsehen. Wobei es nicht allzuviel zu sehen gab. Die Räume im ersten Stock waren bis auf das Bad, die Küche und Pauls Räume allesamt verschlossen. Ebenso der Keller und einige weitere Räume im Erdgeschoß. Nur der Salon war zugänglich, da von ihm die Treppe hinauf in den ersten Stock führte. Der Salon war möbliert wie ein bürgerliches Wohn- und Eßzimmer, mit schweren, dunklen Möbeln, und hätte eher in eine Stadtwohnung als in ein Landhaus gepaßt. Auch der Wandschrank, eine Geschirrkommode mit mehreren Schubladen sowie ein kleiner Sekretär waren unverschlossen. Der Onkel hatte anscheinend nichts dagegen, wenn seine Mieter sich hier umsahen. Vielleicht durfte man das Geschirr sogar benutzen. Zudem hingen an den Wänden gerahmte Familienfotos, und auch auf dem Sekretär standen Fotos. Auf den meisten war ein Ehepaar mittleren Alters zu sehen, bei dem es sich um den Onkel und seine Frau handeln mußte. Ein nicht allzu großer und noch schlanker, aber zur Korpulenz neigender Mann mit

Halbglatze sowie eine füllige Frau mit dunklen Augen und einem Gesichtsausdruck, der auf spanisches Temperament schließen ließ.
Ein Foto zeigte mindestens ein Dutzend Erwachsene und ein paar Kinder. Das Foto war vor dem Haus gemacht worden. Vielleicht anläßlich einer Familienfeier. Der Kleidung und den Frisuren nach zu urteilen, schien es aus den fünfziger Jahren zu stammen. Allerdings war man hier in Spanien. Und Paul dachte daran, daß Franco erst einige Jahre tot war und die Zeit davor hier zwar nicht stillgestanden hatte, unter der Last der Diktatur aber langsamer vergangen war als im restlichen Westeuropa. Von Portugal und Griechenland einmal abgesehen.
Ein weiteres Foto zeigte einen Mann mit Schnurrbart und in Uniform. Erst bei genauerem Hinsehen erkannte Paul den Onkel wieder. Auf den anderen Fotos trug er keinen Schnurrbart und war in Zivil, wenn auch mit Anzug und Krawatte. Ein Bauer mit Anzug und Krawatte. Hier war er in Uniform – und offenbar war es eine Paradeuniform, denn er trug auch einen Säbel, eine Schärpe, bunte Ordenszeichen und sah aus wie ein Operettengeneral, der zudem diese schwarzlackierte, trapezförmige Kopfbedekkung der Guardia Civil trug. Daß er kein Operettengeneral, sondern wirklich Mitglied der Guardia Civil gewesen war, konnte Paul schließlich auf einem kleineren Foto feststellen, das ebenfalls auf dem Sekretär stand: Hier war er nicht in Paradeuniform und mit Säbel zu sehen, sondern in ganz normaler Dienstkleidung und mit einem Pistolenhalfter am Gürtel. Nur die schwarzlackierte Kopfbedekkung trug er auch auf diesem Foto. Auf dem Bildrand war

der Name des Onkels eingetragen. Zusammen mit seinem Dienstgrad: Capitán.
Paul kannte sich mit Dienstgraden nicht besonders aus, schon gar nicht mit spanischen, doch die Tatsache, daß er nun Untermieter bei einem ehemaligen Angehörigen der Guardia Civil war, überraschte ihn nicht nur, sondern war ihm regelrecht zuwider. Zwar war der Onkel inzwischen pensioniert, doch das bedeutete auch, daß er seine Dienstzeit unter Franco abgeleistet hatte, und die Guardia Civil unter Franco war berühmt-berüchtigt gewesen, hatte gefoltert und gemordet. Paul war in Feindesland geraten. María hatte ihn zu einem Francofaschisten geschickt. Vielleicht hatte sie keine Ahnung von der Guardia Civil. Sie war schließlich ein Kind gewesen, und der Guardia-Civil-Capitán war für sie nichts als der gute Onkel mit Landhaus. Er würde sie trotzdem danach fragen. Falls sie Wort hielt und den Ausflug in die Berge mit ihm machte.
Paul selbst war in einer sozialdemokratischen Familie aufgewachsen. Solange er denken konnte, wählten seine Eltern sozialdemokratisch und machten auch kein Hehl daraus. Und er selbst tat das gleiche, seit er wählen durfte. Gleich zu Beginn des Studiums war er zudem in die Gewerkschaft Erziehung und Wissenschaft eingetreten – und hatte auch nie die Absicht gehabt, wieder auszutreten. Irgendwann würde man ihm die goldene Mitgliedernadel verleihen. Die Küche seiner Kreuzberger Wohnung zierte ein Poster von Picassos *Guernica*, das er auch dann nicht abgenommen hatte, als er sich mehr für Liebermanns *Liebespaar auf einem Spaziergang im Grunewald* oder für Blechens *Das Innere des Palmenhauses* interessierte als

für den Spanischen Bürgerkrieg. Paul blieb der GEW und seiner Gesinnung trotzdem treu, und er war auch immer davon ausgegangen, daß es in seiner Familie niemals Nazis gegeben hatte. Er ging immer noch davon aus, hatte allerdings eine irritierende Erfahrung machen müssen, als er im Rahmen eines Seminars, das sich Fragen der Recherche und der Archivbenutzung widmete, an einer Exkursion zum Koblenzer Bundesarchiv teilnahm, wo er und seine Kommilitonen auch eine eigene Recherche durchführen durften. Er suchte damals der Einfachheit halber nach dem Namen seines Großvaters, der Anton Stettler hieß. Eine der Namensdateien, die auf Mikrofiche gespeichert waren, führte zu einem Mann dieses Namens. Auf dem Blatt, das dem Namen Anton Stettler zugeordnet war, konnte er lesen:

R 43	Reichskanzlei (»Neue Reichskanzlei«)
	1862-1945
R 43 I	Stettler, Anton, Hauswartehepaar (* 1902)
3543	Stettler, Susanne, Hauswartehepaar (* 1903)
	1936-1945

Der erste Impuls bei der Lektüre seines Namens war Entdeckerfreude. Paul wäre am liebsten aufgesprungen und hätte das Blatt seinen Kommilitonen und seinem Dozenten gezeigt. Was für eine Rechercheleistung! Der zweite Impuls allerdings war Scham. Paul sprang nicht auf. Er sorgte sich vielmehr darum, ob die Kommilitonen, die mit ihren eigenen Recherchen beschäftigt waren, Pauls Aufregung bemerkt hatten. Doch niemand sah zu ihm herüber. Er hätte sich gern eine Kopie von dem Blatt gemacht.

Aber nur der Kuriosität halber, denn es war vollkommen ausgeschlossen, daß seine Großeltern oder irgendwelche Verwandten Hauswarte in Hitlers Reichskanzlei gewesen waren. Eine absurde Vorstellung. Es mußte Dutzende Anton Stettlers in Deutschland gegeben haben. Und hieß seine Großmutter überhaupt Susanne? Soweit er wußte, hieß sie Johanna. Aber er war sich nicht sicher. Da seine Großeltern vor seiner Geburt gestorben waren, hatte er sich nie sonderlich für sie interessiert. Am liebsten hätte er sofort seine Mutter angerufen, um nach dem Vornamen ihrer Schwiegermutter zu fragen. Sein Vater war 1932 geboren, da wäre es rein rechnerisch durchaus möglich gewesen, daß die Eltern des Vaters einige Jahre nach der Geburt ihres Sohnes eine Hauswartsstelle in Berlin angenommen hatten. Allerdings war ihm nicht bekannt, daß sein Vater in Berlin aufgewachsen war. Und zudem noch in der Reichskanzlei. Seines Wissens war sein Vater in Braunschweig aufgewachsen und immer dort geblieben. Selbst während des Krieges. Noch am gleichen Abend rief Paul von Koblenz aus seine Mutter an, die ihm bestätigte, daß die Großmutter väterlicherseits Johanna hieß. Johanna Stettler. »Warum willst du das wissen?« hatte sie ihn gefragt, und er hatte nur irgend etwas von Archivrecherche zu Übungszwecken gesagt und daß er spaßeshalber einmal nach ihr suchen wolle.

Obwohl er nach der ersten Schrecksekunde so eine Verwandtschaft für ausgeschlossen hielt, atmete er nach dem Telefonat mit der Mutter trotzdem auf. Er hatte für einen kurzen Moment am eigenen Leib erfahren, wie man sich fühlen mußte, wenn man aus einer Art Täterfamilie kam.

Es hatte ihn eine Schamwelle überrollt. Oder genauer: Die Schamwelle war durch ihn hindurchgerollt. Vom Schädel bis zu den Füßen und wieder zurück. Und gleich danach war ihm der Gedanke in den Kopf geschossen, niemandem von seinem Archivfund zu erzählen. Und daß er das Blatt mit dem Eintrag am liebsten verschwinden lassen würde. Obwohl an der Sache ja nichts dran sein konnte. Allerdings handelte es sich um ein Mikroficheblatt. Zudem hatte er den Empfang des Blattes quittiert. Es war das einzige, das ihm ausgehändigt worden war. So wie auch alle seine Kommilitonen nur ein einziges Blatt bekommen hatten. Aber er mußte sich eingestehen, daß auch er, der Student der Geschichtswissenschaften, im Zweifelsfall und wenn es um den eigenen Namen ging, bereit gewesen wäre, so ein Blatt verschwinden zu lassen. Schöne Geschichtswissenschaften waren das. Dabei gab es ja gar nichts zu vertuschen. Es gab nur eine zufällige Namensgleichheit. Und er war doch immer jemand gewesen, der, von den kleinen Lügen und Verstellungen des Alltags einmal abgesehen, nichts zu verbergen hatte. Weil seine Vorfahren nichts zu verbergen hatten. Und wenn sie doch etwas zu verbergen gehabt hätten, dann wäre das ihr Problem gewesen und nicht seines. Kollektive Verantwortung ja. Kollektivschuld nein. Das war die gängige Formel, mit der man als Nachgeborener bestens über die Runden kam. Und auch er hatte sich diese Formel zu eigen gemacht.

Jetzt aber war er heilfroh, daß es nicht mehr als eine zufällige Namensübereinstimmung war. Jetzt spürte er, wie für einen Moment das Gespenst der Kollektivschuld nach ihm gegriffen hatte. Wegen eines lächerlichen Zufalls. Wer hieß nicht alles Stettler. Hunderte. Vielleicht Tausende. Doch wenn er ehrlich war, mußte er zugeben, daß er niemanden kannte, der so hieß. Er würde im Telefonbuch nachsehen, dort würden sich bestimmt zahlreiche Stettlers finden. Es gab auch historische Telefonbücher. Auch dort konnte man nachsehen. Es gab sogar Reprints der Berliner Telefonbücher aus den dreißiger Jahren.

Doch so viele Stettlers es möglicherweise auch gegeben hatte und noch immer geben mochte – der Archivfund hatte seine Wirkung getan. Paul fühlte plötzlich Schuld und Verstrickung, wenn auch nur auf Hausmeisterebene. Seine moralische Selbstgewißheit war zwar nicht erschüttert, aber doch irritiert. Und er hatte einige Zeit gebraucht, um diese Irritation wieder loszuwerden. Wobei die Tatsache, daß er auch in den Jahren nach dem Archivbesuch niemandem von seinem Archiverlebnis erzählte, der beste Beleg dafür war, daß die Irritation anhielt. Dabei wäre es doch eine schöne Anekdote gewesen. Zumal für Zeitgeschichtler. Keine Studentenfete, kein gemeinsames Mensaessen ohne seine Anekdote: »Stell dir vor, die Hauswarte der Reichskanzlei hießen wie ich. Stettler. Habe ich im Bundesarchiv entdeckt. Wahnsinn.«

Paul hatte sich die Anekdote verkniffen. Er fürchtete, daß etwas an ihm hängenbleiben könnte. In ihm war ja schon etwas hängengeblieben. Er fühlte sich befleckt. Zumal er ohnehin zu Schuldgefühlen neigte. Bei Fahrscheinkontrollen im Bus oder in der U-Bahn beispielsweise. Er zeigte den Fahrschein vor und empfand Schuldgefühle. Wollte er sein moralisches Lebensgefühl definieren, dann würde er sagen: Ich bin ein Schwarzfahrer mit gültiger Monatskarte. Und es war sicher kein Zufall, daß sich die Erinnerung an den Koblenzer Archivfund in dem Moment einstellte, als der Onkel auftauchte. Der Capitán. Der Mann, der die gleiche Uniform getragen hatte wie diejenigen, die den Dichter García Lorca ermordet hatten. Paul kannte Lorcas Gedichte. Er hatte sich im Spanischkurs damit beschäftigt. Und sie hatten dort sogar gemeinsame Übersetzungen verfaßt. Er kannte auch Lorcas *Romanze von der Guardia Civil.* »Ihre Seelen sind aus Lack« hieß es darin. Das hatte er sich gemerkt. Das war, zumindest auf den ersten Blick, so unverständlich, daß er es nicht vergessen hatte. Seelen aus Lack paßten nicht zur Kennzeichnung grausamer Franquisten. Das paßte eher zu Höflingen am Versailler Hof Ludwigs XIV. Zumindest paßte es nicht, solange man nicht wußte, daß die Angehörigen der Guardia Civil diese schwarzlackierten Kopfbedeckungen trugen, die sich *tricornio* nannten. An weitere Zeilen erinnerte er sich nicht mehr. Sonst hätte er dem Onkel gleich zur Begrüßung ein paar Strophen vortragen können. Um die Positionen zu klären. Um erst gar keine Mißverständnisse aufkommen zu lassen.

Paul hatte den Onkel bereits vom Fenster aus gesehen, als er durch das Gartentor kam. Er hatte auch gleich gesehen, daß es derselbe Mann wie auf den Fotos war. Nur älter. Und dicker. Und mit weniger Haaren auf dem Kopf. Wie ein Operettengeneral sah er nicht aus. Wie ein Polizist allerdings auch nicht. Ein nicht allzu großer, glatzköpfiger und korpulenter Mann öffnete das Gartentor und ging auf das Haus zu. In der Hand trug er eine karierte Einkaufstasche, wie sie normalerweise von älteren Frauen benutzt wurde. Paul rührte sich nicht. Er war schließlich nicht der Hausherr. Er konnte den Onkel schlecht an der Haustür empfangen. Er würde abwarten, bis er die Haustür knarren hörte und der Onkel die Treppe hinaufstieg und an seine Tür klopfte. Aber die Haustür knarrte nicht, der Onkel stieg nicht die Treppen hinauf, und er klopfte auch nicht an seine Tür. Der Onkel war gleich wieder verschwunden.

Paul entschloß sich nun doch, hinunterzugehen und den Onkel zu begrüßen. Als er sich ihm vorstellte, war der Onkel gerade dabei, vertrocknetes Laub vom Zitronenbaum zu zupfen. Die drei leuchtendgelben Zitronen, die noch an dem fast kahlen Baum hingen, rührte er nicht an. »Der Baum stirbt«, sagte er zu Paul, nachdem Paul sich als der neue Mieter vorgestellt hatte. »Aber er trägt noch Früchte.« Paul wußte nicht, was er darauf antworten sollte. Er murmelte so etwas wie »schade« und »traurig«, aber ihm fehlte die Beziehung zu dem Baum. Er war ja gerade erst eingezogen. »Ein schönes Haus«, sagte er, um den Onkel von dem Baum abzulenken, der damit begonnen hatte, trockene Blätter vom Boden aufzusammeln. Der Onkel hatte Mühe, sich zu bücken, so daß Paul ihm so lange half, bis sie die gesamte Rasenfläche unter dem Zitronenbaum gesäubert hatten. Der Onkel warf das Laub achtlos in eine Ecke des Gartens. Paul tat es ihm nach, auch wenn ihm nicht ganz wohl dabei war. Jetzt wurde ihm auch bewußt, daß er weder vor dem Haus noch im Haus eine Mülltonne gesehen hatte. Auf seine Frage nach den

Mülltonnen sagte der Onkel, daß er den Müll in Plastiktüten sammle und die Tüten vor das Gartentor lege, dort würden sie dann einmal in der Woche abgeholt.
Das war die mediterrane Variante, dachte Paul. Das hatte er auch während eines Urlaubs auf Sardinien beobachten können, daß die Sarden den Müll in kleinen Plastiktüten sammelten und vor den Häusern aufhäuften. Irgendwann kam dann ein Müllwagen, der eigentlich kein Müllwagen war, sondern ein dreirädriger Ape-Kleintransporter, und holte die Plastiktüten ab. Sofern sie noch vor dem Haus lagen und nicht von Hunden, Katzen oder gar Wildschweinen geplündert und dann vom Wind über die ganze Insel verteilt worden waren. Ob es in der Umgebung von Málaga Wildschweine gab, wußte er nicht, es war aber anzunehmen. Zumindest das sogenannte iberische Wildschwein hatte er schon auf einigen Speisekarten entdeckt. Iberisches Wildschwein mit Feigen und Kastanien. Paul hätte dem Onkel am liebsten vorgeschlagen, einen Container zu besorgen. Er hätte ihm auch gern von einigen landschaftlich reizvollen Gegenden auf Sardinien erzählt, wo die Plastiktüten in den Bäumen hingen. Und dort blieben, bis sie verrotteten. Das konnte lange dauern. Das konnte hundert Jahre dauern, bis so eine Plastiktüte verrottete.
Der Onkel schien sichtlich erfreut, daß Paul ihm gleich zur Hand gegangen war. Um so mehr versagte Paul es sich, ihn auf den nicht gerade umweltfreundlichen Umgang mit dem Müll hinzuweisen. Zumal es alle so machten. Da hätte er ihn gleich auf die Müllprobleme im gesamten Mittelmeerraum aufmerksam machen müssen. Plastiktüten wurden schließlich überall verstreut. Er war

einmal, noch als Schüler, in die Toskana gereist und mit der Lokalbahn von Florenz nach Pisa gefahren. Immer am Ufer des Arno entlang. Und wer würde behaupten, daß es sich hierbei nicht um eine Kulturlandschaft handelte. Die Gegend zwischen Florenz und Pisa war wohl eine der berühmtesten Kulturlandschaften überhaupt. Aber es waren nicht Pinien, Zypressen, weinbestandene Hügel, blühende Gärten mit jahrhundertealten Mauern aus Felsstein, die dem Reisenden hier auffielen. Es waren die Plastiktüten, die die gesamte Ufervegetation zwischen Florenz und Pisa bedeckten. Büsche, Bäume und Sträucher waren voller Plastiktüten. Wobei diese sich in den verschiedensten Graden der Verrottung befanden: Von einigen waren nur noch milchige, nebelhafte Fetzen übrig, andere schienen gerade erst angeweht worden zu sein, so frisch und farbig hingen sie in Bäumen und Büschen. Man hätte sie pflücken und gleich wieder benutzen können. Traurige Toskana. So etwas gab es in Málaga nicht. Und auch nicht auf Sardinien. Dagegen schien die sardische Verschmutzung durch Plastiktüten geradezu rücksichtsvoll und diskret gewesen zu sein. In Málaga konnte einen allenfalls die übliche Tristesse der modernen Bauten und Schlafsiedlungen außerhalb der historischen Altstadt deprimieren. Eine gewisse Irritation empfand Paul allerdings in verschiedenen Tapas-Lokalen, wo es offenbar Sitte war, sämtliche Essensreste einschließlich Servietten auf den Boden zu werfen. Beziehungsweise fallen zu lassen. Was nicht gegessen wurde, wurde fallen gelassen. Olivenkerne, Hühnerknochen, Sardellenköpfe oder -schwänze, Fleischreste, Auberginenscheiben, angebissenes Brot. Und schließlich auch die Serviette, nachdem man sich den Mund damit abgewischt hatte. Wobei man sich hier nicht, wie es in Deutschland üblich war, mit einer einzigen Serviette immer neu den Mund abwischte, sondern während des Essens Dutzende von Servietten verbrauchte. Man kann sich vorstellen, wie der Fußboden in diesen Tapas-Bars aussah. Die einzige Hygienemaßnahme bestand darin, daß ein Angestellter mit einem Eimer durch das Lokal ging und Sägespäne ausstreute, so daß die Gäste irgendwann einen Schlamm aus Essensresten, Papierservietten, verschütteten Getränken und Sägespänen unter ihren Füßen hatten. Paul fragte sich, ob dieser Umgang mit Essensresten etwas mit der Diktatur zu tun hatte. Beziehungsweise mit dem Ende der Diktatur. Franco war schließlich erst ein paar Jahre tot. Womöglich tobten die Menschen sich nach den strengen Jahren mit anarchischen Eßsitten aus. Oder war zu Francos Zeiten auch so gegessen worden?

Paul hätte den Onkel fragen können. Aber er traute sich nicht. Obwohl der Onkel nichts als ein korpulenter alter und zudem schlechtrasierter Mann war, hatte Paul Respekt vor ihm. Viel wichtiger als die spanischen Eßsitten war zudem der Mietvertrag. Paul hatte eigens noch einmal in seinen Wörterbüchern das Stichwort Mietvertrag nachgeschlagen und hierbei mehrere Varianten gefunden: den Contrato de arrendamiento de vivienda, den Contrato de arrendamiento de temporada de vivienda als auch den Contrato mes por mes. Für ihn, der ja bloß Untermieter war, kam ein Contrato mes por mes am ehesten in Frage. Als Paul den Onkel auf den Mietvertrag und die verschiedenen Varianten ansprach, wollte der von alledem nichts wissen, sondern sagte nur, daß Paul ihm das Geld an jedem Ersten auf den Tisch im Salon legen solle. Das würde genügen. Auf Pauls Frage, ob der Onkel ihm auch entsprechende Quittungen ausstellen könne, sagte der Onkel, daß für ihn alles eine Sache des Vertrauens sei. »Vertrauen ist besser als Bürokratie«, sagte er, zwinkerte Paul zu und lud ihn auf einen Begrüßungsschluck in den Salon ein.

Paul setzte sich an den Eßtisch, auf den er zukünftig seine Monatsmiete legen würde, und dachte daran, daß er auf die Quittungen wohl verzichten müsse, während der Onkel in den Keller ging, um Wein zu holen. Vielleicht war es ja auch kleinlich, nach Quittungen zu fragen. Sein Vater hatte ihm wenige Lebensratschläge gegeben, er war nicht der Typ, der anderen Menschen Ratschläge gab. Doch einen Ratschlag hatte Paul des öfteren von ihm gehört, und der lautete: »Laß dir immer eine Quittung geben.«

Der Onkel brauchte ziemlich lange, um den Wein zu holen. Anfangs hörte Paul ihn noch mit Schlüsseln hantieren, dann hörte er, wie Türen geöffnet wurden und wieder zufielen. Schließlich war es nur noch still. So still, daß Paul durch die geöffnete Verandatür wieder den Zug hören konnte. Den Eilzug Málaga–Madrid. Paul hörte wie am Abend zuvor das ferne Rauschen, dann ein etwas lauteres Rattern, dann wieder das ferne Rauschen, das nun allerdings nicht verschwand, sondern aufs neue lauter wurde. Auch das Rattern wurde lauter und bald so laut, daß Paul aufsprang und auf die Veranda ging. Doch von einem Zug war nichts zu sehen. Wenn er in Richtung Stadt blickte, sah er verstreute Häuser samt Gärten, dazwischen Holzschuppen, Werkstätten und Garagen und

in der Ferne, schon etwas schemenhaft, eine weißleuchtende Hochhaussiedlung. Eine Bahntrasse sah er nicht. Und den Zug Málaga–Madrid erst recht nicht, was ihn allerdings keineswegs beruhigte. Ein so laut vorbeirauschender Zug würde ihn weniger stören, wenn er ihn zugleich sehen könnte. Besonders am Abend. Reisende in beleuchteten Abteilen oder im Speisewagen, Lämpchen auf den Tischen, die warmes Licht spendeten. Das würde ihm sogar gefallen. Wäre geradezu beruhigend. Und paßte zu seinem Lebensgefühl. Er war ja auch unterwegs. Er war ja auch ein Durchreisender. Doch dieser Zuglärm ohne Zug war wie ein Phantomschmerz. Er würde sich irgendwann auf die Suche nach der Bahntrasse machen. Und daß der Onkel noch immer nicht mit dem Wein zurückgekehrt war, beunruhigte ihn ebenfalls. So groß konnte der Keller schließlich nicht sein. Am liebsten hätte er selbst einmal nachgesehen. Wer weiß, was für Gewölbe sich unter dem Haus verbargen. Er konnte ja wenigstens einmal durch die Kellertür spähen.
Doch in dem Moment, als Paul seiner Neugierde nachgeben wollte, kehrte der Onkel zurück. Schwer atmend, mit schweißfeuchter Stirn und einer Weinflasche in der Hand. Die Flasche sah nicht danach aus, als handele es sich um einen seit Jahren gehüteten Schatz. Sie sah eher nach Supermarkt und Sonderangebot aus. Und schmeckte auch so. Säuerlich und fade. Und dafür war der Onkel eine Ewigkeit im Keller geblieben. Paul stieß trotzdem mit ihm an, dem der Wein bestens zu bekommen schien und der sich mehrere Male nachschenkte. Immer nur einen Fingerbreit. Aber das ziemlich oft. Paul hätte ihn

gern über María ausgefragt. Und über die Guardia Civil. Aber er hielt sich zurück. Er wollte den Onkel weder wissen lassen, daß er im Salon herumgeschnüffelt hatte, noch sollte er auch nur ahnen, wie er zu María stand. Sie war schließlich eine verheiratete Frau. Und besorgte dem Onkel die Untermieter. Statt dessen versuchte Paul so etwas wie Konversation mit dem Onkel zu treiben. Sie sprachen über Andalusien, über Málaga, das Wetter, den Tourismus, das Küstenstädtchen Nerja, wo der Onkel seine Wochenenden verbrachte und früher zusammen mit seiner Frau regelmäßig Urlaub gemacht hatte, obwohl Nerja nur eine Autostunde von Málaga entfernt war. Und schließlich sprachen sie auch über Deutschland. Genauer: den deutschen Fußball, wobei die Kenntnisse des Onkels eher historischer Natur waren. Er kannte beispielsweise einen Spieler namens Camillo Ugi, von dem Paul noch nie etwas gehört hatte. Ugi hatte offenbar noch vor dem Ersten Weltkrieg in der deutschen Nationalmannschaft gespielt und war, wie der Onkel behauptete, Italiener mit spanischen Vorfahren. Besonders schienen dem Onkel die beiden Walter-Brüder ans Herz gewachsen zu sein, die er »Los gemelos Walter« nannte. Er wurde nicht müde, sich über die Tatsache zu begeistern, daß in Deutschland Zwillinge Nationalspieler gewesen waren. Paul dachte nur: Brüder ja. Gemelos nein. Da war er sich ziemlich sicher. Immerhin hatte er seine ganze Kindheit hindurch am Kiosk Wundertüten mit Fußballbildchen gekauft und ins Album geklebt. Da waren auch Bilder von Fritz und Ottmar Walter dabeigewesen. Fritz war, wenn ihn nicht alles täuschte, der ältere, und Ottmar der jüngere.

Die Konversation mit dem Onkel verlief weitgehend harmonisch, was aber auch daran lag, daß Paul allem, was der Onkel erzählte, zustimmte. Auch gegen die vermeintlichen Walter-Zwillinge hatte er nichts eingewandt. Sollte er mit einem pensionierten franquistischen Capitán über die Tatsache streiten, daß zwei deutsche Fußballer aus den fünfziger Jahren wohl Brüder, aber keine Zwillinge gewesen waren? Lieber nicht. Er zog es vor, den Alten reden zu lassen. Wenn man die Leute reden ließ und ein interessiertes Gesicht dazu machte, lernte man sie am besten kennen. Vorausgesetzt, sie artikulierten sich verständlich. Der Onkel war allerdings schwer zu verstehen. Vielleicht sprach er Dialekt. Möglicherweise andalusisch. Paul wußte es nicht. Er hatte bisher in Málaga noch kein Andalusisch gehört. Weder in der Uni noch sonstwo. Schon gar nicht aus Marías Mund. María sprach ein glasklares Castellano. Was der Onkel sprach, schien nicht so ganz klar. Falls es Andalusisch war, dann war Paul nicht begeistert davon. Verschluckte man im Andalusischen halbe Wörter? Mußte man im Andalusischen so sehr lispeln, daß es wie eine Körperbehinderung klang? Vielleicht hatte der Onkel auch nur eine schlechtsitzende Zahnprothese. Oder der Wein tat seine Wirkung. Der Onkel hatte sich zwar immer nur einen Fingerbreit eingeschenkt, dies aber so oft, daß die Flasche schon fast leer war. Während Paul selbst nur ein halbes Glas getrunken hatte, aus purer Höflichkeit. Wenn der Onkel angetrunken war, konnte Paul ihn vielleicht doch ein wenig ausfragen. Er gab sich einen Ruck und fragte ihn nach seiner beruflichen Vergangenheit. Doch der Onkel reagierte nicht. Die ganze Zeit war er

mehr als gesprächig gewesen, und nun reagierte er nicht. Paul hatte sogar den Eindruck, daß sich seine Pupillen ein wenig verengten. Für einen kurzen Moment schaute ihn der Onkel mit Reptilienaugen an. Paul blickte in ein unrasiertes Altmännergesicht mit Hängebacken und Krokodilaugen. Doch es dauerte nur ein paar Lidschläge, bis sich die Pupillen wieder rundeten und der Onkel in jovialem Tonfall sagte, daß er Beamter gewesen sei. »Ein kleiner Beamter«, setzte der Onkel hinzu. Am Ende sind sie alle nur kleine Beamte gewesen, dachte Paul. Die ihr Leben lang nichts anderes getan haben als Bleistifte gespitzt und Akten abgeheftet. In aller Unschuld. Typisch war das. Aber zum Glück wußte Paul mehr. Und er wartete nur darauf, daß der Onkel jetzt alle möglichen Märchen aus seinem unschuldigen Beamtenleben erzählen würde.
Aber der Onkel tat etwas ganz anderes. Er erhob sich von seinem Stuhl, ging hinüber zur Anrichte am anderen Ende des Salons, nahm die gerahmten Fotos von der Anrichte, griff in ein Regal, nahm ein Album heraus und kam mit den beiden Fotos und dem Album wieder zurück an den Tisch. Er legte das Album auf den Tisch und baute die beiden Fotos vor Paul auf. Paul ließ sich nicht anmerken, daß er die Fotos schon kannte. Das größere Foto, auf dem der Onkel wie ein General aussah, betrachtete er länger. Um dem Onkel einen Gefallen zu tun. Dann sagte er, daß der Onkel auf dem Foto nicht wie ein kleiner Beamter, sondern eher wie ein General aussehe. »Nur eine Paradeuniform«, sagte der Onkel, und daß er beileibe kein General gewesen sei, sondern Capitán, »ein kleiner Capitán«. Und einmal im Jahr, bei der Parade der Guardia Civil zu Ehren

der Virgen de la Victoria, trug er die Paradeuniform. Der Onkel schlug das Fotoalbum auf und zeigte Paul Dutzende Fotos aus seinem Berufsleben. Der Onkel als junger Polizist. Der Onkel als älterer Polizist. Der Onkel vor dem Tor einer Kaserne. Der Onkel in einer Polizeiwache. Der Onkel beim Sport. Beim Appell. Im Dienst. Und einmal mit Gitarre im Kreis der Kollegen, anscheinend bei einer Feier. Auf einem der Fotos sah Paul an der Wand eines Büros ein Porträtfoto Francos, wie es damals wahrscheinlich in Tausenden Polizeiwachen hing. »Franco«, sagte Paul und zeigte auf das Bild an der Wand. »El Generalísimo«, sagte der Onkel und blätterte weiter. Nicht besonders schnell. Aber auch nicht besonders langsam. Um dann ein paar Seiten zu überspringen und ihm ein Foto zu zeigen, auf dem der Diktator zu sehen war, wie er dem Onkel leibhaftig die Hand schüttelte. Der Onkel war in Uniform. Der Diktator natürlich auch. Ansonsten wirkte das Foto wie die Fotos, die es von Papst-Audienzen gab. In Gliesmarode hatten sie einen Nachbarn, der zwei solcher Fotos besaß. Auf einem schüttelte die Frau des Nachbarn Johannes XXIII. die Hand. Auf dem anderen schüttelte der Nachbar selbst Johannes XXIII. die Hand. Paul hatte die Fotos mehrere Male zu Gesicht bekommen, und er war immer beeindruckt davon gewesen. Der Nachfolger des heiligen Petrus und Stellvertreter Christi auf Erden schüttelte den Braunschweiger Nachbarn die Hand. Die zudem Protestanten waren. Ganz normale Protestanten. Aber irgendwie hatten sie es geschafft, zu einer Audienz vorgelassen zu werden. Wahrscheinlich über den Sportverein. Oder den Schachklub. Paul wußte, daß der Nachbar im

SC Braunschweig Gliesmarode v. 1869 e.V. aktiv war. Alle möglichen Vereine reisten nach Rom. Warum nicht auch der Schachklub Gliesmarode. Der Papst konnte einem leid tun. Der vergeudete seine Zeit mit Audienzen, die für viele nur den Zweck hatten, solch ein Foto zu ergattern. Als Kuriosität. So wie man aus Afrika ein Foto mitbrachte, auf dem man neben einem Zuluhäuptling zu sehen war. Franco tat ihm nicht leid. Der wußte, warum er seinen Capitanes die Hand schüttelte. Das festigte die Verbundenheit. Der Onkel war ja immer noch stolz darauf. Paul hätte gern mit dem Alten einen Streit über Franco und die Guardia Civil begonnen. Oder zumindest eine Diskussion. Aber er hielt sich zurück. Er besann sich darauf, daß er Historiker war. Er brauchte nicht mit dem Onkel zu streiten, es reichte, wenn er ihn als Zeitzeugen betrachtete. Außerdem dachte er an María. Er dachte vor allem an María. Ein Zerwürfnis mit dem Onkel konnte sich ungünstig auswirken. Anstatt zu streiten, fragte er den Onkel, was er damals für einen Eindruck von dem Diktator gehabt habe. Der Onkel zuckte nur mit den Schultern und sagte: »Normal. Completamente normal.« Das war alles. Mehr sagte er nicht, und Paul war sich nicht sicher, ob der Onkel ein besonders durchtriebener und vielleicht sogar böser Mensch war, der sofort durchschaut hatte, daß Paul ihn für einen unbelehrbaren Franco-Anhänger hielt und ihn mit seinen Fragen prüfen wollte. Oder ob der Alte nicht vielleicht doch nur ein besonders schlichtes Gemüt hatte. Und schon immer nichts anderes gewesen war als der sprichwörtliche kleine Mann: gutmütig, aber zugleich bereit, allen Herren zu dienen, die die Zeitläufte ihm vorsetzten.

Paul hätte gern ersteres gedacht. Paul hätte den Onkel gern böse gefunden. Aber es gelang ihm nicht. Im Gegenteil: Er mußte sich eingestehen, daß er den Onkel sogar sympathisch fand. Und er wünschte sich, daß der Onkel auch ihn sympathisch fand. Und nicht nur das: Er wollte vom Onkel gemocht werden. Das spürte er deutlich, und es war ihm unangenehm. Was ging ihn dieser unrasierte und ein wenig schmuddelige Expolizist an. Außer daß er sein Vermieter und Marías Onkel war. Aber es half nichts. Sosehr sich Paul auch den Alten schlechtzureden versuchte, sowenig ließ sich die Tatsache leugnen, daß er im Grunde schon die ganze Zeit um dessen Sympathien buhlte. Paul glaubte auch den Grund dafür zu kennen. Er hatte eine Schwäche für ältere Männer. Eine sentimentale Onkelneigung. Das hatte er schon des öfteren gespürt, und es war ihm unangenehm. Zumal seine Neigung eher unsympathischen als sympathischen älteren Männern galt. Nicht, daß er sich zu alten Nazis hingezogen fühlte, aber doch zu solchen Männern, die etwas davon ausstrahlten, was man eine autoritäre Persönlichkeit nannte. Er hatte sich sogar einmal während des Studiums und im Rahmen des Pädagogikums damit befaßt und bewahrte noch immer einen Raubdruck mit dem Titel *The Authoritarian Personality* auf, den er vor der TU-Mensa gekauft, aber mehr durchgeblättert als wirklich gelesen hatte.
Möglicherweise hing Pauls Onkelneigung mit seinem Vater zusammen, der alles andere als eine autoritäre Persönlichkeit, sondern ein feinsinniger und beinahe schüchterner Mensch gewesen war. Das Gegenteil von einem Onkeltyp oder gar Patriarchen. Pauls Vater war niemals

grob oder gar herrisch ihm gegenüber gewesen. Aber er hatte offenbar eine Lücke in Pauls Seelenleben hinterlassen. Das hatte er besonders während seiner Kreuzberger Zeit bemerkt, wo er ja täglich das Gebaren älterer türkischer Männer beobachten konnte. Es schreckte ihn nicht ab, sondern rührte ihn geradezu, wenn er so einen Kreuzberger Patriarchen mit Schnurrbart von seiner Familie gefolgt die Skalitzer Straße entlanggehen sah. Oder wenn ein junger türkischer Mann einem der älteren Männer die Hand küßte, wie er es mehrere Male in der Wiener Straße vor einer der Kreuzberger Hinterhofmoscheen beobachtet hatte. War es nicht beneidenswert, so viel Respekt zu erfahren? Und war es nicht ebenfalls beneidenswert, so viel Respekt empfinden zu können?

Paul war in Kreuzberg umgeben von türkischem Alltagsleben, hatte aber keine türkischen Freunde oder auch nur Bekannte mit Ausnahme des türkischen Bäckers aus dem Vorderhaus. Der zudem zwei hübsche und bezaubernd keusche Töchter hatte, die wie Krankenschwestern gekleidet in hochgeschlossenen mehlweißen Kitteln und mit Kopftuch die Kundschaft bedienten, was den Vater so nervös machte, daß er ständig aus der Backstube in den Laden kam, um nach seinen Töchtern zu sehen. Pauls erster Kontakt mit dem Mann stand unter keinem guten Stern. Paul war in den Laden gegangen, um sich zu beschweren. Was ihm nicht angenehm war. Sich über Türken zu beschweren. Er war schließlich kein Kreuzberger Spießer, der auf ein Sofakissen gestützt am Fenster saß, rauchte, Dosenbier trank und auf die Ausländer schimpfte. So einer war Paul nicht. Paul war ausländerfreundlich.

Er freute sich sozusagen über die Türken in Kreuzberg. Sie ergänzten auf wunderbare Weise die anderen drei großen Bevölkerungsgruppen des Stadtteils: Proleten, Kleinbürger und Studenten. Auch über die Türken aus Anatolien freute sich Paul. Und manchmal bedauerte er es, daß sie nicht noch eine Spur traditionsbewußter waren. Daß sie sich damit begnügten, drei Schritte vor ihren Familien die Straßen entlangzugehen und das Tragen der Einkaufstüten den Frauen zu überlassen. Ihm hätte es gefallen, wenn sie gelegentlich eine Schafherde über den Kottbusser Platz getrieben hätten. Oder mit einer Jagdflinte über der Schulter im Viktoriapark auf Kaninchenjagd gegangen wären. Auch gegen ein paar Ziegen im Hinterhof hätte er nichts gehabt. Und hoch am blauen Kreuzberger Himmel würden die Bergadler kreisen. Das wäre ein Kreuzberg ganz nach seinem Geschmack gewesen.
Paul war der festen Überzeugung, daß alle Menschen überall ein Heimatrecht hatten. Solange sie niemandem Schaden zufügten. Und niemandem auf die Nerven gingen. Vor allem nicht durch laute Musik. Die schallte manchmal durch Pauls Hinterhof. Türkische Musik. Während er für das Studium arbeitete und beispielsweise für ein Seminar mit dem Thema *Vormoderne Lebenswelten* ein Referat schreiben mußte, das sich mit dem Lebensgefühl im Mittelalter beschäftigte, wozu es zum Glück sehr brauchbare Sekundärliteratur gab, lärmte aus irgendeiner der Wohnungen im Vorderhaus türkische Musik. Falls es solche Musik auch schon im Mittelalter gegeben hatte, wäre das vorherrschende Lebensgefühl damals wahrscheinlich Genervtheit gewesen. Erst Genervtheit, dann Endzeitstim-

mung. Paul hatte angesichts des Musiklärms oft genug gedacht: »Jetzt reicht's!« und sich vorgenommen, ins Vorderhaus zu gehen und Krach zu schlagen. Doch immer wenn seine Verärgerung ihren Höhepunkt erreicht hatte, an Lektüre oder Referatschreiben nicht mehr zu denken war und er vom Stuhl aufstand, um sich auf den Weg ins Vorderhaus zu machen, verstummte die Musik. Einfach so. Plötzlich war es still. Ohne jede Vorankündigung. Es war so still, als wäre im gesamten Universum noch niemals ein einziger Ton erklungen. Schon gar kein türkischer. Menschen, Tiere, Pflanzen – alles stumm. Selbst die Hintergrundstrahlung des Urknalls schien verstummt beziehungsweise erloschen. Eine aus Urzeiten kommende und in die Ewigkeit reichende Stille hüllte ganz Kreuzberg und besonders die Gegend zwischen Reichenberger Straße und Paul-Lincke-Ufer ein.

Paul hätte sich also wieder hinsetzen und weiter an seinem Referat arbeiten können. Theoretisch. Aber er arbeitete nicht weiter. Wenn er es versuchte und sich in all dieser Stille hinsetzte, dann hörte er seinen Puls pochen. Wie ein Specht an die Baumrinde, so hämmerte der Puls an die Innenseite seines Schädels. Mit so einem Puls konnte niemand ein Referat über das Lebensgefühl im Mittelalter schreiben. Da mußte man entweder Betablocker nehmen oder spazierengehen. Beziehungsweise Sport treiben. Laufen. Am Landwehrkanal entlang. Paul entschied sich für letzteres. Betablocker sollten erst später in seinem Leben eine Rolle spielen. Er gewöhnte sich an, immer wenn die Musik losging, seine Sportsachen anzuziehen und am Kanalufer zu joggen. Und da die Musik mit einer gewissen

Regelmäßigkeit im Vorderhaus aufgedreht wurde, meistens gegen elf Uhr am Vormittag, trieb er auch mit einer gewissen Regelmäßigkeit gegen elf Uhr vormittags Sport und hätte sich fast einbilden können, daß der Musikterror aus dem Vorderhaus gut für seine Gesundheit war.

Anders verhielt es sich mit der Abluft aus der Bäckerei. Davor wollte er nicht auch noch davonlaufen. Der Bäcker aus dem Vorderhaus hatte irgendwann und ohne Vorankündigung eine Abluftanlage installiert, deren Rohre aus dem Bäckereifenster in den Hof führten und dort vorschriftswidrig auf halber Höhe endeten. So daß die Abluft und mit ihr ein schmalziger Backgeruch in die umliegenden Fenster und auch in Pauls Wohnung zog. Nun beschwerte sich Paul. Erst bei den Töchtern, die ihm das wohlmeinendste und schönste Lächeln schenkten, das man sich denken kann. Und dann bei ihrem Vater, der sich mit ernstem Gesicht Pauls Beschwerde über die Geruchsbelästigung anhörte, Paul in allem beipflichtete und schließlich, als Paul seine Beschwerde beendet hatte, auf Paul zuging, ihn bei den Schultern faßte, die Schultern erst ein wenig knetete, mit Händen, die das Kneten gewohnt waren, und ihn schließlich an sich drückte. Der Mann war einen Kopf größer als Paul und auch um einiges breiter, und Paul sah sich wenn nicht in Abrahams Schoß gebettet, so doch an Abrahams Brust gedrückt.

Der Mann roch nach Mehl. Nach Mehl und nach Schweiß, letzteres aber nur leicht, so daß Paul sich die Umarmung ohne größere Widerstände gefallen ließ. Zumal sie auch nur ein paar Sekunden dauerte und der Mann ihn mit der gleichen Direktheit, mit der er ihn an sich gedrückt hatte, wieder aus der Umarmung entließ. Über die schmalzige Abluft verlor er kein Wort. Er lud Paul vielmehr ein, seine Familie kennenzulernen. Seine Frau und die Mutter seiner Frau, die auch bei ihnen lebe. Obwohl sie sich lange gesperrt habe und lieber in Diyarbakır geblieben wäre, das sei in Südostanatolien, woher sowohl seine Frau als auch er selbst stammten. Aber das gehe nicht, sie sei zu alt, um sich alleine zu versorgen. Und sie hänge an ihrem Urenkel. Darum lebe sie nun bei ihnen. Seine älteste Tochter habe nämlich einen kleinen Sohn. Vielleicht könne Paul am Sonntagnachmittag kommen. Da sei die Bäckerei zwar auch geöffnet, aber es werde nicht gebacken. Seine Frau würde Kaffee kochen. Deutschen Kaffee, wenn er es wünsche. Dann lachte er und sagte, daß sie zu Hause auch ohne deutschen Besuch manchmal deutschen Kaffee trinken würden. Er habe keinen Sohn, aber drei Töchter, und er trinke freiwillig deutschen Kaffee. So sei das eben, wenn man im Ausland lebe.

Paul bedankte sich für die Einladung und wußte sofort, daß er den Bäcker und seine Familie nicht zum Sonntagskaffee besuchen würde. Und daß er auch nicht den Urenkel und die Uroma kennenlernen wollte. Nur die nach schmalzigen Backwaren riechende Abluft im Hinterhof wollte er loswerden. Zugleich beschäftigte ihn die Frage, ob so eine türkische Uroma überhaupt in Deutschland leben dürfe. Brauchte die ein Visum und eine Aufenthaltsgenehmigung. Oder war sie illegal hier? Oder als Touristin? Um alle drei Monate über die türkische Grenze und gleich wieder zurückgebracht zu werden? Was auch ziemlich anstrengend sein mußte für so eine Uroma. Und irgendwann nicht mehr möglich sein würde. Wenn sie ein Pflegefall war. Oder bekamen Angehörige von türkischen Gastarbeitern, wenn sie Pflegefälle waren, ein unbeschränktes Aufenthaltsrecht in Deutschland? Und wenn ja, galt das nur für Angehörige ersten oder auch für Angehörige zweiten Grades? Nicht nur für Omas und Opas, sondern auch für Tanten und Onkel? Er sah Formulare vor sich und Stempel. Und massenhaft Pflegefälle in türkischen Familien, die allesamt Anträge, Bescheide und Stempel erforderten. Pauls Gehirn verwandelte sich in das eines Sachbearbeiters der Ausländerbehörde. Aber wer so eine Schmalzgebäckluft schon einmal gerochen hat, der würde Verständnis für seine Gehirntätigkeit haben. Von dem Geräusch der Abluftanlage ganz abgesehen, die jeden Morgen gegen vier Uhr, wenn der Bäcker den Backofen in Betrieb nahm, mit einem dumpfen Brummgeräusch ansprang. Gegen den Lärm konnte man sich immerhin noch mit einem Kissen oder der Bettdecke wehren. Mund und Nase aber ließen sich nicht zustopfen.

Paul hätte den Bäcker am liebsten nach der Aufenthaltsgenehmigung für seine Schwiegermutter beziehungsweise die Großmutter seiner Töchter gefragt. Aber als er den Mann anschaute, der immer noch darauf wartete, daß Paul die Einladung zum Familienbesuch annahm, wagte er es nicht einmal, seine Beschwerde zu wiederholen. Er blickte in die erwartungsvollen und zugleich ängstlichen Augen des Bäckers. Und er sah, daß das Gesicht des kräftigen Mannes, der da in seinem Bäckerunterhemd vor ihm stand und dem man ohne Zweifel einen Zentnersack Mehl auf die Schultern hätte laden können, bereits greisenhafte Züge besaß. Obwohl er wahrscheinlich ein Mann in den besten Jahren war, wie man so sagte. Anfang oder Mitte Fünfzig. Aber das waren gar nicht die besten Jahre. Und schon gar nicht für einen türkischen Bäcker in Berlin-Kreuzberg, dessen Bäckerei die Schwiegermutter, die Ehefrau und noch mindestens zwei seiner drei Töchter ernähren mußte. Solche von chronischem Schlafmangel schwarz umränderten Augen und zugleich vollständig ergrauten Haare hatte man nicht in den besten Jahren. Die waren das Ergebnis eines Lebens, in dem es nie beste Jahre gegeben hatte. Wenn es gut war, dann war es Mühe und Arbeit gewesen. Nur insofern war das Leben des Bäckers vielleicht gut gewesen. Sein Lebenswerk war diese Kreuzberger Bäckerei. Und sein größtes Glück bestand darin, daß zwei seiner drei Töchter ihr Auskommen ebenfalls in der Bäckerei fanden und er sie auf diese Weise immer unter Kontrolle hatte. Bis sie irgendwann heiraten würden. Und jetzt kam der Geschichtsstudent aus dem Hinterhaus und machte dem Bäcker angst. Paul sah die Angst in den dunkel umränderten Augen des Bäckers. Und er sah sie auch in den noch immer freundlichen Gesichtern seiner beiden Töchter, die es bisher nicht gewagt hatten, auch nur ein einziges Wort zu sagen.

Der Bäcker tat ihm leid. Er tat ihm leid dafür, daß jemand wie Paul das Kreuzberger Hinterhofleben samt türkischem Bäcker einschließlich schmalzhaltiger Abluft irgendwann als Anekdote aus seiner Studentenzeit abtun würde. Das wußte Paul jetzt schon. Daß er gerade dabei war, eine biographische Anekdote zu erleben. Der türkische Bäcker, seine drei Töchter und die nach Schmalzgebäck riechende Abluft würde die Anekdote überschrieben sein. Die er später gern erzählen würde. Und immer mit dem Hinweis versehen, daß er keinesfalls etwas gegen Türken habe. Nur gegen Abluft, die in sein Schlafzimmer drang, habe er etwas gehabt.

Paul wußte auch, daß der Tag kommen würde, an dem er zur bloßen Anekdote für jemand anderen wurde, während es für ihn selbst vielleicht um die Existenz oder gar sein Leben ging. Aber der Tag war hoffentlich noch weit entfernt, und er wollte jetzt nicht darüber nachdenken. Er wollte auch keinem kräftig gebauten türkischen Familienvater in den besten Jahren gegenüberstehen und in dessen ängstliche Augen schauen. Paul verabschiedete sich mit den Worten, daß er wegen des Besuches am Sonntag noch Bescheid sagen werde. Er müsse vorher noch seinen Terminkalender konsultieren.

Nach dem Gespräch mit dem Bäcker war Paul nicht zurück in die Wohnung gegangen, sondern Richtung Kanalufer, um einen Spaziergang zu machen. Er wußte, daß die Wohnung Vergangenheit für ihn war. Das wußte er zwar erst seit fünf Minuten, aber die fünf Minuten reichten, um aus der Wohnung, in der er zur Zeit wohnte, eine Wohnung zu machen, in der er früher einmal gewohnt hatte. Er wohnte zwar noch immer dort, aber sein Lebensgefühl nicht mehr. Sein Lebensgefühl hatte die Wohnung bereits verlassen. Sein Lebensgefühl war schon in einer anderen Wohnung, die er allerdings noch suchen mußte, was wiederum nicht so einfach war, auch wenn es nur um eine armselige Kreuzberger Hinterhofwohnung ging. Die allerdings hell sein sollte und ruhig. Und ohne Gewerbebetrieb im gleichen Haus. Und solch eine armselige helle, ruhige und durch kein Gewerbe beeinträchtigte Hinterhofwohnung war schon schwerer zu finden. Falls es so etwas in Kreuzberg überhaupt gab. Vielleicht mußte er Kreuzberg verlassen. Und nach Wilmersdorf ziehen. Wo die Wilmersdorfer Witwen lebten. Da störte ihn niemand. Da schnarchten allenfalls die Pudel. Aber Wilmersdorf war teuer. Und die Vermieter wollten eine Verdienstbescheinigung sehen. Das wollte sein Kreuzberger Vermieter nicht. Der hatte doch selbst keine Verdienstbescheinigung. Der besaß zwar ein Mietshaus, lief aber mit Vorne-kurz-hinten-lang-Frisur und einer Bierflasche in der Hand durch die Gegend. Der hätte sich die Miete am liebsten an jedem Ersten bar auf die Hand zahlen lassen.

Wie Marías Onkel. Aber der würde nicht mit einer Bierflasche in der Hand durch die Gegend laufen. Der war Weintrinker. Und außerdem ein Gartenfreund und Pflanzenliebhaber. Daß der Onkel nicht sofort ins Haus gegangen war, sondern zuerst zum Zitronenbaum, hatte Paul gefallen. Und daß er keine Scheu hatte, ihm sein Fotoalbum zu zeigen, war ebenfalls sympathisch. Wobei die Fotos bis auf das Franco-Foto für einen Außenstehenden vollkommen uninteressant waren. Ohne jeden zeitgeschichtlichen Wert. In Wahrheit war auch das Franco-Foto nichts wert. Es mußte Abertausende solcher Fotos geben, auf denen Franco einem Polizisten die Hand drückte. Paul kommentierte die Fotos trotzdem mit einem wiederholten »Sehr interessant«, merkte aber zugleich, wie er beim Betrachten der Fotos zunehmend müder wurde. Irgendwann würde er über den Fotos einschlafen. Was für ein langweiliges

Leben muß das Polizistenleben des Onkels gewesen sein. Wacher wurde Paul erst wieder, als einige lose Fotos aus den hinteren Seiten des Albums herausfielen. Familienfotos. Paul sagte »Darf ich?« und nahm eines der Fotos in die Hand. Der Onkel schien nichts dagegen zu haben. Im Gegenteil. Wer weiß, wann sich zuletzt jemand dafür interessiert hatte. Und nun wurde Paul zumindest insofern fündig, als er auf zwei der Fotos María entdeckte. Einmal als Studentin und beinahe noch so, wie er sie kannte. Und ein anderes Mal als vielleicht Vierzehn- oder Fünfzehnjährige mit ihren Eltern und neben dem Onkel und dessen Frau. Sie war keine Jugendliche mit Babyspeck und Zahnspange gewesen, sondern ein attraktives junges Mädchen, das kurz davor war, eine noch attraktivere junge Frau zu werden. Er hätte sich gewünscht, schon als Schüler ihr Freund gewesen zu sein. Und er spürte beim Betrachten des Fotos ein Gefühl von Eifersucht, ohne daß er wußte, auf wen oder was er eifersüchtig war. Vielleicht auf ihre Jugend, die sie verbracht hatte, ohne daß er von ihrer Existenz auch nur eine Ahnung gehabt hatte. Er hätte gern das Foto besessen. Er hätte gern ein Stück von ihrer Vergangenheit und ihrer Lebensgeschichte in Besitz genommen. Und ihre mädchenhafte Schönheit natürlich auch. Er legte das Foto zurück. Er hatte es ohnehin schon zu lange in der Hand gehalten und darauf gestarrt.

Paul wartete auf María. Aber María ließ sich nicht blikken. Statt dessen kam der Onkel jeden Morgen ins Haus und ging abends wieder fort. Er kam ins Haus, wie andere Leute zur Arbeit gingen. Und wenn Paul nicht ins Institut ging, um zu unterrichten, was nur an drei Tagen in der Woche der Fall war, dann waren sie beide im Haus. Paul in seinem Zimmer, wo er zumeist las. Und der Onkel im Salon oder im Garten. Er stieg allerdings regelmäßig in den ersten Stock hinauf und machte sich an den Schränken zu schaffen. Schloß sie auf und wieder zu, räumte etwas ein und dann wieder aus. Er räumte ein wenig zu oft in den Schränken herum, fand Paul. Einmal war Paul dazugekommen und hatte Gelegenheit gehabt, in einen der Schränke hineinzuschauen. Er sah nichts als Arbeitskleidung, Werkzeug, alte Zeitschriften, darunter einen Stapel mit spanischen Comics, eine Thermoskanne, Gläser und Tassen und andere Haushaltsgegenstände. Offenbar dienten die Schränke dazu, Gerümpel aufzubewahren. Warum der Onkel sie beinahe stündlich aufsuchte und darin herumkramte, war sein Geheimnis. Wahrscheinlich waren es Erinnerungsstücke, die sich hier im Laufe seines Lebens angesammelt hatten. Vielleicht war das beständige Auf- und Zuschließen aber auch nur die Marotte eines altgedienten Polizisten.

Ansonsten verlief das Leben mit dem Onkel völlig harmonisch. Paul hielt sich in seinem Zimmer auf, las und bereitete den Unterricht vor, der Onkel trug diverse Gerätschaften im Garten hin und her, ohne daß zu sehen war, was genau er dort eigentlich machte. Irgendwelche Besonderheiten, die mit seiner Vergangenheit zu tun hatten, konnte Paul nicht an ihm entdecken. Der Onkel mußte ein ziemlich harmloser Guardia-Civil-Polizist gewesen sein. Doch auch darin konnte man sich täuschen. Schon so mancher harmlos wirkende ältere Herr war in Wirk-

lichkeit ein bösartiger Menschenschinder gewesen. Wie auch immer. Jetzt führte er das eintönige Leben eines Pensionärs, war freundlich und umgänglich, lud Paul auch manchmal um die Mittagszeit zu einem Imbiß ein. Da es an manchen Tagen schon sommerlich warm war, setzten sie sich auf die Veranda und aßen Brot mit Schinken und Oliven, tranken sogar gelegentlich Wein dazu und unterhielten sich über Alltagsdinge. Vorzugsweise über den Garten. Die Pflanzen. Den Boden. Der nicht mehr so gut sei wie früher. Was der Onkel trotzdem noch mit dem Garten vorhabe. Und wie es war, als seine Frau noch lebte. Als alles in Blüte stand. Und sie sich beinahe komplett aus dem eigenen Garten ernähren konnten. Zumindest was das Obst und das Gemüse anging. Nur Kartoffeln mußten sie dazukaufen. Aber der Onkel würde den Garten wieder in Ordnung bringen. Ohne seine Frau sei aber alles viel schwieriger. Und jünger würde er auch nicht werden.
Paul stimmte ihm zu. Er sah einen alten und verschwitzten Mann im Unterhemd vor sich. Zum Unterhemd trug er eine abgewetzte und fleckige Anzughose, der man aber noch ansah, daß sie einmal ein hochwertiges Kleidungsstück gewesen war. Jetzt trug der Onkel die Hose bei der Gartenarbeit. Und dazu Plastiksandalen, in denen unerwartet kleine, weibliche und beinahe ein wenig mädchenhaft wirkende Füße steckten. Chinesinnenfüße. Vielleicht waren es diese Füße, die Paul veranlaßten, alle Vorsicht zu vergessen und den Onkel zu fragen, ob er etwas von María gehört habe. Der Onkel aber antwortete nicht darauf, sondern schnitt sich schweigend von dem Schinken ab und kaute darauf herum. Vielleicht hatte er

sich nicht klar ausgedrückt, dachte Paul. Vielleicht kam der Onkel mit Pauls Spanisch nicht zurecht. Er fragte den Onkel noch einmal, und nun etwas lauter und im korrektesten Sprachkursspanisch, ob María ihn manchmal hier draußen besuchen komme. Der Onkel erwiderte immer noch nichts, ließ die Augenlider sinken und schwieg. Paul wartete nur darauf, daß sich sein Blick gleich wieder in diesen Reptilienblick verwandeln würde, wie er es schon einmal getan hatte. Doch als der Onkel die Augen öffnete, blickte er Paul nur mit wäßrigen, blaßrot und knotig geäderten Augen an, erhob sich mit den Worten »Ich habe zu tun« und machte sich wieder an seine Gartenarbeit. Erst als er schon die drei Stufen von der Terrasse in den Garten hinuntergestiegen war, drehte er sich noch einmal um und rief Paul zu, daß María eine sehr intelligente Frau sei: »Una mujer muy inteligente.«

Das war ohne Zweifel zutreffend, aber es klang wie eine Drohung. Der Onkel drohte ihm. Er drohte ihm mit Marías Intelligenz. Was immer das bedeuten mochte. Er hätte ihm auch mit Marías Schönheit drohen können. Ihrem honigblonden Haar. Ihren schmalen, aber schwingenden Hüften. Ihren zwischen Grün und Grau oszillierenden Augen. Und mit ihrer umwerfenden Spontaneität, von der Paul ja bereits profitiert hatte. Er hätte jetzt ein Loblied auf María singen können und dem Onkel am liebsten nachgerufen, daß María die Frau seines Lebens sei, ob intelligent oder nicht. Oder er hätte den Onkel ganz frech nach Marías Adresse und ihrer Telefonnummer fragen können. Und vielleicht mit einer Beißattacke des alten Krokodils rechnen müssen.

Aber Paul tat nichts dergleichen, blieb noch eine Zeitlang auf der Terrasse sitzen und ließ den Onkel seine Gartenarbeit machen. Allerdings hatte er jetzt das Gefühl, daß der Onkel ihn beobachtete. Der Onkel rupfte irgendwelche Gräser und beobachtete Paul dabei aus den Augenwinkeln. Der Onkel stand unter dem dürren, aber von ihm sorgsam gehüteten Zitronenbaum, legte zwei Finger auf jede der verbliebenen Zitronen, als würde er ihren Puls fühlen – und schielte zugleich in Pauls Richtung. Bis es Paul zuviel wurde und er auf sein Zimmer ging. Doch es dauerte keine halbe Stunde, und er hörte, wie der Onkel die Treppe heraufkam und in den Schränken zu kramen begann: Schranktüren aufschloß und Schranktüren zuschloß, dann offenbar verharrte, um nach einiger Zeit erneut mit dem Öffnen, Schließen und Herumkramen weiterzumachen.
Vielleicht diente das ganze Treiben des Onkels nur dazu, ihn zu kontrollieren. Der Onkel räumte nicht die Schränke ein und aus, sondern kontrollierte Paul. Vielleicht vermietete er die Zimmer überhaupt nur, um seine jeweiligen Untermieter zu kontrollieren. So hatte er wenigstens eine Aufgabe. Und das ganze Herumräumen und Herumkramen und die sogenannte Gartenarbeit dienten der Tarnung. Es waren ja auch keine Ergebnisse dieser Arbeit zu sehen. Der Garten sah genauso vernachlässigt aus wie an dem Tag, als Paul ihn zum erstenmal betreten hatte. Eines Tages würden die drei Zitronen abfallen, das war die einzige Veränderung, mit der zu rechnen war. Vielleicht war der Onkel aber auch krank, ein neurotischer Polizist mit Schließ- und Kontrollzwängen. Oder er war ein-

fach nur ein gelangweilter Pensionär, der sein Haus dazu nutzte, sich mit sinnlosen Aktivitäten und den jeweiligen Untermietern die Zeit zu vertreiben. Und sich zugleich einbildete, er müsse auf seine Nichte aufpassen. So wie er früher auf sie aufgepaßt hatte, als sie ein Kind gewesen und am Wochenende zu Besuch gekommen war. Das muß die große Zeit des Onkels gewesen sein. Als sich die gesamte Familie in seinem Landhaus traf. Jetzt waren ihm drei altersschwache Zitronen geblieben. Vielleicht sollte Paul lieber ausziehen. Er mußte unbedingt mit María über ihren Onkel sprechen. Wenn sie in den nächsten Tagen nicht auftauchte, würde er Andrew und Janet um Marías Telefonnummer bitten.

Doch zum Glück tauchte sie auf. Schon zwei Tage später. Es war ein Samstag, und der Onkel war an diesem Tag nicht ins Haus gekommen. Statt dessen rollte Marías Wagen in die Einfahrt, und Paul war schon bei ihr, ehe sie den Motor ausgeschaltet hatte. Auf dem Rücksitz des Wagens lag noch immer der *Pschyrembel*. Viel schien sie in der Zwischenzeit nicht studiert zu haben, dachte Paul, als er sie an der Wagentür begrüßte. Diesmal trug sie wieder ihre leichten Wanderschuhe und dazu einen blauen Anorak, der den Anoraks aus seiner Kindheit ähnelte. Mit Kapuze, Reißverschluß und verschiedenen Bändern, mit denen man ständig irgendwo hängenblieb. Auf Marías Anorak war allerdings noch ein Wappen mit der Inschrift *Boy Scouts' International Conference 1920* aufgenäht. Was hatte María mit Pfadfindern zu tun? Und dazu noch mit männlichen? Von 1920? Das Wappen beschäftigte Paul mehr, als es sollte. Anstatt sich über María zu freuen und sie entsprechend zu begrüßen, machte er sich Gedanken über die Pfadfinder von 1920. Außerdem war auf dem Wappen der heilige Georg abgebildet. Der ihn ebenfalls irritierte. Aber vielleicht interessierte er sich nur deshalb so sehr für das Wappen und den heiligen Georg, weil er sich nicht sicher war, wie er María begrüßen sollte. Mit einer Umarmung? Einem Kuß? Auf den Mund oder die Wangen? Mit Handschlag? Begrüßte man eine Frau mit Handschlag, die bereits ein paar Stunden neben einem im Bett verbracht hatte? Nur mit Slip und Unterhemd bekleidet. Das Wappen auf Marías Anorak wurde immer größer. Und die Pfadfinderkonferenz von 1920 immer bedeutender. Und erst der heilige Georg. Paul sah den heiligen Georg auf sich zureiten. Ihn schwindelte, und er stand noch immer verlegen und mit hängenden Armen vor María. Zum Glück löste sie das Problem mit der Begrüßung, indem sie ihm, ohne lange zu zögern, einen Kuß erst auf die rechte und dann auf die linke Wange drückte und ihn zugleich ohne weitere Vorreden fragte, ob er Lust auf den versprochenen Ausflug habe. Aufs Land. Auf ihr Grundstück.

Natürlich hatte er Lust. Er holte seine Jacke, schloß das Haus ab, und kurze Zeit später hatten sie die Stadt schon verlassen. Sie fuhren zuerst Richtung Antequera, bogen aber einige Zeit vor Antequera ab und kamen in eine bergige Gegend. Paul las Ortsnamen, die er noch nie gehört hatte. María aber kannte sich aus. In einem Ort namens Colmenar stiegen sie aus, tranken Kaffee und aßen ein Sandwich. Auf dem Hauptplatz war man gerade damit beschäftigt, Lichterketten abzunehmen. Sicher war gerade

das Fest einer Ortsheiligen gefeiert worden. María wußte auch, welche Heilige es war: La Virgen de la Candelaria. Doch ihr Fest wurde Anfang Februar gefeiert, und jetzt war schon Mitte Mai. María wollte nicht ausschließen, daß in manchen Ortschaften im Februar eine Fiesta stattfand und im Mai die Dekorationen entfernt wurden. Es gäbe auch Orte, da ließ man die Festbeleuchtung gleich bis Weihnachten hängen. »Spanische Schlamperei eben«, sagte María. »Mittelmeerschlamperei«, ergänzte Paul. So etwas konnte im Raum Neapel wahrscheinlich ebenso vorkommen. Nur in Braunschweig nicht. Da wurde zwar auch heftig gefeiert, wenn er nur an das Schützenfest dachte. Bis zum Erbrechen sozusagen. Doch zwei Tage nach dem Fest waren alle Spuren restlos beseitigt.
Sie ließen Colmenar hinter sich und fuhren auf einer Landstraße durch eine hügelige und wenig besiedelte Gegend, um dann noch einmal bergauf zu fahren. An einem von Wald umgebenen Parkplatz stellte María den Wagen ab und schlug vor, den Rest des Weges zu Fuß zu gehen. Man könne auch dicht an das Grundstück heranfahren, aber dann hätten sie eine andere Straße nehmen müssen. Und es seien ohnehin nur Wirtschaftswege, die zum Grundstück führten. Paul hatte nichts gegen einen Fußweg. Im Gegenteil. Er nahm María den Rucksack ab, den sie dabeihatte. »Unser Proviant«, sagte sie, als er den Rucksack schulterte. Paul war ein wenig beschämt, daß er nicht daran gedacht hatte. Er hatte nichts dabei außer einer Flasche Wasser. Aber Wasser schien es hier genug zu geben. Die Gegend war grün, und es roch nach feuchter Erde und Laub. Aber das mochte auch an der

Jahreszeit liegen. Wer weiß, wie es hier im August aussehen würde.
Der Weg führte bergab, bis sie eine schmale von Büschen bewachsene Schlucht erreichten, wo sie einem Bachlauf folgten, der allerdings ausgetrocknet war und offenbar nur nach starken Regenfällen Wasser führte. An einer Weggabelung begegneten sie einem Mann, der ein Draht- oder Eisengitter trug, wie man es bei Bauarbeiten benutzte. Das Gitter schien viel zu schwer und unförmig für den Transport durch einen einzelnen Mann, und der Mann blieb auch alle paar Meter stehen, um Luft zu schöpfen. Paul überlegte einen Moment lang, ob man ihm Hilfe anbieten sollte. Andererseits: Wer durch diese Schlucht ein Armiergitter trug, der würde wissen, worauf er sich einließ. María wunderte sich nicht weiter über den Mann und sein Gitter und rief ihm ein so selbstverständliches »Hola« zu, als wäre sie ihm hier schon oft begegnet. Der Mann grüßte mit ebenso großer Selbstverständlichkeit zurück. Er schien keine Hilfe zu erwarten. Mehr als über den Mann wunderte sich María allerdings über eine weiße Katze, die nach der nächsten Wegbiegung auf dem glatten und hellen Stumpf eines offenbar erst vor kurzem abgesägten Baumes saß und vor sich hin zu träumen schien. Ob sie zu dem Mann gehörte? Ein Haus war weit und breit nicht zu sehen. María näherte sich der Katze, die sich sofort mit dem Kopf an ihre ausgestreckte Hand schmiegte. Dies tat sie auf eine ebenso vertraute Weise, wie der Mann ihren Gruß erwidert hatte.
Daß Katzen sich gern kraulen ließen, überraschte Paul nicht. Überraschend war allerdings das Aussehen der Kat-

ze, die ein so makellos reines und weißes Fell besaß, wie man es selbst bei Rassekatzen nur selten zu sehen bekam. So sahen Fabeltiere aus. Diese Katze schaffte es offenbar, in der Gegend herumzustreunen, ohne den winzigsten Schmutzfleck davonzutragen. Von Bißspuren und anderen Blessuren ganz zu schweigen. María setzte sich zu der Katze auf den Baumstumpf, die sich nun völlig ihren Zärtlichkeiten ergab, und schließlich setzte sich auch Paul dazu. Der Baumstumpf bot genug Platz, es mußte ein enormer Baum gewesen sein, die Schnittfläche hätte Ausflüglern als Picknicktisch dienen können. Nun kraulte auch Paul die Katze, und dabei berührten sich seine und Marías Hände. Ihm fiel ein, daß sie sich seit dem Begrüßungskuß noch kein einziges Mal berührt hatten. Er wußte ja auch noch immer nicht, was ihr der morgendliche Besuch in seinem Bett bedeutet hatte. Und auch nicht, was dieser Ausflug für sie bedeutete. Sie war schließlich eine verheiratete Frau, sagte eine Stimme. Die Stimme war in seinem Kopf und klang wie seine eigene. Doch nun mischte sich auch noch die Stimme des Onkels ein. Paul hörte wieder sein »Muy inteligente«. Was auch immer das heißen mochte. Daß María zu intelligent war, um mit Paul eine Affäre zu beginnen? War Paul etwa blöd? Das war er nicht. Es gab sicherlich Leute, denen er nicht sympathisch war. Für blöd hatte ihn bisher noch niemand gehalten. Nur der Onkel. Der Idiot. Der Guardia-Civil-Trottel. Der Capitán. In der *Commedia dell'arte* gab es einen Capitano Spaccamonti. Kapitän Bergspalter. Gewaltig wie ein Erdbeben. In Wahrheit aber ein Narr und Aufschneider. Doch wenn man es recht bedachte, taugte der Onkel nicht einmal dazu. Er hätte den Onkel gern etwas lächerlicher gefunden. Und wenn nicht lächerlicher, dann wenigstens böser. Ein altes, böses Guardia-Civil-Reptil hätte er sich gewünscht. Das aber immer noch zuschnappen konnte. Einen pensionierten Polizisten, der jeden Sonntag seine Uniform aus dem Schrank holte und anzog, die Koppel umschnallte und vor einer gipsernen Schreibtischbüste des Diktators salutierte. Und der zugleich an seiner Nichte hing. Ein Reptil mit zärtlichen Neigungen. Aber solche Leute gab es nur in Romanen. Paul hatte eine Zeitlang eine Vorliebe für Diktatorenromane gehabt. Besonders hatte ihn interessiert, was in solchen Menschen vorging, wenn sie alt und keine Diktatoren mehr waren. Normalerweise lasen Geschichtsstudenten ja keine Literatur. Oder nur ungern. Geschichtsstudenten waren an Fakten interessiert. Einer seiner Dozenten aber hatte unermüdlich dafür geworben, wie nützlich die Lektüre von Romanen auch für Historiker sei, und speziell mehrere lateinamerikanische Diktatorenromane empfohlen. In solchen Romanen konnte es vorkommen, daß ein altgewordener Diktator in einem verfallenen Palast lebte, in dessen Treppenhaus die Kühe grasten. Das war historisch eher unwahrscheinlich, hatte Paul aber trotzdem eingeleuchtet. Und wenn er sich recht erinnerte, hatte auch der alte Menschenschinder aus dem Roman eine zärtliche Anhänglichkeit an eine seiner Nichten gehabt.

Paul hätte mit María gern über den Onkel gesprochen. Ihr von seinen Angewohnheiten erzählt und sie nach seiner Zeit bei der Guardia Civil ausgefragt. Aber sie waren noch immer mit der Katze beschäftigt, die sich nun von ihnen beiden streicheln ließ und sich dabei vom Kopf bis zu den

Zehen dehnte und streckte und die Krallen ausfuhr. Noch ehe Paul nur ein Wort über den Onkel sagen konnte, trafen sich Marías und seine Hand im Fell der Katze. Zuerst nur ganz zufällig, aber ein zweites, drittes und viertes Mal nicht mehr ganz so zufällig, und irgendwann waren beide mehr damit beschäftigt, die Hand des anderen als das Fell der Katze zu streicheln. Die Katze merkte sehr bald, daß sie nur noch Mittel zum Zweck war, und sprang davon, ohne Paul und María auch nur eines weiteren Blickes zu würdigen. Typisch Katze, dachte Paul, aber sehr intelligent. »Muy inteligente«, sagte er dann mehr zu sich selbst als zu María, während ihre Hände noch immer miteinander beschäftigt waren und sich ihre Finger sogar ein wenig ineinander verhakten. »Muy egocéntrica«, sagte María daraufhin und fuhr mit ihrer Hand über seine Knöchel, umfaßte sein Handgelenk, rückte zugleich noch ein wenig näher an ihn heran, so daß er ihre Körperwärme spüren konnte, neigte ihren Kopf an seine Schulter und verharrte einen Moment, als würde auch sie seiner Körperwärme nachspüren. Schließlich wandte sie ihm das Gesicht zu und küßte ihn. Sie küßte ihn nicht nur, sondern ermunterte Paul auch dazu, ihren Körper zu erkunden, sofern er trotz der Kleidung für ihn erreichbar war. Wieder waren seine und ihr Hand im Spiel, und nun war sie die Katze, muy inteligente y muy egocéntrica, die mit ihrer Hand eine seiner Hände über ihren Körper führte: unter die Bluse, das Unterhemd, über ihre Brüste und unter die Achseln, die warm und trocken waren. Vielleicht hätten sie das Spiel auch noch weiter gespielt, und vielleicht hätten sie auch die Rollen getauscht und er eine ihrer Hände ge-

führt, um sie seinen Körper erkunden zu lassen, wenn sie nicht von Stimmen aufgeschreckt worden wären. Sie lösten sich voneinander, richteten rasch ihre Kleidung, und schon tauchten zwei Wanderer auf, dem Aussehen nach Deutsche oder Holländer, die in dem Moment, als sie Paul und María auf dem Baumstumpf erblickten, überrascht ihr Gespräch unterbrachen, Paul und María einen Moment lang schweigend anstarrten, schließlich auf spanisch grüßten und an ihnen vorbeigingen.
María meinte, sie sollten zusehen, daß sie aufs Grundstück kämen, da würden sie nicht gestört werden und sie hätten ja noch einiges nachzuholen. Paul war sich nicht ganz sicher, worauf sie anspielte. Bis María hinzufügte, daß es gut war, daß er an jenem Morgen nicht versucht habe, mit ihr zu schlafen. Daß er die fremde müde Frau in seinem Bett akzeptiert habe, ohne sie zu bedrängen. Das habe sie ihm nicht vergessen. Im Gegenteil. Paul freute sich über ihre Worte. Und alles andere löste mehr als nur Freude in ihm aus. Daß sie hier neben ihm durch die Landschaft ging. Daß sie sich gerade geküßt hatten. Daß sie gleich auf ihrem Grundstück miteinander schlafen würden. Daß sie ihn offenbar mochte. Und daß sie anscheinend alles ganz unkompliziert nahm. Zumindest, wenn man sich zurückhaltend verhielt. Auch dann, wenn sie zu einem ins Bett kam. Zum Glück hatte er sich an jenem Morgen so verhalten. Und nicht etwa das Vergewaltigungsspiel zu spielen versucht wie damals mit Birgit. Er würde es auch in Zukunft nicht mehr spielen, es sei denn, er konnte sich sicher sein, daß es beiden gefiel. Aber dann war es kein echtes Vergewaltigungsspiel mehr.

Er mußte plötzlich an Birgit denken. Marías Zärtlichkeiten bewirkten, daß er an Birgit denken mußte. María hatte Lust auf Birgit in ihm geweckt. Erinnerungslust. Obwohl er sich nach nichts mehr sehnte als danach, mit María zu schlafen, sehnte er sich zum erstenmal nach längerer Zeit auch wieder nach Birgit. Er dachte an ihre zerrissenen Jeans. An ihre Locken und die runde Lehrerinnenbrille. Den warmen, weichen Mund, der ziemlich kühle Sätze sagen konnte. Und wie sie im Gras der Pfaueninsel gelegen hatten und er zu gern ein paar Unanständigkeiten riskiert hätte – unter freiem Himmel und unter den Augen der Grenzsoldaten, die sie mit ihren Ferngläsern vom Sacrower Ufer oder ihren Booten aus beobachten würden. Aber Birgit hatte nicht gewollt. Sie hatte es pubertär gefunden. Und sie hatte recht gehabt. Aber die Pubertät hatte eben auch schöne Seiten. Birgits Keuschheit und Zurückhaltung verboten ihr solche Dinge. Sie hatte ihre Keuschheit und Zurückhaltung auch im Bett beibehalten. Was Paul zugleich geärgert und gefallen hatte. Gekränkt und angestachelt. Sie entzog sich ihm, obwohl alles erlaubt war. So gut wie alles.

Mit María würde nicht nur alles erlaubt sein, sondern auch erwünscht. Diese Erfahrung durfte Paul schon bald nach ihrer Ankunft auf dem Grundstück machen, das sie nach weiteren zwanzig Minuten Fußweg erreicht hatten. Eine größere Wiese, die nach Süden hin sanft abfiel, Obstbäume, ein Unterstand, der einmal den Tieren gedient haben mochte, und ein Holzhaus, das ganz ähnlich wie die Berliner Schrebergartenhäuschen wohl zum Aufenthalt bei Tage, jedoch nicht zum Wohnen und Übernachten genutzt werden durfte. Übernachtet hatte María dort trotzdem schon öfter, besonders als Jugendliche, wie sie Paul später erzählte. Es gab fließend Wasser, das mit einer elektrischen Pumpe zum Laufen gebracht wurde, und sogar eine ordentliche Toilette. Ihr Vater, so María, habe manchmal wochenlang das Grundstück nicht verlassen, und wenn ihre Mutter ihn sehen wollte, mußte sie herauskommen. Jetzt aber war er des Grundstücks müde geworden und hielt sich lieber in der Stadtwohnung auf. Er hatte auch sein Interesse für Tiere und Pflanzen verloren. Tagsüber las er Zeitung, und abends sah er fern. Ein müder, alter Mann eben. Im Unterschied zu ihrem Onkel, der sich ja immer noch für sein ehemaliges Landhaus, den Garten und alles andere interessiere. Das wisse Paul ja am besten. »Und ob«, sagte Paul und meinte das durchaus ironisch. Doch die Ironie kam nicht an. Das mochte an seinem Spanisch liegen. Auch wenn er sich einbildete, fließend Spanisch zu sprechen, hatte er doch schon des öfteren bemerkt, daß er die Möglichkeiten der Sprache allenfalls ansatzweise nutzte. Und zu diesen Möglichkeiten gehörte eben auch der Umgang mit Ironie. Etwas sagen und das Gegenteil meinen. Pauls »Ya lo creo!« hatte offenbar nicht ausgereicht, um seine wahre Meinung über die Altersinteressen des Onkels anzudeuten. Zumindest hatte María nicht in diesem Sinne reagiert. Aber vielleicht war es auch gut so, daß sie jetzt nicht über den Onkel sprachen, sondern sich in der Hütte einrichteten. Das heißt, einzurichten gab es nicht viel. Die Hütte bestand aus einem einzigen Raum, in dem ein Eßtisch stand, eine Kommode, eine Pritsche. Außerdem gab es eine eher provisorische Kücheneinrichtung mit einem Spülbecken aus grauem Granit. María packte den Rucksack mit den Lebensmitteln aus. Brot, Oliven, Schinken und Tomaten. Genau das gleiche pflegte auch der Onkel jeden Mittag zu essen. Nur daß María noch eine Flasche Olivenöl dabeihatte sowie Salz und Pfeffer. Sie ging davon aus, daß nichts davon im Haus war. Und sie hatte recht: In der Hütte waren keinerlei Vorräte vorhanden. Nicht mal ein Salzstreuer war zu finden. Nachdem María den Proviant auf den Tisch gestellt hatte, fragte sie Paul, ob er etwas essen wolle. »Vielleicht später?« fragte Paul. »Einverstanden«, erwiderte María, küßte Paul erst auf die Wange und dann auf den Mund und holte schließlich aus der Kommode ein Bettlaken hervor, das sie über der Pritsche ausbreitete. Dann flüsterte sie Paul mit gespielter Verschämtheit ins Ohr, daß das Bettlaken gar kein Bettlaken sei, sondern eine Tischdecke. Und ob er auch auf einer Tischdecke mit ihr schlafen würde.

In den Wochen danach waren sie regelmäßig auf das Grundstück gefahren. Immer über Colmenar, wo sie auch meist anhielten und in der immer gleichen Bar ein Sandwich aßen und einen Kaffee tranken. Allerdings waren sie irgendwann nicht mehr nur auf die Liege angewiesen, denn je weiter der Sommer vorrückte und je wärmer es wurde, um so öfter verließen sie die Hütte und suchten sich einen Platz auf der Wiese. Hier waren sie vor fremden Blicken geschützt, konnten aber selbst weit über das Land und bis hinunter ans Meer schauen.

Paul hatte schon bald das Gefühl, daß sie ein Paar geworden waren, wohl mit festen Gewohnheiten, aber mit nicht

endender Lust aufeinander. Allerdings hatten sie nie über die Tatsache gesprochen, daß sie nun ein Liebespaar waren. Gesprochen hatten sie über alles mögliche. Über ihre Familien, über Deutschland und Spanien, über Marías Kindheit und Jugend in Málaga, über Pauls Kindheit und Jugend in Norddeutschland, über Berlin und Kreuzberg und auch über die Pfaueninsel, von der Paul ihr vorschwärmte. Selbst von ihrem Medizinstudium hatte María erzählt, obwohl es ein eher unangenehmes Thema für sie war, weil sie damit nicht so vorankam, wie sie wollte.
Nur über ihre Ehe war kein Wort mehr zwischen ihnen gefallen und auch keines über Marías Schwangerschaft, von der anfangs freilich auch noch nichts zu sehen gewesen war. Eines Tages aber, als sie beide auf einer Decke im Garten lagen, die Sonne genossen und Paul Marías Bauch streichelte, glaubte er eine sanfte Wölbung zu spüren. Eine leichte Erhebung des Bauches, was Paul auch deshalb auffiel, weil María schlank war und einen beneidenswert flachen Bauch hatte, obwohl sie, wie sie von sich behauptete, keinen Sport trieb. Jetzt aber schien sich ihr Bauch zu wölben. Paul ließ seine Hand einige Zeit auf der gleichen Stelle liegen, schaute in den Himmel, betrachtete ein paar weiße Wolkenfetzen und spürte seiner Wahrnehmung nach. Dann wandte er den Kopf und blickte María an, die mit geschlossenen Augen neben ihm lag. Sie fühlte nicht nur Pauls Hand auf ihrem Bauch. Sie spürte auch, daß er sie ansah, und sagte, ohne die Augen zu öffnen: »Es wächst.« Um nach einer kurzen Pause und mit noch immer geschlossenen Augen hinzuzufügen: »Du hast eine schwangere Geliebte. Hoffentlich hältst du das aus.«

Was gibt es da auszuhalten? dachte Paul. Aber er sagte nichts. Statt dessen wandte er sich María nun ganz zu und umarmte sie auf eine Weise, wie er es vorher vielleicht noch nie getan hatte. Wohl verliebt, wohl erregt, aber zugleich mit einem Gefühl der Rührung. Dabei war es ja gar nicht sein Kind, das da in ihrem Bauch heranwuchs. Und die Tatsache, daß es nicht sein Kind war, hätte ihn durchaus kränken, eifersüchtig, wütend oder auch traurig machen können. Nichts davon war der Fall. Wobei es sicher nicht nur Marías Schwangerschaft war, die ihn rührte, sondern auch die Tatsache, daß María sich ihm in diesem Zustand anvertraute – um es zurückhaltend zu formulieren. Man könnte auch sagen: daß sie sich ihm vollständig hingab. Er durfte nicht nur alles mit ihr machen. Er sollte auch alles mit ihr machen. Dinge, die er sich selbst bisher gar nicht zugetraut hatte. Unreine Dinge sozusagen. Nichts für verheiratete Frauen. Und schon gar nichts für verheiratete schwangere Frauen. Zumal in Spanien. Aber María war offen und ungehemmt. Sie war ganz sicher alles andere als eine Heilige. Aber es war auch nicht so, daß sie sich nun als große Sünderin präsentierte. Sie schien einfach das zu machen und mit sich machen zu lassen, was ihr gefiel. Und anscheinend gefiel ihr all das, was auch Paul gefiel. Und vielleicht gefiel ihr einiges davon gerade deshalb, weil es ihm gefiel. Darin unterschied sie sich von Birgit, mit der die Liebe gewissermaßen immer sozialpartnerschaftlich gewesen war. Beide Seiten bekamen, was ihnen zustand. Der Sex zwischen ihm und Birgit hätte auch der Gewerkschaft Erziehung und Wissenschaft gefallen. Wogegen ja nichts einzuwenden war. So ein aus-

gewogener, rücksichtsvoller Sex konnte manchmal sogar Spaß machen. Aber glücklich machte er nicht unbedingt. Allenfalls zufrieden. María dagegen machte ihn glücklich. Wenn Paul aus einer leidenschaftlichen Umarmung mit María wieder auftauchte und sich erschöpft und mit gelösten Gliedern ausstreckte, dachte er manchmal, daß er sich so den Paradieszustand vorstellte. So erschöpft und federleicht zugleich.
Ein Zustand, der auch durch Marías immer sichtbarer werdende Schwangerschaft nicht getrübt wurde. Im Gegenteil. Ihre körperlichen Veränderungen zogen ihn an. María wurde runder und runder, was zu ihrer sportlichen Figur eigentlich nicht paßte, doch er konnte sich nicht satt sehen und satt fühlen an ihr und wünschte sich, mehr Zeit mit ihr auf dem Grundstück zu verbringen. María dagegen überraschte ihn eines Tages mit dem Bekenntnis, daß sie nicht mehr Auto fahren wolle. Paul bot sich an, selbst zu fahren. Aber María ging es nicht nur ums Fahren. Sie wollte auch nicht mehr für längere Fahrten in ein Auto steigen. Zum einen war ihr während der letzten Fahrten manchmal übel geworden. Und zum anderen fürchtete sie einen Unfall. Sie wollte ihr Kind nicht gefährden und das Auto nur noch für kurze Strecken innerhalb der Stadt benutzen. Paul schlug ihr vor, daß sie ihn statt dessen am Wochenende und wenn sie sicher sein konnten, daß der Onkel nicht ins Haus kam, besuchte. Doch das Wochenende war ihrem Mann und dem Familienleben gewidmet. Zumal ihr Mann seit ihrer Schwangerschaft wieder aufmerksamer und liebevoller mit ihr umging. Und manchmal sogar Zeichen von Eifersucht zeigte, was er, so María,

schon jahrelang nicht mehr getan habe. Wobei er nicht auf das Kind eifersüchtig war, das sei ja schließlich seines, sondern auf ihre Selbständigkeit. Daß sie tue und lasse, was sie wolle.
María wollte nicht nur nicht mehr auf das Grundstück fahren. Sie wiederholte zudem mehrmals, daß ihre gemeinsame Zeit ohnehin nicht mehr lange dauere. Und sie hatte recht. Schon bald würde Paul nach Berlin zurückkehren. Und María würde ihr Kind bekommen und ihr Eheleben weiterführen. Sie habe beste Aussichten, so María, in Zukunft eine glückliche Mutter und unglückliche Ehefrau zu sein. »So ist es eben«, fügte sie noch hinzu und lächelte Paul dabei an, als schienen ihre ehelichen Aussichten sie nicht weiter zu bekümmern.
Paul schlug ihr vor, wenigstens ab und zu mit dem Zug oder Bus irgendwohin zu fahren. Nach Nerja zum Beispiel. Um dort für ein paar Stunden ins Hotel zu gehen. Aber das wollte sie nicht. Sie fand es deprimierend. Und auch zu riskant. Man kannte sie nicht nur in Málaga, sondern auch in Nerja, nicht zuletzt wegen ihres Mannes, der in der ganzen Region zu tun hatte. Und als schwangere Frau würde sie um so mehr auffallen.
Paul bedrückten Marías ständige Hinweise auf ihren bevorstehenden Abschied. Er wollte lieber nichts davon hören. Einmal kamen ihm sogar die Tränen, als María aufs neue die baldige Trennung beschwor, so daß sie ihn trösten mußte. Allerdings auf ihre ganz spezielle Weise, indem sie ihn mit mütterlicher Verspieltheit auf Mund, Hals, Nase und Ohren küßte, als würde sie ihren eigenen Säugling liebkosen, und sich dabei zugleich gefallen ließ,

daß Paul seine Hände unter ihr Kleid schob, erst ihren Bauch umfaßte und dann ihre Brüste und schließlich in die Knie ging, unter ihr Kleid kroch und mit dem Mund ihren Körper erkundete. Bis hinauf zu den Brüsten, die in den letzten Wochen voller und schwerer geworden waren und an denen er sich so lange festsaugte, bis sie ihn wieder zu sich hochzog.
Paul würde sich mit dem Abschied abfinden müssen. Um so schlimmer war es, daß sie schon jetzt keinen Ort mehr hatten, an dem sie sich treffen konnten. Darum war er auch nicht besonders betrübt, als María ihn eines Tages wissen ließ, daß der Onkel erkrankt war und die nächsten Tage nicht ins Haus kommen würde. Nun hatten sie das Haus für sich. Doch María wagte trotzdem nicht, ihn zu besuchen. Dann aber stellte sich heraus, daß der Onkel unter Herzproblemen litt und womöglich bald operiert werden mußte, so daß er beschloß, nichts zu riskieren und vorerst in der Stadtwohnung zu bleiben. Er hatte María sogar gebeten, im Haus nach dem Rechten zu sehen und auch die Miete zu kassieren. Nun trafen sie sich regelmäßig und gewissermaßen mit offizieller Erlaubnis des Onkels. Sie kochten zusammen, sie aßen zusammen, sie verbrachten halbe und manchmal auch ganze Tage im Bett miteinander, und Paul begann eine Ahnung davon zu bekommen, wie es wäre, mit María zusammenzuleben. Einmal blieb sie sogar über Nacht bei ihm, weil ihr Mann verreist war, und er war am nächsten Morgen mit einem geradezu überwältigenden Nähegefühl neben ihr aufgewacht.
Paul hätte noch lange so weiterleben können. Zumindest bildete er sich das ein. Wenn man weiß, daß ein Zustand

irgendwann endet, redet man sich gern ein, wie schön es wäre, er währte ewig. Vielleicht hätte ihn sein Leben in Málaga bald doch mehr deprimiert, als er sich im Augenblick eingestehen mochte. Mit diesem schlechtbezahlten Job ohne Aufstiegschancen und auf der niedrigsten Stufe der Universitätshierarchie. Als Untermieter eines pensionierten Guardia-Civil-Polizisten am zerfransten Stadtrand von Málaga. Mit der Bahnstrecke Málaga–Madrid in Hörweite. Und als Liebhaber einer Frau, die entschlossen war, ihre unglückliche Ehe weiterzuführen, weil sie ein Kind von ihrem Mann erwartete. Eigentlich zum Heulen. Aber dank María gelang es Paul, das alles keineswegs zum Heulen zu finden. Zumindest bis zu dem Tag, an dem sie schon sehr früh ins Haus gekommen war. Noch vor dem Frühstück. Das machte sie manchmal, wenn ihr Mann nicht da war. Dann spielte sie mit Paul Alltag, schlüpfte zu ihm ins Bett, schlief noch einmal ein, um anschließend gemeinsam mit ihm aufzuwachen. Fast wie im wirklichen Leben.

Es war sommerlich warm. Schon morgens wehte ein warmer Duft nach Blüten, Bäumen und Gras ins Zimmer. Es war bereits so warm, daß María noch im Halbschlaf das Laken abgestreift hatte und entblößt neben ihm lag. Er wußte, daß sie nichts dagegen hatte und es sogar mochte, wenn er sich ihr im Schlaf oder Halbschlaf näherte. Das hatte er schon einige Male tagsüber und auf dem Grundstück gemacht, wenn sie auf der Decke im Garten eingenickt war. Er beugte sich über sie und erkundete mit den Lippen und der Zunge den Zustand ihrer Schwangerschaft. Lippendiagnose hatte er das einmal genannt.

Zungenvorsorge. Er taste sie ab, von unten bis oben, und sie ließ sich das im halb echten und halb gespielten Halbschlaf gefallen. Auch daß er in sie eindrang, ließ sie sich gefallen, in der Seitenlage und von hinten, wie zumeist in letzter Zeit. Dabei aber sanft und rücksichtsvoll, und manchmal sogar zu sanft und rücksichtsvoll, so daß sie sich darüber schon beschwert hatte. Paul aber blieb dabei. Er fühlte sich verantwortlich. Und es gefiel ihm auch. Dieser immer zartere Umgang mit einer runder und runder werdenden Frau. Gut, daß er keinen Mutterkomplex hatte. Sonst hätte er sich vielleicht vor soviel Körper gefürchtet. Aber er fürchtete sich nicht, sondern genoß Marías passive Hingabe, zumal dieser Gleichklang aus Erregung und Entspannung auch für ihn eine Erfahrung war, die er vorher nicht gekannt hatte. Er hätte am liebsten gar nicht mehr aufgehört mit dieser Art Liebesspiel. Und wenn ihm dabei, was gelegentlich passierte, andere Frauen in den Sinn kamen, dann beunruhigte ihn das nicht weiter. Und wenn ihm dabei zum Beispiel Birgit in den Sinn kam, was auch schon ein paarmal geschehen war, dann beunruhigte ihn das ebenfalls nicht. Wenn zwei Menschen miteinander Sex haben, dann seien sie meistens zu dritt, hatte er einmal irgendwo gelesen. Mindestens zu dritt. Denn wer weiß, welche Bilder gerade durch Marías Kopf spukten.

Irgendwann aber ging auch der sanfteste Sex zu Ende, und beide rollten sich, nun doch ein wenig atemlos, wieder auf den Rücken. María schien jetzt wirklich einzuschlafen. Paul legte seine Hand erst auf ihren Bauch und dann auf ihre Scham, wo sie auch liegenbleiben durfte, da sie ihre eigene Hand dazulegte. So schliefen sie Hand in Hand und noch immer eng aneinandergeschmiegt wieder ein. Zumindest María schlief ein. Paul versuchte es. Doch hielt ihn ein Geräusch auf der Straße davon ab. Ein Motorengeräusch. Das konnte vorkommen, obwohl hier keine Durchfahrtsstraße war. Das Motorengeräusch war schnell wieder verstummt, und Paul schloß erneut die Augen. Jetzt aber war es das Knarren einer Tür, das ihn aufschreckte, und kurz darauf hörte er Schritte auf der Treppe. Und noch ehe er sich klarmachen konnte, daß jemand im Haus war, stand bereits der Onkel in der Tür, die nur angelehnt und nicht verschlossen war. Seit der Onkel krank war, hatte Paul nicht mehr darauf geachtet, die Tür zu verschließen. Der Onkel blieb auf der Schwelle stehen. Er füllte beinahe den ganzen Türrahmen aus. Zumindest der Breite nach. Außerdem war er rasiert und auffällig gut gekleidet. Er trug einen Anzug mit Weste und Krawatte. Und schwarze, sorgfältig geputzte Schuhe. Lederschuhe von bester Qualität. Paul konnte die Nähte sehen. Rahmengenäht, Rindsleder. Wahrscheinlich von einem iberischen Rind. Paul sah die schweren, glänzenden Lederschuhe und dachte an die kleinen Füße des Onkels. Jetzt war von den kleinen Füßen nichts mehr zu sehen. Jetzt hatte der Onkel richtige Männerfüße. Wie es sich für einen Capitán der Guardia Civil gehörte. Und krank sah der Onkel ebenfalls nicht aus. Im Gegenteil. Sein Gesicht glänzte rosig. Und er hatte offenbar Rasierwasser benutzt. Ein süßlicher Rasierwasserduft wehte herein. Paul hielt einen Moment die Luft an. Auch der Onkel schien die Luft anzuhalten. Zumindest hatte er die ganze Zeit nichts anderes getan, als Paul und María anzustarren, und ansonsten keine Regung gezeigt. Jetzt sah Paul, wie er den Mund öffnete und durchatmete. Doch er sagte immer noch nichts. Vielleicht würde er einen Herzinfarkt bekommen, dachte Paul. Er hoffte es sogar. Aber der Onkel bekam keinen Herzinfarkt, sondern starrte bloß schweigend auf Paul und María. Beide lagen sie nackt und ohne Laken auf dem Bett. María hielt noch immer Pauls Hand fest und preßte sie zugleich auf ihre Scham. Sie schlief noch immer. Es war ja auch nichts passiert, was sie hätte wecken können. Nur daß ihr Onkel jetzt in der Tür stand. Aber der Onkel machte keinen Lärm. Er war vielmehr ganz ruhig. Es fehlte nur noch die Sonnenbrille, und man hätte den kleinen, rundlichen Mann in seinem Anzug und den schweren, glänzenden Schuhen für einen lokalen Geheimdienstchef halten können. Der nicht alles seinen Schergen überließ, sondern sich um die delikatesten Angelegenheiten selbst kümmerte. Fehlte nur noch, daß er seine Pistole zog. Aber er zog keine Pistole. Er trug auch keine Sonnenbrille. Sonst hätte Paul auch nicht sehen können, daß der Onkel zu etwas viel Niederträchtigerem als zu irgendwelchen Gewalttaten fähig war. So zumindest empfand es Paul, als er bemerkte, daß der Onkel in aller Ausführlichkeit seine nackte Nichte betrachtete. Er tastete sie geradezu ab: erst das Gesicht, dann den Hals, die Brüste, den runden Bauch, die Scham, die Oberschenkel und Beine bis zu den Füßen und schließlich wieder die Scham. Und letztere so lange, bis Paul seine Hand aus Marías Hand löste. Er tat es vorsichtig, um sie nicht zu wecken. Aber es war so viel Adrenalin in seinen Körper geschossen und sein Herz klopfte so stark, daß er befürchtete, María könnte allein von seinem Herzschlag wach werden. Er wollte ihr den Schock ersparen, des Onkels ansichtig zu werden, sonst wäre er längst aufgesprungen und hätte den Alten zurück auf den Flur befördert. Statt dessen tat er nichts, griff nur vorsichtig nach dem Laken, das neben das Bett auf den Fußboden gerutscht war. Er konnte es nicht gleich finden, er mußte sich hinunterbeugen und nach ihm suchen, schließlich fand er es und hob es auf, um erst María und dann auch sich selbst damit zu bedecken.

Als er wieder auf- und zur Tür blickte, war der Onkel verschwunden. Die Tür stand noch immer offen, aber der Onkel war nicht mehr da. Paul ließ sich zurück auf das Bett sinken und merkte, daß er zitterte. Ihm war plötzlich kalt, und er rückte näher an María heran, die nun die Augen öffnete und zu Paul sagte: »Ist er weg?« »Ja«, sagte Paul, »er ist weg«, und begriff erst jetzt, daß María offenbar nicht geschlafen, sondern alles mitbekommen hatte. Paul war es recht, es war sogar besser so. »Er wird es deinem Mann erzählen«, sagte Paul. »Möglich, aber vielleicht auch nicht«, sagte María, »er weiß ja, daß du bald abreist.« »Er hat dich die ganze Zeit angestarrt«, sagte Paul. »Ich weiß«, sagte María, »aber es macht nichts. Er ist ein alter, kranker Mann.« Dann stand sie wortlos auf und zog sich an. Paul blieb noch einen Moment im Bett liegen und rückte auf Marías Seite. Ihr Bett war warm, wärmer als seines, er konnte sich regelrecht aufwärmen darin und drückte sich so lange in die Matratze, bis er ihre und seine eigene Körperwärme nicht mehr voneinander unterscheiden konnte.

Als er María nach draußen begleitete, brauchte sie nichts

zu sagen. Paul wußte, daß dies der Abschied war. Er würde seinen Job zu Ende bringen, aber er würde sie nicht mehr sehen, solange er noch in Málaga war. Und er würde so schnell wie möglich packen, die Miete auf den Tisch legen und Haus- und Zimmerschlüssel an einem verabredeten Platz auf der Terrasse deponieren und für den Rest seiner Zeit in eine Pension ziehen. Davon gab es in Málaga genug.

Bevor María in den Wagen stieg, umarmte sie ihn schweigend und gab ihm einen Kuß. Nachdem sie den Motor angelassen hatte, drehte sie das Fenster herunter und rief ihm, während der Wagen schon aus der Einfahrt rollte, zwei Sätze zu. Der erste lautete »No te olvides de mí«, der ihm keine Schwierigkeiten machte und den er sofort verstand. Natürlich würde er sie nicht vergessen. Und nicht nur das: Er hatte jede ihrer Sommersprossen und jeden ihrer Leberflecke in seinem Gedächtnis gespeichert. Den zweiten Satz aber hatte er nicht verstanden. Er war nicht länger gewesen als der erste. Eher noch kürzer. Zwei oder drei Worte. Und es war ohne Zweifel der wichtigere. Aber er hatte ihn nicht verstanden. Kein einziges Wort. Was vielleicht daran lag, daß sie schon wieder nach vorn und auf die Straße geblickt und den Satz mehr in den Wagen hinein- als aus dem Wagen herausgerufen hatte. Vielleicht lag es aber auch an Pauls unzureichendem Spanisch. Er wäre María am liebsten nachgerannt, wußte aber, daß es keinen Sinn hatte, und lief nur bis zum Tor, um ihr wenigstens nachzublicken. Doch sie war bereits verschwunden, schon in die Straße eingebogen, die sie in die Innenstadt und nach Hause führen würde.

II

Paul hatte sich nach seiner Rückkehr nach Deutschland noch oft gefragt, was María ihm beim Abschied zugerufen hatte. Er hätte ihr schreiben und sie fragen können, aber er hatte nicht den Mut dazu. Er wußte nicht, ob er sie behelligen durfte. Aber es verging kaum ein Tag, an dem er nicht an sie dachte. Sogar die Wochen bis zu ihrer Niederkunft zählte er und kam sich dabei vor wie ein besorgter Ehemann. Er konnte auch jetzt keinerlei Melancholie oder gar Eifersucht darüber verspüren, daß es nicht sein Kind war, das in ihrem Bauch heranwuchs. Er wunderte sich selbst darüber. Soviel Großmut hätte er sich gar nicht zugetraut. Aber wahrscheinlich hing es damit zusammen, daß er María körperlich so nahe gewesen war wie kein anderer Mann zuvor. Das hatte sie ihn nicht nur fühlen lassen, sie hatte es ihm auch gesagt, was ihn geradezu stolz machte. Obwohl ihm diese Art von Stolz nicht unbedingt sympathisch war. So eitel wollte er gar nicht sein, daß er sich auf Marías Hingabe etwas einbildete. Viel wertvoller war auch etwas ganz anderes, das ohne Zweifel mit Marías Ungehemmtheit in körperlichen Dingen zusammenhing: Er hatte jetzt weniger Angst vor dem Tod. Er wußte nicht, warum das so war. Aber er spürte deutlich, daß er gleichsam leichter geworden war, seit er mit María geschlafen und sie sich alle möglichen Unanständigkeiten erlaubt hatten. Das Angstgewicht war geringer geworden. Zumal die Todesangst ihn von Kindheit an begleitet hatte.

Seit er denken beziehungsweise sich an seine Gedanken erinnern konnte, verfolgte sie ihn. Viele Menschen behaupteten von sich, keine Angst vor dem Tod, sondern nur vor dem Sterben zu haben. Für Paul galt das nicht: Er hatte vor dem Tod ebenso Angst wie vor dem Sterben. Und vor allem auch: vor dem Grab, dem Sarg, der Enge, der Kälte, der Feuchtigkeit, den Würmern und dem Vermodern ebenso wie vor dem Verbrennen, der Hitze, der Asche und der Urne. Er konnte einfach nicht glauben, daß er das alles nicht fühlen würde, wenn er tot war. Daß der Tod kein andauerndes Sterben und Verrecken, Ersticken und Verbrennen war, keine andauernde Enge, Atemnot, Kälte und Dunkelheit. Es gab Menschen, die konnten sich in aller Ruhe darüber unterhalten, was für sie eher in Frage kam: Einäscherung oder Erdbestattung. Als ob es um den nächsten Sommerurlaub ginge. Meer oder Gebirge. Paul hatte es des öfteren erlebt, daß Verwandte oder Nachbarn, die bei seinen Eltern zu Besuch waren, solche Gespräche führten. Erst sprach man über den Garten. Und dann über den Friedhof. Und alles wurde bei Kaffee und Kuchen vollkommen ruhig und ohne jede Panik besprochen. Nur Paul war in Panik. Er sah die Nachbarn als von Würmern zerfressene Tote im Sessel sitzen. Er sah ihr schmelzendes Fleisch im Krematoriumsfeuer. Die Urne stand schon auf dem Wohnzimmertisch. Gleich neben der Kaffeekanne und dem Kuchentablett.

Überhaupt wurde während seiner Kindheit sehr viel gestorben. Es verging keine Woche, in der seine Mutter oder sein Vater nicht zu einer Beerdigung gingen und in der nicht einer von beiden beim Mittagessen oder am

Abendbrottisch äußerte, daß der Bekannte X oder der Nachbar Y gestorben sei. Worauf die Mutter dann zumeist sagte, daß sie noch zum Friseur müsse. Mit solchen Haaren gehe sie nicht zur Beerdigung. Obwohl sie eine Kurzhaarfrisur trug und nach dem Friseur genauso aussah wie vorher. Paul hatte nur ein einziges Mal erlebt, daß der Tod eines Nachbarn oder Bekannten auch zu einer emotionalen Reaktion bei den Eltern führte. Das war, als eine noch junge Nachbarin und Mutter von zwei kleinen Kindern an Brustkrebs gestorben war. Da hatte die Mutter geweint. Und ging ohne vorherigen Friseurbesuch zur Beerdigung. Ansonsten war das viele Sterben offenbar nicht so schlimm. Sterben war keine Katastrophe in Gliesmarode. Was wohl auch daran lag, daß vor allem die alten Leute starben. Die Leute über fünfzig. Während seiner Kindheit mußte eine ganze Generation gestorben sein. Was nicht allzusehr auffiel, da die Jüngeren einfach nachrückten oder schon nachgerückt waren. Die gleichen Häuser bewohnten. Die gleichen Geschäfte betrieben. Sogar der Inhaber der Friedhofsgärtnerei war irgendwann gestorben. Aber da hatte der Sohn das Geschäft bereits zusammen mit seinem Vater geführt, und so fügte sich der Tod des Alten gewissermaßen problemlos in den Lauf der Dinge.
Seit Paul in Berlin lebte, war niemand mehr gestorben. Zumindest nicht in seiner Umgebung oder Nachbarschaft, auch wenn es an jeder zweiten Ecke eine Grieneisen-Filiale gab, was bedeutete, daß hier noch viel mehr gestorben wurde als in Braunschweig. Nur daß Paul es nicht mitbekam. Studenten starben normalerweise nicht.

Und Professoren erst nach der Pensionierung. Das einzige Mal, daß Paul in Berlin unmittelbar mit dem Tod konfrontiert wurde, war während eines Spaziergangs, als er von der Kottbusser Brücke aus eine Leiche im Landwehrkanal treiben sah. Es war an einem regnerischen Herbsttag, und die Leiche dümpelte mit dem Gesicht nach unten in der Nähe eines der dort vertäuten Ausflugsboote im Wasser. Paul brauchte einige Zeit, bis er erkannte, daß es sich um einen toten Menschen und nicht um eine mit Luft gefüllte Puppe handelte, so aufgetrieben wirkte der Körper des Toten. Paul schien der einzige zu sein, dem die Leiche bisher aufgefallen war. Die wenigen Fußgänger hasteten über die Brücke. Niemand blieb stehen, um über das Geländer auf den Kanal zu blicken. Alle wollten bei dem schlechten Wetter schnell weiterkommen. Paul wußte nicht, was er tun sollte. Schreien und andere Passanten aufmerksam machen? Oder zur nächsten Telefonzelle laufen und den Rettungsdienst anrufen? Paul dachte daran, einfach weiterzugehen. Dieser Mensch war ohnehin tot. So war eben das Leben in der Großstadt. Jeder ging seiner Wege. Schließlich sagte man dem modernen Großstädter nach, daß er vor lauter Reizüberflutung ohnehin nur noch schwache Reaktionen zeigte. Aber so viele Reize gab es in Kreuzberg auch wieder nicht, daß Paul davon überflutet worden wäre. Und es war ganz und gar nicht so, als würde er auf den toten Menschen mit derselben Gemütsruhe blicken wie auf Herbstlaub, das im Wasser trieb. Seit ihm klargeworden war, daß es sich dort unten um einen Toten handelte, hatte sich sein Puls so beschleunigt, als wäre er gerade den Kottbusser Damm entlanggespurtet. Nur wußte er noch immer nicht, was er tun sollte. Zum Glück näherte sich in dem Moment, als er sich endlich dazu entschlossen hatte, eine Telefonzelle zu suchen und die Polizei oder den Rettungsdienst anzurufen, ein Schlauchboot, in dem mehrere Feuerwehrleute und ein Taucher saßen. Offenbar war die Polizei schon längst alarmiert worden. Allerdings war weder ein Feuerwehr- noch ein Polizeiwagen zu sehen. Und eine Sirene hatte er auch nicht gehört. Aber die Männer in dem Schlauchboot schienen zu wissen, daß sie zu spät kamen, so langsam und bedächtig näherten sie sich der Leiche. Paul fragte sich, wie sie den Toten bergen würden. Aufs Boot hieven? Oder ins Schlepptau nehmen? Aber er wollte trotz seiner Neugierde nicht länger auf der Brücke stehenbleiben, um die Bergung zu beobachten.

Auf dem Nachhauseweg nahm er sich vor, den Lokalteil des *Tagesspiegel* in den nächsten Tagen besonders genau zu lesen. Er hätte gern mehr über den Toten und über die Umstände seines Todes erfahren, konnte aber keinen Hinweis auf den Ertrunkenen finden und suchte irgendwann auch nicht mehr danach, zumal es bald darauf einen weiteren Toten in seinem Leben geben sollte, der ihm allerdings weitaus näher stand als der Tote im Kanal: sein Vater. Er starb völlig überraschend, wenige Monate vor dem Eintritt in den Ruhestand und genauso still, bescheiden und zurückhaltend, wie er gelebt hatte. Er war im Büro und am Zeichentisch stehend einfach umgefallen, sehr schnell bewußtlos geworden und kurz nach seiner Ankunft im Krankenhaus gestorben. Die Todesursache war laut Auskunft der Ärzte ein Riß in der Bauchaorta als Folge eines sogenannten Aortenaneurysmas, an dem er noch auf dem Operationstisch verblutete.

Pauls Mutter reagierte auf den Tod des Vaters mit den verschiedensten Gefühlen: mit Trauer, Tränen und Verzweiflung einerseits und einem beinahe mädchenhaften Unglauben darüber, was das Leben so alles an schicksalhaften Ereignissen bereithalten konnte, andererseits. Die Verzweiflung nahm allerdings schneller ab als dieses geradezu kindliche Staunen über die Tatsache, so urplötzlich und ohne jede Vorwarnung ihren Mann verloren zu haben. Und schon am Tag der Beerdigung konnte sich Paul darüber wundern, wie gefaßt die Mutter war und wie wenig sie zu leiden schien. Vielleicht lag es auch an ihrer Beerdigungsroutine, die sie sich während vieler Jahre erworben hatte. Das Leben ging schließlich immer weiter. Selbst eine Beerdigung zeugte noch davon. Und auch vor dieser Beerdigung war seine Mutter zum Friseur gegangen. Diesmal war Paul aufgefallen, daß die Mutter ihre Kurzhaarfrisur aufgefrischt hatte. Chic und sportlich. Ein wenig zu chic und sportlich vielleicht. Zumindest für eine Beerdigung. Aber nicht für seine Mutter, die zwar um einiges jünger als sein Vater, aber immerhin eine Frau im Alter von fünfundfünfzig Jahren war, der dieses Chic-und-Sportlich hervorragend stand. Es verband sich auf das vorteilhafteste mit dem skandinavischen Typ, den sie ja schon immer verkörperte und der auch jetzt noch selbst auf jüngere Männer anziehend wirkte.

Insofern wäre Paul nicht überrascht gewesen, wenn sie nach einer angemessenen Trauerzeit noch einmal geheiratet hätte. Paul konnte sich selbst nicht ganz den Wirkungen ihrer weiblich-jungenhaften Ausstrahlung entziehen, zumal sie in den ersten Wochen nach dem Tod ihres Mannes auf beinahe unheimliche und geradezu unstatthaft wirkende Weise verjüngt schien. Machte ihr der Verlust ihres Mannes so wenig zu schaffen? Er hatte zwischen den beiden niemals größere Konflikte beobachtet, allerdings auch keine besondere körperliche Nähe oder gar Leidenschaft. Aber das hatte er ihrer Erziehung und den elterlichen Vorstellungen von Anstand zugute geschrieben. Man umarmte oder küßte sich eben nicht in der Gegenwart des Sohnes. Jetzt fragte er sich, ob sie sich überhaupt noch umarmt oder geküßt hatten. Es soll ja Ehepaare geben, bei denen der eheliche Beischlaf schon nach der Geburt des ersten Kindes aufhört oder nur noch zum Zweck weiterer Zeugungen fortgesetzt wird. Andere Eheleute dagegen sollen es bis ins hohe Alter treiben, was Paul theoretisch gut und sozusagen unterstützenswert fand, sich aber auch nicht genauer vorstellen wollte. Auch für die Frage nach Sex im Alter gab es die entsprechende Formel: »Die Leidenschaft läßt nach, dafür wird die Zärtlichkeit immer wichtiger.« Wer's glaubt. Paul glaubte es nicht. Genausowenig wie er glauben konnte, daß die Leute keine Angst vor dem Tod, sondern nur vor dem Sterben hatten. Die nachlassende Leidenschaft ist nicht ersetzbar, auch nicht durch noch soviel Zärtlichkeit. Dessen war er sich sicher. Er hätte seine Mutter am liebsten danach gefragt. Wo sie doch jetzt so gut aussah, konnte man vielleicht einmal darüber reden.

Als er einige Wochen nach dem Tod des Vaters bei ihr zu Besuch war, hatte sie sich sogar wieder mit neuen Kaschmirpullovern eingedeckt, unter denen sie, wie auch früher schon, an manchen Tagen weder einen BH noch ein Unterhemd trug. Und das mit Mitte Fünfzig. Es war nicht so, daß Paul sich nun danach sehnte, sich an sie zu schmiegen, seine Wangen gegen ihren Busen zu drücken und ihre Brustwarzen zu spüren, wie er es als Knabe getan hatte. Aber daß ihn dieses neue Erblühen der Mutter ganz unbeeindruckt ließ, konnte er auch nicht behaupten, was wohl auch damit zusammenhing, daß ihm die Mutter immer genügend fremd geblieben war, um sie auch als Frau wahrzunehmen. Er fuhr jedenfalls früher als vereinbart wieder nach Berlin, weil ihm diese neue und ungewohnte Nähe unbehaglich wurde. Außerdem würde er sich um seine Arbeit kümmern müssen. Und die Mutter kam offenbar ganz gut ohne ihn zurecht. Beim Abschied drückte sie ihn nun doch noch einmal an sich, und auch wenn er sie jetzt um mehr als einen Kopf überragte und sie ihre Wangen an seine Brust hätte drücken können, stieg die Erinnerung an diese flauschige und nach Wollwaschmittel duftende sündige Erregung in ihm auf, als er ihre Umarmung erwiderte und einen Moment lang ihren nackten Rücken und die Sehnen und Muskeln einer schlanken Frau unter dem Pullover fühlte.

In den nächsten Monaten hatte er regelmäßig mit der Mutter telefoniert und schon nach kurzer Zeit bemerkt, daß sich ihre Gemütsverfassung änderte. Nicht daß sie traurig oder gar depressiv schien. Sondern eher auf eine ungesunde Weise aufgekratzt, wobei sie sich vor allem mit dem Haus und der Inneneinrichtung beschäftigte. Irgendwann hatte sie damit begonnen, die Sachen des Vaters auszuräumen. Die Anzüge, Wäsche, Hemden und Schuhe. Und schließlich einen Teil seiner Papiere. Broschüren, Bücher, aber auch Konstruktionszeichnungen schon älteren Jahrgangs und zum Teil aus seinen beruflichen Anfängen, die er nicht im Büro, sondern privat aufbewahrt hatte, weil sie ihm offenbar ans Herz gewachsen waren. Die Mutter räumte auf, verständlicherweise, auch wenn dieses Aufräumen nicht ohne Grausamkeit gegen den Verstorbenen war. Paul erinnerte sich daran, wie die Mutter ihm einmal anläßlich eines Todesfalls in der Nachbarschaft mit Entrüstung davon erzählt hatte, wie die Ehefrau des Verstorbenen noch vor der Beerdigung Zahnbürste und Rasierzeug des Ehemanns fortgeworfen habe. Pauls Mutter dagegen hatte Zahnbürste und Rasierzeug genauso lange aufbewahrt wie alles andere auch und sich erst davon getrennt, als sie auch die Kleider des Vaters entsorgt beziehungsweise zur Altkleidersammlung hatte bringen lassen.

Die Mutter schaffte Platz in der Wohnung, wogegen niemand etwas haben konnte, am allerwenigsten Paul. Vom Umgang mit der Zahnbürste, dem Rasierzeug oder auch den Hemden und Anzügen hing das Andenken an den Vater schließlich nicht ab. Und dies alles über eine angemessene Frist hinaus aufzubewahren und zu konservieren wäre auch ein bedenkliches Zeichen gewesen. Für einen Moment hatte Paul den Eindruck, daß sich die Mutter jetzt ganz ihrem Skandinavismus, wie er es für sich nannte, hingab. Nicht nur kurze Haare und Pullover, sondern auch Licht, Luft und freier Raum im gesamten Haus. Insofern unterstützte Paul ihre Aktivitäten auf telefonischem Weg, ermunterte sie auch, sich von einigen der Möbel zu trennen – warum sollte sie beispielsweise in einem Ehebett schlafen, wo sie doch jetzt allein war. Nichts war schöner als ein geräumiges Schlafzimmer: ein Bett, ein geflochtener Stuhl, weiße oder helle Wände und ein Fußboden aus Kiefernholz. Hier konnte die Seele atmen, und wer ein wenig Phantasie besaß, der konnte sich dazu auch eine frische Brise vom Meer und den Geruch nach Salz, Dünen und Gras vorstellen. So weit war Gliesmarode ja auch gar nicht vom Meer entfernt.

Paul beneidete seine Mutter fast um ihren neuen Lebensstil. Darum war er um so irritierter, als er nach ungefähr einem halben Jahr zum erstenmal wieder sein Elternhaus betrat. Das Haus war nicht leerer, sondern voller geworden. Die Mutter hatte nur Platz geschaffen, um sich um so ungehemmter ihrer Dekorationswut hinzugeben. Weitere Wandteller, Wandfliesen, Ziergestecke, Zierkissen, Porzellantiere, Stickbilder waren zu den bereits vorhandenen hinzugekommen. Aber auch zwei Puppen, groß wie Gartenzwerge, die es vorher nicht gegeben hatte, saßen nun in der Sofaecke. Das Spinnrad hatte vom Dachboden wieder zurück ins Wohnzimmer gefunden, an den Heizkörpern waren verschiedenfarbige Porzellanherzen befestigt, Gestecke aus getrockneten Pflanzen standen auf dem Wohnzimmertisch, der Anrichte und auf der Kommode im Flur, und sogar ein schmiedeeisernes Gitter zum Schutz vor Funkenflug zierte eine Ecke des Wohnzimmers, obwohl der Raum keinen Kamin, sondern eine Zentralheizung hatte. Zudem sah alles nach Versandhandel oder Kaufhaus aus, nichts davon war selbstgemacht. Dafür hätte man ja noch Verständnis haben können, für das selbstge-

stickte Bild eines Pferdekopfs oder für ein Pflanzengesteck aus Blättern, Zweigen, Bucheckern und Tannenzapfen, gesammelt auf einem Herbstspaziergang durch das Querumer Holz, wo sie früher regelmäßig spazierengegangen waren. Aber all das, was hier in der Wohnung war, zeugte nur von regelmäßigen Spaziergängen in die Braunschweiger Innenstadt und ins Kaufhaus. Und besonders gut schien es der Mutter dabei auch nicht zu gehen. Sie wirkte abgehetzt und erschöpft. Hatte auch an Gewicht verloren. Wirkte nicht mehr schlank und sportlich, sondern dünn und zerbrechlich. Genauso wie ihre Kurzhaarfrisur nicht mehr frech und keck war, sondern eher an den geschorenen Kopf einer Anstaltsinsassin erinnerte. Zumal die Haare nun auch grau und stellenweise sogar weiß waren. Vorher war die Mutter blond gewesen. Hellblond. Dänischer Dünensand. Strandhafer. Jetzt waren ihre Haare grau mit weißen Inseln darin, die irgendwie kränklich wirkten.
Das Bild von der Anstaltsinsassin war natürlich übertrieben. Aber Paul hatte trotzdem diese Assoziation gehabt. Abgesehen von der Haarfarbe hatte die Mutter vorher wahrscheinlich genauso ausgesehen, und Paul machte sich jetzt erst klar, daß sie schon längst ergraut gewesen sein mußte, die Haare aber gefärbt oder wenigstens getönt hatte. Nun hatte sie anscheinend auf das Färben verzichtet, was im Prinzip gesünder und natürlicher war, aber leider Gottes kränklicher und ungesunder wirkte. Und Paul merkte noch etwas: Er hatte keine Lust mehr, seine Mutter zu umarmen. Er wollte sie nicht mehr anfassen. Auch behagte es ihm nicht mehr, mit ihr gemeinsam zu essen. Sie redete viel beim Essen, mehr als sie früher geredet

hatte, sie war während des Essens regelrecht aufgekratzt, und sie koordinierte die Aufeinanderfolge von Kauen, Schlucken und Sprechen nicht richtig. Sie sprach mit vollem Mund, und dies so, daß Paul die breiige Kaumasse in ihrem Mund vor- und zurückschwappen sah. Und manchmal schob sich auch ein halbzerkautes Stück Brot oder ein Fetzen Wurst oder Käse vor die Zähne oder ragte sogar aus dem Mund heraus. Je mehr sie beim Reden ein Thema bewegte, der Hausumbau eines Nachbarn beispielsweise, oder der Anstieg der Kosten für die Müllabfuhr, um so unappetitlicher wurde ihr Anblick. Paul hatte es einige Male mit diskreten Mahnungen versucht. »Du verschluckst dich gleich«, hatte er gesagt, »Iß in Ruhe, wir haben genug Zeit«, oder einmal auch mit geradezu erzieherischer Strenge: »Mit vollem Mund spricht man nicht.« Da war seine Mutter zusammengezuckt und auch ein wenig errötet, hatte aber nicht sogleich ihren Mund geschlossen, sondern zuerst die Körperhaltung korrigiert, den Kopf nach oben und das Kinn nach vorn gestreckt, und dann erst den Mund geschlossen und schließlich langsam und mit übertrieben zusammengepreßten Lippen erst gekaut und dann geschluckt und Paul dabei mit ängstlich aufgerissenen Augen angesehen.

Da hatte sie ihm wiederum leid getan. So verschreckt kannte er die Mutter nicht. Und so unterwürfig. Er nahm sich vor, sie nicht mehr zu korrigieren und ihr Eßverhalten einfach hinzunehmen. Vielleicht hatte sie ja auch Probleme mit den Zähnen oder gar eine Prothese und kein Gefühl dafür, wieviel Essen sie im Mund hatte und wo sich das Essen gerade befand, obwohl von ihren Zähnen oder gar einer Prothese nie die Rede gewesen war. Aber es war ja auch vom Haarefärben nie die Rede gewesen. Paul wollte nicht weiter darüber nachgrübeln, ihm fiel es jetzt schon schwer genug, anzuerkennen, daß die Mutter nicht nur alterte, sondern auch an Selbstkontrolle einbüßte. Er konnte nur hoffen, daß sie wenigstens ihr Haar in Zukunft wieder färbte. Und er ermunterte sie, weiter zu erzählen, wer weiß, wann er sie wieder besuchen würde.

Glücklicherweise redete sie nun, ohne zu essen, trank aber mehrere Tassen Kaffee dabei und erzählte nicht nur von ihren Nachbarn und Bekannten, sondern auch von der großen Politik, soweit sie im Fernsehen und ihrer Lokalzeitung davon etwas mitbekam. Überregionale Zeitungen las sie keine, und Braunschweig und sogar Gliesmarode, das seit den dreißiger Jahren kein eigenständiges Dorf mehr war, waren für sie ja selbst überregional. Beziehungsweise nicht weniger regional als der Rest der Welt auch. Insofern hätte sie es absurd gefunden, beispielsweise die *Frankfurter Allgemeine* oder die *Süddeutsche Zeitung* zu lesen. Sie lebte schließlich weder in Frankfurt noch in Süddeutschland. Paul hatte es seinen Eltern irgendwann einmal nahegelegt, eine der beiden Zeitungen zu abonnieren. Allerdings war sein Vorschlag nicht ganz uneigennützig gewesen. Ihm fehlte eine vernünftige Zeitung, wenn er in Gliesmarode war, er hätte sehr gern in Gliesmarode am Frühstückstisch seiner Eltern gesessen, umwölkt vom Duft nach Kaffee und aufgebackenen Brötchen, und die *Frankfurter Allgemeine* oder die *Süddeutsche* gelesen. In Berlin las er mal die eine und mal die andere Zeitung, wobei die *Frankfurter Allgemeine Zeitung* an seinem Kreuzberger

Kiosk von dem Kioskbesitzer nur »Alge« beziehungsweise »Allge« genannt wurde, was ja klanglich nicht zu unterscheiden war. Er verlangte eine *Frankfurter Allgemeine*, und er bekam eine »Alge« über den Tresen gereicht. Wenn er nicht den *Tagesspiegel* verlangte, den er auch gelegentlich las, wegen der Busverbindungen, der Ausstellungen, der Öffnungszeiten der Hallenbäder, der Theaterkritiken und dergleichen mehr. Und natürlich las er auch die *taz*. Beinahe täglich, und dies vom Tag ihrer Gründung an. Obwohl er sie nur selten kaufte, sondern lieber ein paar Häuser weiter in die sogenannte Regenbogenfabrik ging, wo es ein Hausbesetzercafé gab und das Frühstück nicht viel mehr kostete als die *taz*, von der dort täglich ein Exemplar auslag, so daß er, wenn er die Frühstückskosten gegen die *taz*-Kosten aufrechnete, besser dabei wegkam, als wenn er die *taz* kaufte und zu Hause frühstückte. Die *taz*-Lektüre im Besetzercafé funktionierte allerdings nicht immer. Entweder war die Zeitung bereits geklaut, oder ein alternativer Dauerleser mit Wollkäppi auf dem Kopf hatte sich daran festgebissen und ließ sie nicht mehr los, ganz egal, wie viele andere Cafébesucher mit erst ungeduldiger und dann wütender und schließlich mordlustiger Miene ihn anstarrten und darauf warteten, daß er die Lektüre endlich beendete. So dick war die *taz* ja auch wieder nicht, daß man stundenlang darin lesen konnte, und das meiste, was drin stand, konnte solche Leser wie den Typ mit dem Wollkäppi ohnehin nicht überraschen. Da hätte er schon die »Alge« lesen müssen, um überrascht zu werden. Aber das ganze Anstarren nützte nichts, vielleicht hätte eine Diskussion oder eine Vollversammlung mit anschließender Abstimmung etwas genützt – oder wenn man dem Typ eins auf seine Wollkappe gegeben hätte. Aber die Regenbogenfabrik war nicht der Ort, wo man einfach jemandem auf die Wollkappe haute, weil er zu lange in der *taz* las.

Paul war nach seinem letzten Besuch für längere Zeit nicht mehr zu seiner Mutter gefahren. Aber er telefonierte regelmäßig mit ihr, und sie schien sich in ihrem Witwendasein einzurichten, auch wenn sie immer noch ein wenig zu aufgekratzt wirkte. Aber lieber aufgekratzt als depressiv, sagte er sich, zumal ein Bekannter von ihm, der Psychologie studiert hatte und sich gerade um eine Lehranalyse am Berliner Karl-Abraham-Institut bewarb, ihn darin bestätigt hatte, daß die Dekorationswut seiner Mutter vor allem den Zweck habe, eine Depression abzuwehren. Das sei bei den meisten Idyllenkranken so.

Der Bekannte nannte seine Mutter idyllenkrank. Paul hatte den Begriff noch nie gehört. Er würde im *Pschyrembel* nachlesen. Der Bekannte sagte aber auch, daß man damit nicht unbedingt zum Arzt gehen müsse. »Dekorieren schadet nicht«, sagte der Bekannte, was Paul einleuchtete, zumal er selbst, seit er aus Spanien zurückgekehrt war, wenn nicht depressiv, so doch oft genug traurig und wehmütig war und nicht wußte, was er dagegen tun sollte. Die Trennung von María nagte an ihm, genauso wie ihre Abschiedsworte ihn noch immer beschäftigten. Er würde ihr irgendwann schreiben und sie einfach fragen. Aber nicht jetzt. Je später er ihr schrieb, desto mehr würde er sich seine eigene Unabhängigkeit beweisen, und desto geringer war die Gefahr, daß sie sich von ihm bedrängt fühlte.

Nachdem Paul diesen Vorsatz gefaßt hatte, dauerte es genau fünf Tage, bis er ihn über den Haufen warf und María einen Brief schrieb, in dem er ihr ohne jede taktische Rücksicht seinen Seelenzustand und seine Sehnsucht nach ihr gestand. Es war, wie es war, und wenn sie das nicht aushielt, dann hatte er eben Pech gehabt. Sein Brief endete mit der Frage nach dem letzten Satz, den sie ihm aus dem Auto zugerufen hatte. Nach nur einer Woche lag Marías Antwort im Briefkasten. Sie bestand aus zwei Worten: »Permanecemos juntos!« Was nichts anderes hieß als »Wir bleiben zusammen!«. Mit Ausrufezeichen. Eine schönere Antwort hätte sich Paul nicht wünschen können. Er wußte, daß María nicht leichtfertig solch einen Satz formulierte. Er nahm es als ein Versprechen. Auch wenn er nicht wußte, was daraus folgte. Die Kürze des Briefes verlieh ihren Worten um so mehr Nachdruck. Sie meinte es ernst. Andererseits hätte er sich natürlich einen längeren Brief gewünscht und gern gewußt, wie es ihr ging, wie ihre Schwangerschaft verlief, ob sie auch Sehnsucht nach ihm hatte und wann sie sich wiedersehen würden. Nichts von alledem, wofür er allerdings Verständnis hatte. Paul mußte Geduld haben. Er würde Geduld haben. Und er vertraute ihr. Das »Permanecemos juntos!« kreiste nun in seinem Kopf. Nur beunruhigte es ihn nicht, sondern stimmte ihn heiter und zuversichtlich. Es war das beste Versprechen auf die Zukunft, das er sich vorstellen konnte.

Seine Geduld wurde allerdings auf eine harte Probe gestellt. Marías Zwei-Worte-Brief war nicht nur im positiven Sinn vielsagend gewesen. Paul glaubte, die Botschaft auch im anderen Sinn verstanden zu haben. Sie lautete: Diese zwei Worte sind das Äußerste, was ich dir im Moment mitteilen kann. Er fügte sich drein und akzeptierte die Botschaft. Immerhin waren es ja *diese* zwei Worte. Auch wenn er noch nicht wußte, daß er mit ihnen nicht nur einige Wochen oder Monate, sondern Jahre würde leben müssen.

Für längere Zeit unterbrach einzig ein Foto von Marías neugeborener Tochter das Schweigen zwischen ihnen. Das Mädchen hieß María Cristina, das Foto zeigte sie im Taufkleid, und auf der Rückseite stand in Marías Handschrift und mit leuchtendblauer Tinte geschrieben: »María Cristina (es también nuestra niña).« Paul war gerührt. Besonders natürlich von dem Zusatz in der Klammer. Als er damals mit der schwangeren María auf dem Grundstück zusammengewesen war und den Paradieszustand mit ihr genoß, hatte er manchmal die Phantasie gehabt, daß es sein Kind war, das dort in ihrem Bauch heranwuchs. Natürlich wußte er, wie unsinnig der Gedanke war. Jetzt noch mehr als damals. Das auf ein Samtkissen gebettete dunkelhaarige Mädchen war ganz eindeutig das Kind ihres Mannes. Paul wußte es, aber er fühlte es nicht so eindeutig, wie er es fühlen sollte. Er ertappte sich sogar dabei, das Gesicht des Kindes nach Spuren einer Ähnlichkeit mit ihm abzusuchen. Vielleicht war er ja auch idyllenkrank. Schwärmte für die Pfaueninsel. Und lebte in dem Wahn einer unauflöslichen innigen Bindung zu María. Jetzt hatte sie ihm auch noch ein Kind geboren.

Ähnlichkeiten hatte er allerdings keine entdecken können. Und bei allen Illusionen, die er sich vielleicht über sich und María machte, konnte er die Tatsache nicht verleugnen, daß man eine schwangere Frau nicht schwängern und ein Kind keine zwei Väter haben kann. Also übersetzte er sich die Bemerkung von María in dem Sinne, wie sie auch gemeint war: daß sie ihm während ihrer Schwangerschaft näher gewesen war als ihrem Mann und daß diese Nähe einem guten Verlauf der Schwangerschaft offenbar nicht abträglich gewesen war. Im Gegenteil. Sie hatte ein gesundes Mädchen geboren. Paul war gerührt, daß sie es nun auf diese Weise ausdrückte, und setzte sich sogleich an den Schreibtisch, um ihr einen langen Brief zu schreiben, den er am Ende doch nicht abschickte, weil er vor allem aus sentimentalen Erinnerungen an ihre gemeinsamen Tage in Málaga und auf dem Grundstück bestand. Und weil er sich klarmachte, daß er das lakonische und darum um so gewichtigere Permanecemos juntos! nur verwässern und schwächen würde mit einem Brief – dazu noch mit einem viel zu sentimentalen. Und so, wie er María kannte, erwartete sie auch gar keine Antwort.

Er warf den Brief allerdings nicht weg, sondern heftete ihn in einen Leitzordner, den er mit dem Wort Archiv beschriftet hatte und worin er alles aufbewahrte, was er nicht brauchen konnte, aber auch nicht wegwerfen wollte. In dem Ordner war auch das positive Antwortschreiben auf eine Bewerbung. Er hatte die Stelle dann nicht angetreten, weil sich ganz unerwartet die Möglichkeit ergeben hatte, in Málaga zu unterrichten. Es handelte sich um eine Stelle als bibliothekarische Hilfskraft in der neuen Staatsbibliothek an der Potsdamer Straße. Eine befristete Stelle, die nichts mit seiner akademischen Qualifikation als Historiker zu tun hatte. Es gab dort in den Jahren nach der Eröffnung der Bibliothek Dutzende von Ausschreibungen für Hilfskräfte, da offenbar riesige Bestände gesichtet, geordnet und katalogisiert werden mußten. Er war sogar zu einem Vorgespräch eingeladen worden. Eine strenge Dame hatte ihn zu seinem Studium und seinen beruflichen Plänen befragt. Und er hatte ihr ausführlich und wahrheitsgemäß über alles Auskunft gegeben: das Geschichtsstudium, sein Interesse für die Geschichte der Havellandschaft und die Pfaueninsel, das zweite Staatsexamen, das er anstrebte, die Unterrichtseinheit über die Havellandschaft, die er schreiben wollte, die Wartezeit bis zum Referendariat, die er überbrücken mußte, und seinen derzeitigen Mangel an einem regelmäßigen Einkommen hatte er auch nicht verschwiegen, obwohl der ja sozusagen auf der Hand lag. Die Frau hörte sich alles erst mit starrer und dann mit ein wenig angewiderter Miene an, als habe sie das alles schon Hunderte Male gehört. Wahrscheinlich rannten ihr die arbeitslosen Akademiker die Bude ein auf der Suche nach solch einer im Grunde ja lächerlichen Hilfskraftstelle, für die die meisten Bewerber überqualifiziert waren. Die Dame schien keine besondere Sympathie für arbeitslose Akademiker zu haben. Paul hätte sich gern mit ihr angelegt. Wer weiß, was sie für eine Ausbildung hatte. Wie eine Bibliothekarin sah sie nicht aus. Eher wie die gestreßte Chefin eines Frisiersalons, die sich entweder über ihre Angestellten oder über die Kunden ärgerte. Und auch über ihre eigenen Haare, die blondiert waren und einen stumpfen und ausgedünnten Eindruck machten. Paul hätte die Frau am liebsten auf ihr ungesundes Kopfhaar angesprochen. Aber er hielt sich zurück und folgte ihr statt dessen in einen anderen Bereich der Bibliothek, wo sie ihm den Arbeitsplatz zeigen und den Aufgabenbereich erläutern wollte. Paul war froh, aufstehen zu können. Seine Blase drückte ihn. Aber er wußte nicht, ob eine Toilette in der Nähe war. Und es war sicher auch nicht günstig, jetzt auf die Toilette zu gehen. Das hätte er schließlich vorher erledigen können. Doch die Wahrheit war: Er hatte es vorher erledigt. Er war nicht gleich in den Verwaltungstrakt, sondern zuerst durch den Benutzereingang ins große Hauptfoyer gegangen, wo es auch Toiletten gab, in denen es allerdings so übel roch, als handle es sich um die ungeputzten Toiletten der Churfürstlichen Bibliothek zu Cölln an der Spree von 1661.

Daß Paul schon wieder Harndrang hatte, war allerdings nicht dem Geruch zu verdanken, sondern eine Folge des Bewerbungsgesprächs. Wenn er unter Druck stand, drückte ihn die Blase. Er nahm sich zusammen und versuchte den Ausführungen der Frau zu folgen, die ihm seine Aufgaben erklärte. Es ging darum, Karteikarten zu beschriften und zu sortieren. Von Hand beschriftete Karteikarten, wie die Frau präzisierte. Vor allem aus dem 18. und 19. Jahrhundert. Karteikarten, die zum Teil noch, so die Frau, in Sütterlinschrift beschrieben waren. »Sie können doch Sütterlin?« hatte ihn die Frau gefragt, und dies mit einem Gesichtsausdruck, als hinge seine ganze Existenz daran. Als hätte er nur ein Recht, auf der Welt zu sein, wenn er Sütterlin könne. Und was meinte sie überhaupt mit »können«? Lesen können? Oder etwa auch schreiben? Er konnte beides nicht. Warum auch? Im Studium hatte er es meist mit

Quellen zu tun gehabt, die in Kurrent geschrieben waren. Und die Kurrentschrift machte ihm keine große Mühe. Seines Wissens hatte es im 18. und 19. Jahrhundert noch gar keine Sütterlinschrift gegeben. Aber Kurrent schon. Offenbar verwechselte die Frau Sütterlin und Kurrent. Aber er hütete sich, nachzuhaken. Ihm blieb gar nichts anderes übrig, als mit »Ja« zu antworten.
Paul hätte sich gern ein paar von diesen Karteikarten angesehen, um sich einen Eindruck von der Schrift zu machen. Kurrent würde er sofort erkennen. Aber an dem Arbeitsplatz, an den die Frau Paul führte, war keine einzige Karteikarte zu sehen. Noch nicht mal ein Bleistiftstummel lag auf dem resopalbezogenen Tisch, an dem er arbeiten sollte. Der Arbeitsplatz befand sich im Untergeschoß der Bibliothek, in einem neonbeleuchteten und fensterlosen Magazinraum. Nur durch schmale kellerfensterartige Öffnungen knapp unterhalb der Decke kam etwas Tageslicht herein. Paul konnte sich schwer vorstellen, hier zu arbeiten. Aber er brauchte das Geld. Und er mußte dringend auf die Toilette. Er wagte immer noch nicht, die Frau zu unterbrechen, die jetzt mit ihm vor diesem leeren Arbeitstisch stand und ihm erklärte, daß die alten handschriftlich beschriebenen Karteikarten erst einmal mit einer weiteren handschriftlichen Signatur beschrieben werden müßten, um dann später elektronisch erfaßt werden zu können. Aber das dauere noch. Das elektronische Erfassen. Das sei Zukunftsmusik. Ob er sich denn solch eine Arbeit vorstellen könne, fragte sie ihn dann, und Paul, der so schnell wie möglich auf die Toilette wollte, sagte so rasch und entschlossen, wie er sonst nicht zu reagieren pflegte: »Auf jeden Fall.«

Die Frau schien zufrieden und sagte, daß sie bald von sich hören lasse, es gebe allerdings noch weitere Bewerber. Dann führte sie ihn wieder durch die Gänge des Untergeschoßes und über mehrere Treppen in den Verwaltungstrakt und erklärte ihm unterwegs, daß es Präsenzpflicht am Arbeitsplatz gebe. »Präsenzpflicht?« fragte Paul zurück. »Präsenzpflicht« wiederholte die Frau, jetzt schon wieder etwas genervter, nachdem sie auf dem Weg ins Untergeschoß einigermaßen entspannt gewirkt hatte. »Und was bedeutet das?« fragte Paul, der schließlich nicht davon ausgegangen war, daß es sich bei der Stelle um Heimarbeit handelte. »Sie müssen am Arbeitsplatz bleiben«, antwortete sie. »Das ist doch selbstverständlich«, erwiderte Paul und dachte bei sich, daß er nicht vorhatte, zwischendurch in die Philharmonie zu gehen. Die Frau lief weiter und sagte nichts mehr. Paul hörte nur ein angestrengtes Atmen. Offenbar strengte sie das Treppensteigen an. Nachdem sie vor ihrem Büro angekommen waren, sagte sie nur: »Der Tisch ist Ihr Arbeitsplatz. Sie müssen am Tisch bleiben.« »Die ganze Zeit?« wollte Paul wissen. »Die ganze Arbeitszeit«, erwiderte die Frau. »Und wenn ich auf die Toilette muß?« »Dann müssen Sie Ihren Vorgesetzten fragen.«

Paul fragte sich, ob das ein Witz war. Oder war das der Stil des Hauses? An den Schreibtisch gekettete Hilfskräfte. Preußischer Kulturbesitz. Einmal ganz abgesehen davon, daß er dort unten in dem Magazinraum ganz allein hokken würde. Wie sollte er da seinen Vorgesetzten fragen, selbst wenn er ihn fragen wollte? Ein Telefon gab es hier nicht, und in der Zeit, in der er vom Kellergeschoß in den

Verwaltungstrakt ging, um sich die Erlaubnis für seinen Toilettenbesuch zu holen, würde er dreimal die Toilette aufsuchen können. Und wer war überhaupt sein Vorgesetzter? Der Direktor der Staatsbibliothek? Der Präsident der Stiftung Preußischer Kulturbesitz? Schließlich war die Staatsbibliothek ja eine Einrichtung dieser Stiftung. Paul mußte immer noch auf die Toilette. Jetzt sozusagen mehr denn je. Gehörte die Pfaueninsel nicht auch zur Stiftung Preußischer Kulturbesitz?

Hoffentlich nicht, dachte Paul und wußte, noch ehe er sich von der Dame verabschiedet hatte, daß er sich keinesfalls auf diese sogenannte Präsenzpflicht einlassen konnte. Aus prinzipiellen wie auch aus persönlichen Gründen. Er kannte sich und seine körperliche Konstitution. Wenn er nicht durfte, würde er erst recht die Toilette aufsuchen müssen. Wie im Flugzeug. Sobald die Anschnallzeichen aufleuchteten, kam der Harndrang. Oder im Theater, wenn sich die Saaltüren schlossen. Oder eben jetzt, während des Bewerbungsgesprächs.

Er mußte sich nach einem anderen Job umsehen und bis dahin das letzte Ersparte aufzehren. Seine Mutter würde er nicht um Geld bitten. Sie hatte schon genug für ihn getan, indem sie ihm nach dem Tod des Vaters das halbe Haus überschreiben ließ. Was er niemals erwartet oder gar verlangt hatte. Aber sie bestand darauf. Vielleicht weil sie ihr Alter spürte. Paul war immer davon ausgegangen, daß seine schlanke, jugendliche Mutter neunzig Jahre alt werden würde. Und daß das Haus ihre Altersabsicherung war. Gute Senioren- oder Pflegeheime konnten teuer werden. Und er hätte nichts dagegen gehabt, wenn sie das

Haus in ihre Altersversorgung investierte. Auch jetzt und trotz der Überschreibung ging er davon aus, daß der Mutter nach wie vor das ganze Haus gehörte. Sie trug ja auch alle Kosten. Die Grundsteuer, den Unterhalt, die Reparaturen und alles andere. Nur wenn die Existenzangst in ihm hochkroch, wie in den Tagen nach dem Bewerbungsgespräch, oder wenn er zwischendurch den Dispokredit in Anspruch nehmen mußte, weil er mit seinem Geld nicht auskam, dann spürte er die beruhigende Wirkung des halben Hauses eben doch. Dabei hatte er die sogenannte Erbengeneration immer verachtet. Er kannte einige von ihnen, die in Kreuzberg den verarmten Künstler oder mittellosen Akademiker markierten und so taten, als würden sie am Rand des Abgrunds leben, in Wahrheit aber nur darauf warteten, irgendwo in Westdeutschland ihr Erbe anzutreten. Den Bungalow in Villingen-Schwenningen. Das Zweifamilienhaus in Lüneburg. Ehrlicherweise hätte Paul jetzt hinzufügen können: das halbe Haus in Gliesmarode. Doch er brauchte das halbe Haus gar nicht. Er würde es auch so schaffen, das Referendariat war ihm schließlich sicher. Er mußte nur die Zeit bis dahin überbrücken.

Die Zeit verging beängstigend schnell, was zugleich aber auch tröstlich war. Je schneller die Zeit verging, um so schneller kam der Tag, an dem er María wiedersehen würde. Wahrscheinlich eine Milchmädchenrechnung. Aber Paul stellte sie trotzdem an. Wobei sich in diesen Jahren einiges in seinem Leben änderte, nicht aber sein Gefühl für María. Er glaubte unerschütterlich an ihr »Permanecemos juntos!«, und sie schickte ihm regelmäßig Fotos von der kleinen und heranwachsenden María Cristina. María Cristina im Kinderwagen. María Cristina auf dem Teppich umherkrabbelnd. María Cristina auf zwei Beinen stehend – leicht vorgebeugt und die Arme hilfesuchend in Richtung des Fotografen ausgestreckt. Und schließlich María Cristina mit kindlichem Heldenmut erst auf einer Wiese umherlaufend und dann auf einem Mäuerchen balancierend. Der Ausschnitt der Wiese war zu klein, um erkennen zu können, ob es die Wiese auf dem Grundstück war. Aber es war nicht auszuschließen.

Je älter María Cristina wurde, um so mehr nahm die Korrespondenz zwischen Paul und María zu. Sie schickte nicht wie in den ersten beiden Jahren nur die Kinderfotos, sondern nun auch Fotos von sich selbst. Alltagsfotos, zufällige Schnappschüsse: María auf einem Motorroller, María mit Freundinnen in einem Café, María in Madrid vor dem Kybelebrunnen und am Ufer des Rio Manzanares, María vor einem Spiegel im gestreiften Pyjama, den Fotoapparat halb vor dem Gesicht und geblendet vom Blitzlicht. Paul bedankte sich jedesmal dafür, schrieb ihr Briefe, erzählte von seinem Alltag und schickte auch ihr gelegentlich Fotos. Berliner Ansichten: der Blick in seinen Hinterhof, einschließlich der Abluftrohre des Bäckers, der Landwehrkanal im Kreuzberger Abendlicht, die Oberbaumbrücke mit ihren ziegelroten Bögen und Pfeilern. Aber auch die Stahlträger der Glienicker Brücke hatte er fotografiert und nach Málaga geschickt. Fotos von sich selbst schickte er keine. Er hatte Hemmungen, er gefiel sich nicht auf Fotos. Und wenn er sich gefiel, dann traute er den Fotos nicht. Er wollte keine schmeichelhaften Fotos von sich verschicken.

Das führte nur zu Enttäuschungen, wenn man sich leibhaftig sah. María hatte diese Hemmungen offenbar nicht. Sie schien ein beneidenswert unbefangenes Verhältnis zu ihrem eigenen Abbild zu haben. Anfangs war Paul sich nicht ganz sicher gewesen, ob dieses Versenden von eigenen Fotos Unbefangenheit oder Eitelkeit war. Aber die Fotos von María waren längst nicht alle vorteilhaft. Einmal schien es, als habe sie zugenommen, war breithüftiger und wirkte zugleich kurzbeiniger, als er sie in Erinnerung hatte. Und Paul merkte plötzlich und zu seinem eigenen Unwillen, daß er enttäuscht war. Liebte er sie nur ihrer schmalen Hüften und langen Beine wegen? Natürlich nicht. Er liebte sie auch wegen ihrer Stimme, ihres Temperaments, ihres Charakters, ihrer Intelligenz und ihres Humors. Und weil sie dies alles mit schmalen Hüften und langen Beinen kombinierte. Und darum war er auch erleichtert, als sie auf einem späteren Foto wieder ganz wie früher aussah. Auf einem anderen Foto glaubte er einen silbergrauen Schimmer in ihren honigblonden Haaren zu sehen. Mitte Zwanzig und erste graue Haare? Oder war sie älter, als sie ihm gesagt hatte? Nicht Mitte Zwanzig, sondern Mitte Dreißig? Paul merkte mit Genugtuung, daß ihn das überhaupt nicht irritierte. Im Gegenteil. María gehörte zu den Frauen, die er sich ohne weiteres alt vorstellen konnte. Alt und faltig. Und begehrenswert. Nicht, daß er es sich geradezu wünschte, aber von ihm aus konnte sie grau werden. Auch morgen schon. Er hatte sich sogar schon vorgestellt, wie es wäre, mit ihr als alter Frau zusammenzusein. Das war, als ihm erste Fältchen an ihr aufgefallen waren. Nicht nur an Mund und Augen, sondern auch um ihren Bauchnabel herum. Aber es hatte ihn nicht abgeschreckt, sondern eher sehnsüchtig gemacht. Sehnsüchtig nach vergehender Zeit.

Eines der Fotos allerdings hatte Paul überhaupt nicht gefallen. Es war ein Aktfoto von Mutter und Kind und zeigte eine Halbprofilaufnahme von María, die ihr nacktes und noch sehr kleines Kind an ihre ebenfalls nackte Brust und Schulter legte. Paul fragte sich, wer das Foto gemacht haben könnte. Es sah allerdings nicht nach einem privaten Foto, sondern nach einem Atelierfoto aus. Und war offenbar bearbeitet worden. Mit Weichzeichner. Im Stil der Mädchenfotos von David Hamilton, nur daß dieses Foto nicht farbig, sondern schwarzweiß war. Auch vermißte Paul einen Leberfleck unter Marías linker Achsel, die gut zu sehen war, da sie den linken Arm leicht angehoben hielt, um den Kopf des Kindes zu stützen. Paul kannte den Leberfleck. Er hatte sich ausführlich mit ihm beschäftigt. Er glaubte, alle ihre Leberflecken zu kennen. Er hätte aus dem Gedächtnis eine Leberfleckenkarte von ihr erstellen können. Und er hätte viel lieber ein realistisches Aktfoto von ihr besessen. Mit Leberflecken. Vielleicht würde er sie einmal darum bitten. Dieses Foto war der reinste Kitsch. Familienkitsch. Mutter-Kind-Kitsch. Fehlte nur noch der Heiligenschein. Das konnte nicht Marías Geschmack sein. Vielleicht hatte ihr Mann sie zu dem Foto überredet.

Solche Fotos, mit oder ohne Kind, und manchmal auch mit Ehemann, hatte er des öfteren in Berlin in einem Fotoladen betrachtet, der sich am unteren Kurfürstendamm befand. Nackte Ehepaare im Goldrahmen gab es dort zu sehen. Aber ohne Geschlechtsteile. Man sah allenfalls

die Brüste der Frauen. Wenn überhaupt. Einmal war das Fenster auch mit Fotos von schwangeren Frauen dekoriert gewesen. Natürlich weichgezeichnet und keusch. Die Frau allein, den Bauch vorgestreckt und die Brüste mit den Händen bedeckt. Oder Mann und Frau. Der Mann hinter der Frau, die Arme um ihren Leib geschlungen und die Hände auf den vorgewölbten Bauch gelegt. Die Brüste der Frau nackt, aber leicht verschattet. Romantische Schwangerenfotos. Und das alles im Kurfürstendammschaufenster. Wenn Paul in der Gegend war, ging er manchmal in den Athener Grill, kaufte sich eine in Pergamentpapier gewickelte und mit Fleisch, Zwiebeln und Weißkraut gefüllte Pita zum Mitnehmen und verzehrte sie vor dem Schaufenster des Fotoladens. Paul fragte sich, ob die Leute diese Fotos zu Hause an die Wand hängten. Die üppigen, silber- oder goldlackierten Rahmen sahen ganz danach aus. Nach Wohnungsdekoration. Stickbilder, Porzellanpuppen, Zinnteller, die schwangere Ehefrau, der nackte Papi – alles schön. Alles idyllisch. Alles ohne primäre Geschlechtsmerkmale.
Die Idylle hörte da auf, wo die primären Geschlechtsmerkmale begannen. Zinnteller hatten keine primären Geschlechtsmerkmale. Stickbilder auch nicht. Genausowenig wie der nackte Versicherungskaufmann oder Verwaltungsangestellte und seine schwangere Ehefrau auf den Fotos im Fotoladen. Paul würde María bei Gelegenheit fragen, wie ihr Foto zustande gekommen war. Es mußte eine Idee ihres Mannes gewesen sein, dachte Paul, der plötzlich Mitleid mit Marías Mann empfand. Er war vielleicht auch idyllenkrank. Seit er ein Kind hatte, war er wieder auf ein

harmonisches Familienleben bedacht und dekorierte das Schlafzimmer mit erotischen Familienfotos. Früher hatte man sich eine Abendidylle mit Schafherde ins Schlafzimmer gehängt, und jetzt vielleicht die nackte Ehefrau mit ebenso nacktem Säugling an der Brust.

Paul bekam in den Jahren, in denen aus dem Säugling María Cristina ein kleines Mädchen mit dunkelbraunen Haaren und den grünlich schimmernden Augen ihrer Mutter wurde, so viele Bilder von María, daß sie für ein ganzes Fotoalbum gereicht hätten. Er klebte die Fotos allerdings nicht in ein Album, sondern verwahrte sie in einer Schachtel. Briefe gab es nur einige wenige, und in den meisten davon berichtete ihm María vor allem von den Fortschritten ihres Studiums, das sie ungefähr ein Jahr nach María Cristinas Geburt wiederaufgenommen hatte und ihr nun, wie sie schrieb, viel leichter als früher falle. Das verdanke sie María Cristina, schrieb sie. Obwohl sie ihre Tochter sowenig wie möglich allein beziehungsweise einer Babysitterin oder den Großeltern überlasse, mache sie die Erfahrung, daß ihr die Aufgaben als Mutter das Studium erleichtern und nicht erschweren. Wunderbarerweise.
Irgendwann erhielt Paul dann auch die Nachricht, daß sie ihr Examen bestanden hatte und nun Dienst in einer Klinik tue. Womöglich ihre Facharztausbildung, dachte Paul, der sich mit den Gepflogenheiten der Ärzteausbildung in Spanien allerdings nicht auskannte. Er wußte auch nicht, auf welches Fach sie sich spezialisiert hatte. Aber das würde sie ihm selbst erzählen, denn in dem gleichen Brief

schrieb sie, daß María Cristina nun alt genug sei, um ihre Mutter einige Zeit zu entbehren, und daß sie sicher sei, ihn bald zu sehen.
Über ihr Eheleben hatte sie Paul während der ganzen Zeit kein einziges Wort geschrieben. Und er hatte auch nicht danach gefragt. Daß sie darüber hinaus nicht allzu viele Worte gewechselt hatten, bestärkte nur den Pakt, den sie miteinander geschlossen hatten. Den Wir-bleiben-zusammen-Pakt. Paul hatte nie daran gezweifelt, daß María sich an ihre Worte gebunden fühlte. Im Gegenteil: Die Verbundenheit zwischen María und ihm stattete Paul trotz der beruflichen Unsicherheiten und des jahrelangen Wartens auf das Referendariat mit einem unerschütterlichen Vertrauen auf die Zukunft aus. Es waren gleichsam zwei Erbschaften, auf die er hoffen durfte: das halbe Elternhaus und María. Beides gab ihm mehr Lebenssicherheit und Selbstvertrauen, als ihm eigentlich zustand. Schließlich war er noch immer ein Geschichtslehrer ohne Anstellung, auch wenn er jederzeit mit einer Nachricht von der Behörde rechnete, er hatte schließlich lange genug gewartet. Trotz dieser Aussichten mußte er sich um einen Job kümmern oder wenigstens Geld dazuverdienen, auch wenn seine Mutter sich bereit erklärt hatte, ihm weiterhin auszuhelfen. Aber er hatte die monatlichen Überweisungen schon während des Studiums als unwürdig empfunden und empfand jetzt genauso. Zugleich aber hatte er das Geld angenommen und es auch gebraucht, und er nahm es auch jetzt an. Er beruhigte sich damit, daß es keine allzu hohe Summe war. Sie deckte gerade seine ebenfalls nicht sehr hohen Festkosten. Die Kreuzberger Miete in

dem heruntergekommenen Haus war lächerlich gering. Außerdem würden die Zahlungen seine Mutter nicht sonderlich schmerzen. Sie war gut abgesichert, sowohl durch die Rente des Vaters als auch durch eine Lebensversicherung, die der Vater zu ihren Gunsten abgeschlossen hatte. Sie hatte mehr, als sie brauchte, und das Geld würde sich auf ihrem Konto ansammeln und ihm ohnehin irgendwann gehören. Insofern konnte er auch jetzt schon davon profitieren. Es würde nichts ändern.
Seinen übrigen Lebensunterhalt aber mußte er selbst bestreiten. Essen, Kleidung, Bücher, Reisen und so weiter. Auch dafür war Kreuzberg ein günstiges Pflaster. Es gab hier Leute, die hatten nur einen Trainingsanzug im Schrank. Den sie womöglich auch als Schlafanzug benutzten. Und niemand schien sich daran zu stören. So weit wollte es Paul nicht kommen lassen, aber es beruhigte ihn, wie arm man in Kreuzberg sein konnte, ohne sozial ausgegrenzt zu werden. Wer hätte einen auch ausgrenzen sollen? Die meisten waren arm. Oder taten wenigstens so. Paul selbst besaß sogar zwei richtige Anzüge. Einen hellen und einen dunklen. Das hatte er sich irgendwann von Gerber abgeschaut, der im Sommersemester hell und im Wintersemester dunkel trug – und immer passend gekleidet war. Auch zu seinem Bewerbungsgespräch in der Staatsbibliothek hatte Paul einen der Anzüge getragen, allerdings ohne Krawatte. Der einzige Anlaß, wo ein Anzug durchaus angemessen wäre, Paul aber mit Vorsatz darauf verzichtete, waren die Besuche bei Gerber, der immer noch einmal im Jahr ehemalige Studenten und Mitarbeiter zu einer Art privatem Alumnitreffen zu sich einlud – und

der immer noch Exkursionen auf die Pfaueninsel veranstaltete, obwohl er inzwischen kurz vor der Pensionierung stand und wohl Dutzende Male seine Rundgänge über die Insel gemacht hatte.

Gerber hätte auch nach seiner Pensionierung noch unterrichten dürfen, Ordinarien durften das, aber Gerber hatte, wie er selbst sagte, keine Lust dazu, sich auf diese Weise die Illusion zu verschaffen, noch dazuzugehören. Statt dessen engagierte er sich in einer Art Bürgerinitiative für den Erhalt und die Sanierung der Sacrower Heilandskirche, die im Sperrgebiet der Zonengrenze vor sich hin schimmelte und zu verfallen drohte. Dabei zählte sie für Gerber zu den schönsten Kirchen Berlins. Paul empfand ebenso, vielleicht war die Heilandskirche sogar, wenn man die Lage betrachtete, die schönste von allen. Paul wäre am liebsten auch in die Bürgerinitiative eingetreten. Was auch immer eine solche Westberliner Initiative auf ostdeutschem Boden ausrichten konnte. Doch es war in der Tat höchste Zeit, etwas zu unternehmen. Arkadien verschimmelte. Die römische Basilika versank im Schlamm des östlichen Havelufers. Das war auch von westlicher Seite aus nicht zu übersehen. Gerber hatte von der Bürgerinitiative erzählt, geradezu geschwärmt hatte er davon, aber er hatte nicht dafür geworben.

Möglicherweise war es eine Professoreninitiative. Nichts für Menschen wie Paul. Überhaupt hatte sich Paul bei Gerbers letztem Alumnitreffen nicht besonders wohl gefühlt. Es war auch kein wirkliches Alumnitreffen gewesen. Er hatte jedenfalls niemanden seiner früheren Kommilitonen dort gesehen. Die Anwesenden waren allesamt Kolle-

gen, Mitarbeiter oder aber jetzige Studenten Gerbers. Paul war der einzige seines Jahrgangs und wahrscheinlich auch der einzige Arbeitslose, das hatte er gleich gespürt, als er den Raum betrat. Er hätte sich doch einen seiner Anzüge anziehen sollen. Allerdings den dunklen, um eine peinliche Doppelung zu vermeiden, denn es war Sommer, und Gerber trug Hell. Andererseits wäre Paul dann der einzige in einem dunklen Anzug gewesen. Der einzige Arbeitslose und der einzige im dunklen Anzug. Alle anderen trugen Kombinationen aus Hose und Jackett. Einer der älteren Gäste sogar ein Jackett mit Lederflicken auf den Ellenbogen. À la Oxford oder Cambridge. Fehlte nur noch die braune Cordhose. Statt dessen trug der Mann frisch gewaschene und gebügelte Jeans, was auch nicht viel besser war. Keiner der Anwesenden trug einen Pullover. Auch Paul nicht. Er hatte sich ziemlich gedankenlos eine schon etwas schäbige beigefarbene Windjacke angezogen, mit grauen Schmutzrändern an den Ärmeln, was ihm erst in dem Moment auffiel, als er Gerber die Hand zur Begrüßung entgegenstreckte. Da hatten sie beide gleichzeitig ein paar Sekunden lang auf die grauen Schmutzränder geblickt.
Paul war der einzige mit Windjacke. Was für ihn zugleich ein Indiz dafür war, daß er auch der einzige Arbeitslose war. Dabei war er ja gar nicht arbeitslos. Er wartete nur auf sein Referendariat. Er war Referendariatsanwärter. Schade, daß es dafür keinen eigenen Titel gab. Cand. Ref. oder etwas in der Art. Manchmal vergaß er selbst, daß er auf sein Referendariat wartete. Als glaubte er gar nicht an seine Zukunft als Lehrer. Dabei hatte er es schwarz

auf weiß vom Berliner Schulsenator. Nicht vom Senator persönlich, sondern von der Behörde: »Hiermit müssen wir Ihnen leider mitteilen ...« und so weiter und so fort. Mit anderen Worten: Warteliste. Es sei mit einer mehrjährigen Wartezeit zu rechnen. Mehrjährig! Wie lange war mehrjährig? Die Behörde wollte sich anscheinend nicht festlegen. Drei Jahre oder gar vier? In drei bis vier Jahren konnte sonst etwas passieren. Statt sich drei bis vier Jahre in eine Warteschlange zu stellen, hätten andere Menschen wahrscheinlich längst ihr gesamtes Leben umgekrempelt. Wären ausgewandert. Hätten ein Taxiunternehmen gegründet. Eine Zahnärztin geheiratet. Mehrere Kinder gezeugt. Ein Grafikdesignstudium drangehängt. Oder sich in Bayern oder Rheinland-Pfalz oder sonstwo um eine Referendariatsstelle bemüht. Nicht so Paul. Obwohl Paul im Unterschied zu vielen seiner Kommilitonen keinerlei Abwehr gegen den Lehrerberuf hatte. Im Gegenteil. Er freute sich darauf. Glaubte er zumindest. Andererseits war er auch erleichtert gewesen, als der Brief vom Schulsenator eintraf. Denn das einzige, was ihm am Lehrerberuf ganz und gar nicht behagte, war das frühe Aufstehen. Er war einfach nicht dafür gemacht. Er fürchtete sich regelrecht davor. Schon seit Schulzeiten. Schon seit der ersten Klasse war es ihm schwergefallen, früh aufzustehen. Schon als Erstkläßler taumelte er gleichsam zur Schule. Ganz unabhängig davon, wie früh er zu Bett gegangen war. Wobei er sich das als Erstkläßler ohnehin nicht aussuchen konnte. Er mußte so früh zu Bett gehen wie alle anderen Erstkläßler auch. Viel zu früh. Aber je älter er wurde, um so später ging er ins Bett. Wenn er morgens ohnehin müde war, dann konnte er auch spät ins Bett gehen. Statt Lehrer sollte er lieber Professor werden. Die brauchten nicht früh aufzustehen. Die machten Seminare von 11 bis 13 und von 14 bis 16 Uhr. Die pennten bis neun und, wenn sie wollten, auch bis zehn und spazierten dann fröhlich und ausgeruht zur Universität. Darum war es auch so schwierig, an den Job heranzukommen. Von der Dissertation und der Habilitation einmal abgesehen. Paul wußte, daß er nicht die Geduld und Ausdauer haben würde, eine Habilitationsschrift zu schreiben. Er brachte noch nicht mal die Geduld für eine Doktorarbeit auf. Er wollte ins tätige Leben. Unter Menschen sein. Aber der Preis dafür war das frühe Aufstehen. Allerdings war man als Lehrer auch früher fertig mit der Arbeit. Man konnte einen Mittagsschlaf halten. Während die Professoren noch ihr Vierzehn-Uhr-Seminar vor sich hatten, konnten die Lehrer schon ihren Mittagsschlaf halten. Es hatte eben alles seine Vor- und Nachteile. Wobei er in letzter Zeit oft genug dachte, daß die Situation, in der er sich gerade befand, die beste für ihn war. Der Wartestand. Das hieß: ausschlafen können und doch keine Angst vor der Zukunft haben müssen. Ausschlafen können und doch kein Universitätsprofessor sein.

Paul hätte gern noch ein wenig über möglichst günstige Zukunftsaussichten vor sich hin sinniert, als ihn plötzlich eine weibliche Stimme mit der Frage »Sind Sie auch bei Gerber?« aus seinen Gedanken riß. Es war eine der wenigen Frauen im Raum, und sie sprach ausgerechnet ihn an. »Gewesen«, antwortete Paul, noch ehe er sich die Frau angeschaut hatte. Und um gar nicht erst falsche Erwartungen zu wecken, fügte er gleich hinzu: »Als Student.« »Aha, ein Alumnus«, erwiderte sie, und Paul sah zwei volle und leuchtendrot geschminkte Lippen, hinter denen eine gerade Reihe weißer, an den Oberkanten ein wenig abgeschliffener Zähne aufblitzte. Als würde die Frau im Schlaf mit den Zähnen knirschen. »Und Sie?« fragte Paul zurück. »Keine Alumne«, antwortete sie, was ihn insofern überraschte, als er das Wort Alumne noch nie gehört hatte. Es klang herabsetzend, wie ein giftiges Kraut, das am Bahndamm wuchs, oder wie ein fleischiges Nachtschattengewächs. Paul würde im Wörterbuch nachschauen. Vielleicht trieb die Frau aber auch ihre Scherze mit ihm und erfand pseudolateinische Vokabeln. Doch wenn sie ihn schon angesprochen hatte, wollte er auch mehr von ihr wissen, zumal ihm nicht nur ihr Mund gefiel, sondern auch der Duft, der von ihr ausging. Kein Geruch nach Parfüm, eher nach Puder, Babypuder, was einen sofort an nackte Haut erinnerte, wenn auch im Stande vollkommener Unschuld.

Wie ein Baby sah die Frau allerdings nicht aus. Babys trugen keine wilde rötliche Haartracht. Und auch keine schwarzen Stiefel. Babys waren auch nicht knapp einsneunzig groß, wie diese Frau, die Paul um beinahe einen Kopf überragte. Er glaubte diesen Typ Frau zu kennen, und für einen Moment schrillten die Alarmglocken in Pauls Schädel, und es meldete sich ein Fluchtimpuls. Aber er lebte ja nicht in der Steinzeit, sondern am Ende des 20. Jahrhunderts, und er befand sich auch nicht irgendwo in der vorderasiatischen oder afrikanischen Steppe, wo ihn Amazonen jagten, sondern in Gerbers Bungalow unweit vom Kleistgrab. Am liebsten hätte er jetzt einen Witz über Kleist und die Frauen gemacht. Aber das wäre geschmacklos gewesen. Zumal hier, einen Steinwurf vom Kleistgrab entfernt. Paul verkniff sich jede Bemerkung und fragte sich erneut, warum diese schöne, große, rothaarige Frau in den schwarzen Stiefeln ausgerechnet ihn angesprochen hatte.

Der Oxford-Cambridge-Angeber im Harris-Tweed-Jakkett mit den Lederflicken stand doch auch allein in Gerbers Salon herum. Den hätte sie doch ansprechen können. Der hätte sich wahrscheinlich direkt vor der Frau auf den Teppich geworfen, ihre Stiefel umklammert und sich mit der Reitgerte den Hintern versohlen lassen. Dafür waren Akademiker in Harris-Tweed-Jacketts doch bekannt. Aber die Frau hatte Paul angesprochen. Paul mit seiner Windjacke. Sie hatte ihr Opfer erkannt. Den arbeitslosen Akademiker. Ihn würde sie versohlen wollen. Nicht mit der Reitgerte, sondern mit freundlichen Fragen. Doch Paul würde sich nicht auf den Teppich werfen. Das hatte er nicht nötig. Er war gar kein arbeitsloser Akademiker, sondern Studienreferendar im Wartestand. Und schon bald Studienrat für das Fach Geschichte. Mittellos war er ebenfalls nicht. Er besaß ein halbes Haus in Gliesmarode. Und alleinstehend und auf Frauensuche war er schon gar nicht. Er war auf alle Zeit mit einer jungen Ärztin aus Málaga verbunden. Permanecemos juntos! Er brauchte vor der Rothaarigen nicht einzuknicken. Er brauchte vor niemandem einzuknicken. Er holte tief Luft, sah der Frau aufs Dekolleté, entdeckte einige verführerische Sommersprossen auf ihrem wohl vollen, aber zugleich festen und

geradezu sportlich wirkenden Busen und fragte sie mit all dem Selbstbewußtsein, das ihm als halbem Hausbesitzer und Fast-Studienrat zur Verfügung stand, über ihre berufliche Situation aus.
Er brauchte nicht lange zu fragen, bis feststand, daß sie nicht die erfolgreiche Akademikerin war, für die Paul sie gehalten hatte. Und daß sie ihn nicht angesprochen hatte, weil sie leichte Beute witterte: ein studiertes Kreuzberger Männchen mit Windjacke, das man mit ein paar freundlichen Fragen um seinen letzten Rest an Selbstbehauptung bringen konnte. Im Gegenteil: Sie hatte sich mit sicherem Instinkt zu ihm geflüchtet, weil sie ebenfalls beruflich in einer Sackgasse gelandet war. Mit anderen Worten: Sie war Privatdozentin. Habilitiert, aber ohne Professur. Als Paul erfuhr, daß sie Privatdozentin war, hatte er sie nicht weiter mit Statusfragen gequält, zumal sie sich für Schinkel interessierte und sogar einmal ein Buch über Schinkels Berliner Vorstadtkirchen geplant, das Buch aber zugunsten einer Arbeit über die Befreiungskriege aufgegeben hatte, mit der sie sich auch habilitierte. »Zum Glück«, meinte sie, denn kurz nachdem sie das Schinkelprojekt aufgegeben hatte, war von einer ihr bis dahin unbekannten Autorin ausgerechnet ein Buch über Schinkels Vorstadtkirchen erschienen. Und zwei Bücher über Schinkels Vorstadtkirchen vertrug der akademische Markt nicht. Vom Buchmarkt ganz zu schweigen.
Paul mußte zugeben, daß er von Schinkels Vorstadtkirchen keine Ahnung hatte. Die waren in Gerbers Schinkelseminar nicht vorgekommen. Sondern nur solche Sachen wie Schinkel in Neapel, Schinkels Pomonatempel, Schin-

kels Römische Bäder oder Schinkels Sternenkuppel. Alles, was schön oder südlich war. »Die Vorstadtkirchen sind auch schön«, hatte ihm die Frau, die sich inzwischen als Susanne vorgestellt hatte, darauf erwidert. Besonders für die Alte Nazarethkirche im Wedding konnte sie sich begeistern. »Römische Spätantike«, sagte sie, »und das am Leopoldplatz.«

Im Laufe des Gesprächs stellte sich heraus, daß Susanne auch in der Nähe vom Leopoldplatz wohnte. »Katastrophal«, dachte Paul, aber er sagte es nicht. Der Leopoldplatz war vor allem wegen Karstadt am Leopoldplatz bekannt, das es seit einiger Zeit dort gab. Ansonsten war der Platz ein beliebter Treffpunkt von Pennern und Säufern, die sich in der Grünanlage gleich neben der Nazarethkirche aufhielten und bevorzugt die Apsisseite der Kirche zum Urinieren benutzten. Paul hatte den Wedding immer gemieden. Genauso wie Moabit. Er konnte sich Berlin auch sehr gut ohne den Wedding und ohne Moabit vorstellen. Die Nazarethkirche kannte er natürlich. Aber er wäre niemals auf den Gedanken gekommen, daß sie von Schinkel war und an die römische Spätantike erinnerte. Noch erstaunter war er, als Susanne ihm erzählte, daß es in Pula in Istrien eine fast identische Kirche gebe und Schinkel sich während eines Istrien-Aufenthaltes von dieser Kirche habe inspirieren lassen.

Paul war auch einmal in Istrien gewesen, direkt nach dem Abitur und ganz allein. Mit Rucksack und Einmannzelt. Die einsamste Reise seines Lebens und fast völlig aus Pauls Gedächtnis verschwunden. Sie war eine Art Test für ihn gewesen nach dem Abitur. Ein Test darauf, ob er von nun an in der Lage sein würde, allein durchs Leben zu gehen. Er hatte den Test nicht bestanden. Es hatte ihn deprimiert, allein mit seinem Einmannzelt durch Jugoslawien zu reisen. Geblieben war nur eine nebelhafte Erinnerung an das römische Amphitheater in Pula. Und an gefüllte Paprikaschoten in Rijeka, wo er ein paar Stunden Aufenthalt hatte und in einem Restaurant in Bahnhofsnähe unter einem Titoporträt besagte Schoten aß.

An mehr erinnerte er sich nicht. Und würde Susanne auch nicht damit behelligen. Zumal er nichts von Gesprächen hielt, in denen die Gesprächspartner selbst auf die speziellsten Erfahrungen, von denen man erzählte, vorzugsweise mit einem »Ich auch« beziehungsweise »Auch ich« antworteten: Auch ich bin auf dem Mond gewesen. Paul hielt nicht nur nichts davon. Er haßte diese Art Reaktion und hielt sich dazu an, lieber nachzufragen, statt »Ich auch« zu sagen. Paul fragte auch bei Susanne nach, und Susanne dankte es ihm, indem sie ihm offen und beinahe rücksichtslos gegen sich selbst von ihren beruflichen und privaten Problemen erzählte. Einen Mann, der sie unterstützte, gab es nicht. Wohl aber hatte es diverse Trennungen gegeben. Eine Professorenstelle war nicht in Aussicht. Ihr Schwerpunkt Preußen war sozusagen überbelegt. Da drängelten sich die männlichen Bewerber, wieso sollte sie als Frau da eine Chance bekommen. Ihre Unterrichtstätigkeit an der Universität wurde nicht bezahlt – Gratisarbeit gehörte zu den Pflichten von Privatdozenten. Und die meisten ließen sich darauf ein, weil sie keine Alternative hatten.

Wovon sie denn jetzt lebe, wollte Paul wissen, und entschuldigte sich zugleich für seine indiskrete Frage. »Kein

Problem«, sagte sie, »es weiß ja sowieso jeder, der es wissen will. Ich bin ja gewissermaßen eine öffentliche Person.« Paul horchte auf – daher die schwarzen Stiefel? – und bedauerte seine Neugier noch mehr als zuvor. Es war nicht seine Absicht, Susanne zu peinlichen Bekenntnissen zu zwingen. Diese aber fuhr ganz ungehemmt fort: »Ich bin gewissermaßen ganz unten angekommen.« Dann schwieg sie einen Moment lang und blickte im Raum umher. Aber niemand beachtete sie und Paul. Die meisten Gäste hatten um Gerber herum auf Stühlen oder Hockern Platz genommen, während Gerber selbst in einem Korbsessel mit einer hohen geflochtenen Lehne saß und die anderen mit irgendwelchen Geschichten auf das beste zu unterhalten schien. Eine weitere Gruppe von Männern, darunter auch der Harris-Tweed-Mensch, stand vor der großen Glasfront. Sie sahen hinaus in den Garten und hinüber zur zugewachsenen S-Bahn-Trasse und unterhielten sich dabei. Susanne wandte sich wieder Paul zu und sagte: »Den Job hat mir Gerber verschafft. Und ich muß ihm auch noch dankbar sein dafür.«
Dann schwieg sie und begann, in ihrer Handtasche zu kramen, die mehr einer Kollegmappe mit Schulterriemen als einer Damenhandtasche glich. Noch ehe Paul zurückfragen konnte, was ausgerechnet Gerber damit zu tun hatte, holte sie einen Faltprospekt hervor und überreichte ihn Paul mit den Worten: »Die Öffnungszeiten.« Paul wollte schon die Hände heben und abwehren, erkannte aber ein vertrautes Motiv auf dem Faltblatt: das Schloß Pfaueninsel mit der schmiedeeisernen Brücke zwischen den beiden Türmen. »Ich mache Führungen in der Meie-

rei«, sagte Susanne, »drei Tage in der Woche. Von zehn bis sechzehn und im Sommer bis siebzehn Uhr.« »Grauenhaft«, ergänzte sie noch und fiel damit Paul ins Wort, der ihr gerade sagen wollte, was für einen beneidenswerten Job sie da gefunden hatte. Er sagte es trotzdem und erzählte ihr von seinen Bemühungen um einen Job in der Staatsbibliothek. Und da sie gerade soviel Vertrauen zueinander gefaßt hatten, erzählte er ihr auch von der Problematik mit der Anwesenheitspflicht am Arbeitsplatz, die auch den Toilettenbesuch regelte. »Typisch Preußischer Kulturbesitz«, sagte sie nur. Paul fühlte sich verstanden. Sie hätte sich ja auch über seine schwache Blase lustig machen können. Er war überhaupt erfreut, wie gut sie sich verstanden. Auch wenn sie in Sachen Pfaueninsel nicht so dachte wie er. Aber das störte ihn nicht. Die Pfaueninsel konnte ihm niemand madig machen. Zumal sie ihm versicherte, daß es mit den Toilettenbesuchen in der Meierei überhaupt keine Probleme gebe. In der Meierei könne sie so oft auf die Toilette gehen, wie sie wolle.

Was denn so schlimm sei an dem Job, wollte Paul wissen, er würde nichts lieber sein als Museumsführer in der Meierei. Zumal unter diesen Umständen. Die Leute, sagte sie, die Touristen. Bildungsbürger. Westdeutsche Bildungsbürger. Pensionierte Studienräte. Altersschwache Professoren. Die Jagdwesten trugen und Cargohosen. Als seien sie auf einer Großwildsafari statt auf der Pfaueninsel. Sie hätte im übrigen gar nichts dagegen, wenn man ein paar von den verfetteten Pfauen abschießen würde, die auf der Pfaueninsel umherspazierten. Aber in den Rucksäcken und in den Taschen ihrer Jagdwesten und Cargohosen trugen die Besucher keine Jagdausrüstung mit sich herum, sondern Reiseführer und Fachliteratur. Preußische Geschichte. Alle Friedrichs und Wilhelms konnten die herunterbeten. Vorwärts und rückwärts. Einschließlich sämtlicher Kinder und Kindeskinder. Das konnte sie nicht. Da sperrte sich etwas in ihr. Bei den Friedrichs und Wilhelms. Obwohl sie ja Historikerin war. Und noch nicht mal eine feministische. Aber es sperrte sich trotzdem etwas. Es gab da mal eine feministische Kollegin, die hatte einer Gruppe Touristen spaßeshalber erzählt, daß der Begriff Wilhelminismus von Wilhelmine abgeleitet sei. Von Wilhelmine der Ersten. Doch die Gruppe hatte keinen Spaß verstanden. Es hagelte empörte Einsprüche, noch ehe sie den Spaß aufklären konnte.

Solche Scherze erlaube sie sich nicht. Sie spule ihren vorgeschriebenen Text ab, was äußerst ermüdend sei. Geradezu hirnabtötend. Und sie fühle sich abends so erschöpft, als habe sie sich den ganzen Tag mit Atomphysik befaßt. Obwohl ihr Text von den Fakten her absolut wasserdicht sei, komme es immer wieder zu Zwischenfragen. Natürlich seien es immer die gleichen Zwischenfragen. Es seien zudem gar keine echten Fragen, sondern Besserwisserbeiträge. Angelesenes Zeug aus den immer gleichen Standardwerken, das die Leute zum besten gaben. Es waren fast immer ältere Männer, die sich so aufspielten. Vitale Sechzigjährige. Und manchmal auch eitle Fünfzigjährige. Das alles unterfordere und erschöpfe sie zugleich. Ganz abgesehen davon, daß diese Meierei mit ihrer Ruinengotik auch architektonisch eine Kitschbude sondergleichen sei.

Vom Schloß ganz zu schweigen. Das könne sie natürlich nicht laut sagen.
Das Thema Pfaueninselkitsch wollte Paul jetzt ebensowenig vertiefen wie das Thema ältere Männer. Er fragte sich, welche Standardwerke Susanne wohl meinte. Und was das für ein Wissen war, das die Leute da präsentierten. Das hätte ihn interessiert. Er kannte kein Standardwerk über die Pfaueninsel. Er kannte nur die üblichen Touristeninformationen oder irgendwelche Spezialaufsätze wie den über die Kübelabsenkung im Palmenhaus. Über die Meierei kannte er erst recht kein Standardwerk. Noch nicht einmal einen Aufsatz über die Meierei kannte er. Wahrscheinlich gab es auch keinen. Aber er fragte Susanne lieber nicht danach. Zumal sie jetzt wirklich verbittert schien über die Zumutung, diese Führungen machen zu müssen. Wer weiß, wieviel man dabei verdiente. Eine Frage, die Paul sich in genau dem Moment stellte, als Susanne sagte: »Und das alles für sieben Mark fünfzig!«
Sieben Mark Fünfzig war gar nicht so schlecht. Bei zirka zwanzig Stunden Arbeit in der Woche käme pro Monat eine Summe zusammen, die mehr ausmachte, als seine Mutter zu seinem Lebensunterhalt beisteuerte. Bedeutend mehr. Wenn er den Job hätte, könnte er darauf verzichten, und ihm bliebe trotzdem noch Geld übrig. Es kratzte ohnehin an seiner Ehre, daß seine Mutter ihn weiterhin unterstützte. Er war einfach zu alt für Geld von der Mutter. Paul beschloß, Susanne direkt zu fragen, ob sie eine Chance für ihn sehe, ebenfalls drei Tage in der Woche Führungen zu machen. Aber er würde sie nicht jetzt fragen. Für solche Fragen brauchte man den richtigen Zeit-

punkt und den richtigen Ort. Jetzt fragte er sie nur, ob sie Lust hätte, mit ihm in den nächsten Tagen essen zu gehen. In Kreuzberg. Am Landwehrkanal. Es gäbe da ein ganz neues Restaurant in einem ehemaligen Wellblechwerk.
Susanne sagte sofort zu. Allerdings nicht für die nächsten Tage, sondern für die nächsten Monate. Sie sei mit Bewerbungen beschäftigt, schreibe an verschiedenen Aufsätzen, fahre zu einer Tagung nach Frankreich, leider nicht nach Paris, sondern nach Caen, und leider auf eigene Kosten. Aber es gäbe Chancen für eine Gastprofessur in Caen, sie müsse hinfahren. Ihr Forschungsschwerpunkt, die Befreiungskriege, sei zum Glück auch in Frankreich gefragt. Sie melde sich wieder.
Nach genau drei Monaten meldete sie sich telefonisch bei Paul, und sie trafen sich drei Tage später im *Wellblechwerk*. Paul war nicht sonderlich überrascht gewesen, daß sie sich gemeldet hatte, auch wenn es erst nach drei Monaten war. Er war sich sogar ganz sicher gewesen, was natürlich auch daran lag, daß sie sich gut verstanden hatten, ohne daß es zu einer Flirtsituation gekommen war. Zumindest zu keiner ausgeprägten. Paul empfand vor allem freundschaftliche Gefühle für sie, was er sich als Fortschritt anrechnete – und sie empfand offenbar das gleiche für ihn. Mehr nicht. Aber auch nicht weniger.
Nachdem sie sich auf der am Kanalufer gelegenen Terrasse des Restaurants niedergelassen und ausführlich die Verwandlung des ehemaligen Wellblechwerks in ein für Kreuzberger Verhältnisse beinahe zu elegantes Restaurant im Industriedesign gewürdigt hatten, kam sie ohne Umschweife zur Sache und erzählte Paul, daß die Gastpro-

fessur in Caen ihr so gut wie sicher sei. Wenn er wolle, könne er ihren Job auf der Pfaueninsel haben. Natürlich wollte Paul. Aber könne sie das entscheiden? »Entscheiden nicht«, sagte sie, »aber entscheidend beeinflussen. Ich habe dank Gerber gute Kontakte zu *Schlösser und Gärten*. Die zahlen mir auch mein Gehalt. Und zum Gartendirektor.« Der Gartendirektor wohne sogar auf der Pfaueninsel, erzählte Susanne. Und er habe sogar einmal eine ihrer Führungen mitgemacht. Anonym. Und ohne Zwischenfragen. Und sich ihr erst hinterher zu erkennen gegeben. Und sie danach zum Kaffee in sein Haus eingeladen. Nicht am gleichen Tag natürlich, sondern an einem Sonntagnachmittag, an dem sie keinen Dienst hatte. Da sei sie wie ein ganz normaler Tourist mit der Fähre zur Insel übergesetzt und in das Haus des Gartendirektors gegangen, das ja dicht an der Fährstelle liege, während alle anderen Besucher Richtung Schloß spazierten. Bestimmt habe sie sich einen Moment lang wie Wilhelmine die Erste gefühlt, meinte Paul. Wie eine preußische Aristokratin mit eigener Insel. »Keine Spur«, erwiderte sie, so toll sei das Haus ja nun auch wieder nicht. Ziemlich kühl sei es darin gewesen. Zu kühl für ihren Geschmack, was natürlich von der Feuchtigkeit komme. Ansonsten aber sei es ein wunderbarer Nachmittag gewesen. Solche Gelehrten wie den Gartendirektor gebe es ja eigentlich gar nicht mehr. Der habe sich beispielsweise jahrelang mit Pomologie und speziell der Apfelkunde beschäftigt, und zwar aus historischen Gründen, weil einer seiner Vorgänger namens Fintelmann ebenfalls darauf spezialisiert gewesen sei. Wobei es gleich mehrere Fintelmanns gegeben habe, und alle waren sie Gärtner und zum Teil auch Königliche Hofgärtner gewesen. Obwohl ihres Wissens gar keine Apfelbäume auf der Insel stehen würden. Zumindest keine wichtigen. Aber im Wintergarten seines Hauses habe der Gartendirektor eine ganze Reihe von historischen Stichen mit Äpfeln aufgehängt. Alte Äpfel. Ausgestorbene Äpfel. Aber wunderschön. Er besitze sogar eine dreibändige Ausgabe der Verhandlungen des Vereins zur Beförderung des Gartenbaus in den Königlich Preußischen Staaten von 1827, worin er ihr einen Text von Gustav Adolph Fintelmann zeigen wollte, der sich gemeinsam mit Peter Joseph Lenné um den Wegebau auf der Insel gekümmert hatte. Aber der Gartendirektor habe den Fintelmanntext nicht in dem Buch gefunden, was ja nicht weiter schlimm war, den Gartendirektor aber ganz unruhig gemacht habe. Während er zum Bücherregal ging, um einen anderen Band zu holen, habe sie selbst das Buch noch einmal aufgeschlagen und auf Anhieb den Fintelmanntext gefunden.

Es war nicht zu übersehen, daß Susanne mit einem gewissen Stolz von ihrem Besuch beim Gartendirektor erzählte und sich von der Einladung noch immer geschmeichelt fühlte. Zumal der Gartendirektor ihr auch von einigen seiner Aufgaben berichtet hatte, die längst nicht so idyllisch waren, wie es sich so mancher vielleicht vorstellte. Dazu gehörte beispielsweise der Wegebau auf der Pfaueninsel. Der Gartendirektor hätte sich ja am liebsten tagaus und tagein mit der Anpflanzung von Rosen und alten Apfelsorten beschäftigt, habe aber in Wahrheit Jahre seiner Dienstzeit in den Wegebau investiert. Schon Lenné und Fintelmann hätten sich damit herumgeschlagen, und er würde sich auch noch immer damit herumschlagen, und wahrscheinlich würde sich auch sein Nachfolger, denn er selbst stehe kurz vor der Pensionierung, damit herumschlagen müssen. Es würden einfach zu viele Leute auf die Insel kommen, die Fähre fahre ja den ganzen Tag hin und her, und all diese Leute würden die Wege belasten, die eben nicht für die Massen angelegt worden seien. Ganz früher seien ja nur ein paar Kaninchen auf der Insel herumgehoppelt, und mehrere Jahre hatte nur Johann Kunckel auf der Insel gelebt. Der hatte zwar die Luft verpestet mit seiner Glasbrennerei, aber er hatte die Wege nicht belastet. Irgendwann sei die Insel jedoch zu einer Art Vergnügungs- und Freizeitpark mit Tausenden und Abertausenden von Besuchern geworden, wobei das an manchen Tagen und vor allem im Sommer noch immer so sei, auch wenn es keine exotischen Tiere mehr auf der Insel gebe, wie zu Zeiten Friedrich Wilhelms III., der ja nicht nur chinesische Schweine und bengalische Hirsche, sondern auch Kängurus, Bären und Büffel auf die Insel geholt habe, was für die Wege auch nicht gerade günstig gewesen sei. Die Bären seien natürlich nicht frei herumgelaufen, womöglich aber die Büffel. Ob die Kängurus frei herumgesprungen waren, wisse er nicht, das müßte man recherchieren. So vieles sei ja noch gar nicht recherchiert worden. Obwohl die Insel so klein sei, fünfundsechzig Hektar, allenfalls siebzig, gäbe es hier unendlich viel zu recherchieren. Jeder Baum, jeder Strauch, jeder Grashalm habe seine eigene Geschichte. Ganz zu schweigen von solchen Dingen wie der russischen Rutschbahn. Oder eben von Johann Kunckel.

Susanne hätte liebend gern noch mehr über die russische Rutschbahn oder über Kunckel erfahren. Aber der Gartendirektor war wieder auf die Wege zu sprechen gekommen und hatte ihr detailliert die verschiedenen Sanierungsmaßnahmen erklärt, die notwendig seien, um die Insel für die vielen Besucher begehbar zu machen, ohne daß eines Tages alles in Matsch und Schlamm versinken würde. Ging es bei der landschaftsgärtnerischen Gestaltung der Insel um die Wiederherstellung und Erhaltung im Sinne von Lenné und Fintelmann, so mußte der Wegebau sich an modernen Verfahren orientieren, auch wenn die historische Bauweise der Wege teilweise noch rekonstruiert werden konnte, da sich, so der Gartendirektor, an verschiedenen Stellen noch die alten Deckschichten aus einem rötlichen Lehm-Kies-Gemisch erhalten hatten. Der Gartendirektor sei dann noch weiter ins Detail gegangen, so Susanne, allerdings habe sie das meiste wieder vergessen. Nur der Begriff Grauwackeschotter sei ihr im Gedächtnis geblieben. Sie habe während des Gesprächs mit dem Gartendirektor einmal mehr gedacht, daß sich der Mann gewiß viel lieber mit Rosen oder Äpfeln als mit Grauwackeschotter beschäftigt hätte, aber mit Rosen und Äpfeln lasse sich eben keine Insel sanieren. Ohne Grauwackeschotter kein Arkadien. Das habe sie dem Gartendirektor auch gesagt, wortwörtlich, und der habe sich sehr amüsiert und sie seien im besten Einvernehmen auseinandergegangen. Insofern glaube sie auch, daß sie bei ihm ein gutes Wort für Paul einlegen könne. Der Gartendirektor habe sie dann nach draußen und bis zur Fähre begleitet, ihr nach italienisch-französischer Art zum Abschied je ei-

nen Kuß auf die rechte und die linke Wange gegeben und so lange an der Abfahrtsstelle gewartet, bis die Fähre abgefahren sei.
Beneidenswert, dachte Paul, als Susanne ihren Bericht beendet hatte. Er beneidete Susanne, weil sie zu Gast beim Gartendirektor gewesen war, und er beneidete den Gartendirektor, weil er auf der Pfaueninsel lebte und arbeitete. Wahrscheinlich der schönste Arbeitsplatz in Berlin. Und der schönste Wohnsitz auch. Zumal dann, wenn am Nachmittag die letzte Fähre gefahren war und Ruhe einkehrte auf der Insel. Abendstimmung auf der Pfaueninsel. Das war ja etwas, was der normale Besucher gar nicht erleben konnte, da die Fähre im Sommer nur bis siebzehn Uhr und im Winter sogar nur bis sechzehn Uhr fuhr.

Nach dem gemeinsamen Kreuzberger Abendessen in der *Wellblechfabrik* hörte Paul lange Zeit nichts mehr von Susanne. Er schrieb ihr mehrmals, rief sie des öfteren an. Nichts. Er fuhr sogar zweimal auf die Pfaueninsel und ging in die Meierei, traf dort aber nicht Susanne, sondern zwei junge Frauen, die für den Einlaß und die Führungen zuständig waren und ihm auch nicht weiterhelfen konnten. Sie kannten Susanne nicht einmal. Er hätte Susanne schon in ihrer Wohnung aufsuchen müssen, versagte sich das aber. Sie hatten sich ja ohnehin nur zweimal gesehen. Und schließlich war er nicht der verschmähte Liebhaber, der ihr nachstellte. Aber ihm tat es leid um den Job, den sie ihm hatte vermitteln wollen. Ihm tat es so sehr leid um den Job, daß er schließlich ein weiteres Mal auf die Pfaueninsel fuhr um die beiden jungen Frauen auszufragen. Er

wartete eigens, bis die letzte Fähre zurück aufs Festland fuhr, und sprach die beiden dann wie zufällig während der Überfahrt an. Er habe sie in der Meierei gesehen und ob sie ihm verraten würden, wie sie an den Job gekommen seien. Aber die Frauen verrieten ihm gar nichts. Sie hatten womöglich auch seine Frage nicht verstanden. Oder sie wollten sie nicht verstehen. Sie sahen sich nur vielsagend an, flüsterten kurz miteinander und schwiegen dann. Doch ihre Botschaft war unmißverständlich: Sie fühlten sich von ihm belästigt. Hielten ihn womöglich für einen, der sich in öffentlichen Parks herumtrieb und Frauen nachschlich. Der eigens auf die Pfaueninsel gefahren war, um sich an die beiden aus der Meierei heranzupirschen. Ausgerechnet. So schön waren die auch nicht. Beide etwas zu dick. Das typische dickliche Freundinnenpaar. Gemeinsam sind wir stark. Gemeinsam wehren wir die Männer ab. Dabei waren sie gemeinsam nur doppelt so dick. Er hätte ihnen am liebsten ein paar vulgäre Vokabeln an den Kopf geworfen. Er hätte ihnen am liebsten bewiesen, daß sie zu Recht schlecht über ihn dachten.
Paul fuhr dann längere Zeit nicht mehr auf die Pfaueninsel, rief aber nach einigem Zögern bei *Schlösser und Gärten* an und erkundigte sich nach Jobmöglichkeiten auf der Pfaueninsel. Als Museumsführer. Als Führer in der Meierei. Er sei Historiker. Mit Schwerpunkt Geschichte der preußisch-brandenburgischen Havellandschaft. Die nicht allzu freundliche Dame am anderen Ende der Leitung antwortete ihm, daß er sich gern schriftlich bewerben könne. Das mit dem Schwerpunkt brauche er nicht in die Bewerbung zu schreiben. Es reiche der Hochschulabschluß.

Allerdings gebe es Wartelisten. Die Pfaueninsel gehöre zu den begehrtesten Arbeitsplätzen. Viele wollten auf die Pfaueninsel. Und nicht nur Historiker. Auch die Kunstwissenschaftler. Und die Romanisten natürlich. »Wieso natürlich?« fragte sich Paul. Als müßten die Romanisten ein besonderes Interesse an der Pfaueninsel haben. Da könnten genausogut die Anglisten ein besonderes Interesse an der Pfaueninsel haben. Wegen der Landschaftsgärten. Vielleicht meinte sie ja die Italianisten. Wegen Arkadien. Italianisten waren auch Romanisten. Genauso wie die Lusitanisten. Das wußten viele Menschen gar nicht. Das kümmerte die überhaupt nicht. Aber so eine Dame, die bei der Verwaltung der *Staatlichen Schlösser und Gärten* ans Telefon geht, sollte das schon kümmern. Doch Paul wollte jetzt keine telefonische Diskussion anfangen, zumal er merkte, daß es in Wahrheit der alte Ärger über die Staatsbibliothek war, der in ihm hochkochte. Er bedankte sich höflich, ein wenig zu höflich vielleicht, und schrieb noch am gleichen Tag eine Bewerbung. Aus purem Trotz. Er glaubte nicht an eine reelle Bewerbungschance. Er reihte sich in die Warteliste ein. Noch eine Warteliste. Er wartete auf ziemlich viel zur Zeit. Auf das Referendariat. Auf María. Auf den Job in der Meierei. Und manchmal sogar auf das Haus in Gliesmarode.

III

Auf den Fall der Berliner Mauer hatte er nicht gewartet. Der kam ganz überraschend. Plötzlich und unerwartet fiel die Berliner Mauer. Der Fall der Mauer war genauso überraschend wie der Anruf von María, nur wenige Tage danach. Normalerweise telefonierten sie nicht, sondern schrieben sich Briefe. Sie hatten in all den Jahren vielleicht ein halbes Dutzend Mal miteinander am Telefon gesprochen, und er hatte jedesmal das Gefühl gehabt, vor lauter Freude über ihren Anruf viel zu distanziert und floskelhaft gewesen zu sein, was durch die Fremdsprache natürlich noch verstärkt wurde. Diesmal war er nicht distanziert, sondern reagierte enthusiastisch, als sie ihm ankündigte, im Frühjahr nach Deutschland zu kommen. Sie habe sich gerade zu einem Ärztekongreß angemeldet, der im März in München stattfinde. Diabetologie.

Sie hatte sich also auf Diabetologie spezialisiert, was er nicht übermäßig interessant fand. Nicht so interessant wie Neurologie beispielsweise. Wahrscheinlich würde er anders denken, wenn er selbst Diabetiker wäre. Sie wolle den Kongreß nur einen einzigen Tag besuchen und dann mit Paul eine kleine Reise machen. »Aber wohin?« fragte er zurück. »Durch Deutschland«, sagte sie. Sie sei noch nie in Deutschland gewesen. Er solle ihr sein Land zeigen. Wenigstens ein paar Städte. Paul war nicht allzu begeistert. Er hatte gehofft, sie würde nach Berlin kommen. Er hatte sich schon die ganze Zeit darauf gefreut, ihr eines

Tages Berlin zeigen zu können. Sein Berlin. Westberlin. Die Pfaueninsel, den Grunewaldsee, Dahlem und die FU. Und natürlich Kreuzberg. Sogar ein schickes Restaurant konnte er ihr dort bieten. Am Landwehrkanal. Im Industriedesign. Am meisten aber hatte er sich darauf gefreut, ihr die Mauer zeigen zu können. Die Grenzanlagen. Die Oberbaumbrücke. Gelegentlich sah man einen Rentner mit Stoffbeutel über die Brücke gehen. Immer im Fokus der bewaffneten Grenzpolizisten. Er hätte ihr gern den Rentner mit Stoffbeutel gezeigt. Und die Grenzpolizisten. Oder die Joggingstrecke am Landwehrkanal mit Blick auf Treptow und den Osten. Und die Schilder mit der Aufschrift »Achtung Lebensgefahr! Wasserstraße gehört zum Ostsektor von Berlin«. Doch daraus wurde nun nichts mehr. Die Mauer stand zwar noch, aber das Drama der geteilten Stadt war vorüber. Paul war immer auch ein wenig stolz darauf gewesen, daß er so nah an der Mauer lebte. Am Drama. Am Riß. An der Bruchstelle. Dort, wo es gefährlich war. Lebensgefährlich. Damit war es jetzt vorbei. Alles war eins. Die Lebensgefahr vorüber. Und die Mauer nur noch asbesthaltiger Sondermüll, der irgendwann ganz verschwinden würde. Also sagte er zu, im Frühjahr nach München zu fahren. María konnte ja immer noch nach Berlin kommen. Zumindest aus historischer Sicht gab es keinerlei Grund mehr zur Eile.

Nach dem Abendessen mit Susanne hatte Paul sich angewöhnt, einmal im Monat ins *Wellblechwerk* zu gehen. Sein Budget ließ mehr Besuche nicht zu. Doch diesen bescheidenen Luxus gönnte er sich, wobei der eigentliche

Luxus der Wein war, den er zum Essen bestellte. Er aß meistens geschmortes Kaninchen mit Speck, Oliven und Tomaten, das in der Speisekarte als Coelho à Portuguesa angeboten wurde, seiner Meinung nach aber spanisch war. Was sollte an Kaninchen, Oliven und Tomaten speziell portugiesisch sein? Möglicherweise der Speck. Und was hatte das *Wellblechwerk* mit Portugal zu tun? Schließlich standen hier auch Maultaschen auf der Karte. Das Kaninchen schmeckte ihm trotzdem von allen Speisen, die er hier probiert hatte, am besten. Und es erinnerte ihn an Málaga, wo er einige Male ebenfalls Kaninchen gegessen hatte.

Er ging immer allein ins *Wellblechwerk*, und er setzte sich immer auf die gleichen Plätze im hinteren Bereich des Lokals, wenn sie denn frei waren. Dort saß er mit dem Rücken zur Wand, konnte den ganzen Raum überblicken und hatte zugleich Sicht auf den Landwehrkanal. Diese Plätze waren allerdings begehrt. Die meisten Leute zogen es vor, mit dem Rücken zur Wand zu sitzen, was wahrscheinlich ein stammesgeschichtlicher Reflex war. Ein einziges Mal hatte sich Paul an einen anderen Tisch gesetzt und sich die ganze Zeit unwohl gefühlt, beobachtet und bedroht von den Blicken der anderen Gäste in seinem Nacken. Diesmal hatte er wieder einen guten Platz, auch das Kaninchen war wie immer. Da er allein war, hatte er etwas zu lesen dabei. Einen Reiseführer, den er in einem Antiquariat gefunden hatte und der *Kreuzberg für Kreuzberger* hieß. Kein Wunder, daß das Buch im Antiquariat gelandet war. Und die letzte Nummer der *Zeitschrift für Geschichtswissenschaft*, für die er ein Abonnement besaß.

Das Abonnement war ein Geschenk des Vaters gewesen, und inzwischen wurde das Geld vom Konto der Mutter abgebucht. Paul war möglicherweise der einzige Mensch in ganz Kreuzberg, der ein Abonnement der *Zeitschrift für Geschichtswissenschaft* besaß. Alle anderen lasen die Zeitschrift in der Amerika-Gedenkbibliothek. Wenn überhaupt. Das Abonnement der Zeitschrift war ein Vorschuß auf Pauls Zukunft gewesen. Auf die Zeit nach Kreuzberg. Ein Vorschuß auf Charlottenburg. Oder auf Dahlem. Auf Pauls Studienrats- oder Oberstudienratslaufbahn. Oder gar auf eine Professur. Oder wenigstens seinen Doktortitel. Allerdings hatte Pauls Vater niemals dergleichen erwähnt. Daß er sich eine besondere Karriere von ihm erhoffte. Nur etwas »Vernünftiges« sollte er werden. Seine Pflicht tun. Sein Auskommen haben. Und am besten natürlich als Beamter. Der Vater war klug genug gewesen, keinen Druck auszuüben. Und er hatte mit seinem Geschenk etwas bewirkt, was er gewiß nicht geplant hatte. Wenn Paul das neueste Heft der Zeitschrift aus dem Briefkasten nahm, dann gedachte er seines Vaters. Und wenn er in der Zeitschrift las, gedachte er ebenfalls seines Vaters. Er dachte auch jetzt an ihn, als er in der *Wellblechfabrik* Weißwein trank und die Zeitschrift vor sich liegen hatte. Er las einen Artikel über *Deutsche Grenzprobleme 1813 bis 1815*, dachte an seinen Vater – und an Susanne.

Paul wußte noch immer nicht, was mit Susanne geschehen war. Gerber würde vielleicht mehr wissen, er müßte Gerber anrufen und ihn nach Susanne fragen. Er hatte schon öfter daran gedacht, Gerber anzurufen. Aber Paul traute sich nicht. Er hatte Gerber, der immer freundlich und

zuvorkommend gewesen war und ihn schon mindestens ein halbes Dutzend Mal in sein Haus eingeladen hatte, noch niemals angerufen. Er würde es auch jetzt nicht tun. Vielleicht war Susanne ja längst in Frankreich. Als Gastprofessorin. Mit Aussicht auf eine feste Stelle. Wenn nicht als Professorin, dann wenigstens als Assistentin. Dank der Befreiungskriege. Das war karrieremäßig auf jeden Fall günstiger als die Berliner Vorstadtkirchen. Gut, daß María nicht Geschichte studiert hatte. Sie hatte sich vernünftigerweise für Medizin entschieden. Ebenso vernünftig war es, sich auf Diabetologie zu spezialisieren. Gerade im Mittelmeerraum wurde immer mehr Zucker und immer mehr industriell hergestellte Nahrung konsumiert. Das hatte Paul erst kürzlich in der Zeitung gelesen. Daß die Zeit der sogenannten Mittelmeerdiät vorbei war. Olivenöl, Gemüse, Fisch. Alles cholesterinsenkend. In Spanien aß man jetzt lieber Hamburger und Fertiggerichte. Die Mittelmeerdiät von früher gab es nun in Lokalen wie im *Wellblechwerk* – von den Maultaschen einmal abgesehen. Paul erinnerte sich daran, wie María auf dem Grundstück einmal Olivenöl auf eine Scheibe Brot hatte tropfen lassen und ihn anschließend mit dem ölgetränkten Brot regelrecht gefüttert hatte. Erst hatte er sich geweigert. Das war entschieden zuviel Olivenöl für jemanden aus Gliesmarode. Aber dann hatte sie ihm einen Kuß zur Belohnung versprochen. Und zwar für jeden einzelnen Bissen. Und natürlich aß er das ganze Brot auf, und sie feierten eine wilde cholesterinsenkende Kußorgie.
Paul bestellte noch ein weiteres Glas Wein, legte die Zeitschrift zur Seite, ohne den Artikel zu Ende gelesen zu ha-

ben, und blätterte in dem Kreuzbergführer, in dem es ein Kapitel gab, das sich ausgerechnet *Klein-Istanbul* nannte und in dem unter anderem erklärt wurde, daß die Türken gern Fladenbrot und Sesamkringel aßen. Sowohl in der Türkei als auch in Kreuzberg. Leider Gottes, dachte Paul, und in Schmalz Gebackenes essen sie ebenfalls gern. Drei hübsche Töchter haben sie und eine Bäckerei und eine Abluftanlage, die einem den Atem nimmt. Paul legte das Buch zur Seite und widmete sich seinem Weißwein. *Kreuzberg für Kreuzberger* war gar nicht für Kreuzberger. Oder glaubte der Autor tatsächlich, er konnte den Kreuzbergern mit Klein-Istanbul und Sesamkringeln kommen. Er konnte ja noch nicht mal Paul damit kommen, der gar kein Kreuzberger war. *Kreuzberg für Kreuzberger* war in Wahrheit für vollkommen ahnungslose Touristen gemacht, die sich das Buch aber auch nicht kaufen würden. Dann müßte es schon Kreuzberg für Schwabinger oder Hannoveraner oder sonstwie heißen.

Paul wurde plötzlich wieder hungrig, obwohl er gerade portugiesisches Kaninchen gegessen hatte. Der Kellner hatte bereits alles abgeräumt, auch das Brot. Paul hätte jetzt gern ein Stück Brot gegessen. Am liebsten mit Olivenöl. Er trank den Wein, den er bestellt hatte, ohne Brot. Er trank ihn wie Wasser und ließ sich noch ein drittes Glas bringen. Der Wein schmeckte erdig, ein Eigenimport des Restaurants, wie der Kellner ihm versichert hatte. Aus Italien. Latium. Von einem Winzer aus der Umgebung von Tarquinia.

Wo immer der Wein herkommen mochte, er stieg Paul in den Kopf wie jeder andere Wein. Und darum dauerte es auch einige Zeit, bis er die Frau erkannte, die in dem Moment, als der Kellner ihm das dritte Glas Wein servierte, das Restaurant betrat. Aber es lag nicht nur an dem Wein, es war auch ihr verändertes Äußeres. Sie trug keine aufgeschlitzten Jeans und auch keine runde John-Lennon-Brille mehr, und ihre Haare waren weder lockig noch brünett, sondern kurzgeschnitten und rötlich. Sie hatte kein T-Shirt und auch kein kariertes Männerhemd an, sondern einen schwarzen Hosenanzug mit grauen Streifen und darunter eine weiße Bluse. Aber es handelte sich trotzdem und ohne jeden Zweifel um Birgit. So wie sie jetzt aussah, wäre sie jederzeit als Businessfrau durchgegangen. Als Assistentin der Geschäftsführung etwa. Als Chefin vielleicht nicht. Dazu sah sie zu sehr nach Business und Karriere aus. Außerdem hatte sie eine Sporttasche dabei. Welche Führungskraft, dazu noch weiblich, würde mit solch einer Sporttasche ein Lokal betreten. Es war eine dieser riesigen Taschen, wie sie Tennisspieler benutzten. John McEnroe hatte so eine Tasche gehabt.

Paul hätte nicht gedacht, daß Birgit Tennis spielte. Zu ihrer Zeit hatte sie garantiert kein Tennis gespielt. Sie war gern geschwommen. Am liebsten in der Krummen Lanke. Noch lieber im Grunewaldsee, aber da hatten irgendwann die Hunde die Herrschaft über die Strände übernommen. Erst über den Strand am Westufer und dann auch über den gegenüberliegenden sogenannten Bullenwinkel. Der war jahrelang hundefrei gewesen. Zumal zu der Zeit, als die Nackten den Strand für sich entdeckt hatten. Obwohl das Nacktbaden hier verboten war. Paul war damals öfter an den Bullenwinkel zum Schwimmen gefahren, noch bevor

er Birgit kennengelernt hatte. Und einmal sogar in Begleitung von drei Kommilitoninnen aus einem Frühmittelalterkurs während eines brütendheißen Sommertages.
Der Frühmittelalterkurs war anstrengend gewesen. Ein abgedunkelter, aber überhitzter Seminarraum. Müde Studenten. Ein ebenso müder Dozent, der während des Dozierens Pfeife rauchte. Auch einige Studenten rauchten. Allerdings Zigaretten. Man saß nicht nur in einem heißen, sondern auch verqualmten Seminarraum, schaute den aufsteigenden Rauchschwaden nach und versuchte mit müdem Hirn und halb ohnmächtig den Ausführungen des Dozenten zur karolingischen Renaissance zu lauschen. Am Ende der Sitzung flüchteten sie lärmend und lachend wie halbwüchsige Schüler aus dem Seminarraum. Einige der Studenten eilten nicht sofort zu den Fahrrädern oder zur U-Bahn, sondern blieben vor dem Seminargebäude stehen, um noch etwas zu unternehmen. Drei Studentinnen schlugen vor, zum Bullenwinkel zu fahren. Paul war der einzige, der mitkommen wollte. Obwohl er kein Badezeug dabeihatte. Aber am Bullenwinkel brauchte man kein Badezeug. Die anderen wollten in einen Biergarten gehen oder sich einen schattigen Platz in einem der umliegenden Parks suchen.
Paul kannte die drei Mädchen bisher nur aus dem Seminar. Eine von ihnen hieß Andrea, das wußte Paul, weil sie sich öfter meldete und vom Dozenten mit Namen aufgerufen wurde. Die drei saßen meistens zusammen und waren offenbar gut miteinander befreundet. Diesmal war es nicht das Freundschaftsbündnis der Dicken, sondern das der Hübschen: rot, blond und braun. Wie im Schlager.

Andrea hatte dichtes rötliches Haar mit Locken, die an Rastalocken erinnerten. Allerdings sah ihr Rot stark nach Henna aus. Bei der blonden Kommilitonin schimmerte im Bereich der Haarwurzeln dunkles Haar hindurch. Nur die Braunhaarige schien ihr Haar nicht gefärbt zu haben. Aber auch das war nicht sicher.

Daß Paul nun mit drei jungen Frauen und zukünftigen Geschichtslehrerinnen an einem glühendheißen Julitag und kurz vor Beginn der Semesterferien an einen Nacktbadestrand fuhr, fand er auch im nachhinein noch aufregend. Um so aufregender hatte er es damals gefunden, sich aber nichts anmerken lassen. Man war eben locker. Man ging ja auch mit allen möglichen Leuten in die Sauna. Ebensogut konnte man zum Bullenwinkel gehen und schwimmen. Das Nacktbaden am Bullenwinkel wurde von den Behörden geduldet, so daß es dort auch seit längerem schon keine Polizeikontrollen mehr gab. Und der Strand wurde zumeist von jüngeren Leuten besucht, Schülern und Studenten vor allem. Das sollte sich erst in den Jahren darauf ändern, als sich immer mehr Voyeure und Exhibitionisten dort herumtrieben, darunter viele ältere Männer. Da der Strand dicht am Spazierweg lag, der um den See führte, nahm auch der Anteil der älteren Männer unter den Spaziergängern immer mehr zu. Auch den einen oder anderen Türkenpapi konnte man nun um den Grunewaldsee spazieren und oberhalb des Bullenwinkels verweilen und Ausschau halten sehen. Ohne Familienanhang, versteht sich. Dafür aber mit Sonnenbrille und unbewegter Miene, als würde er über türkische Grenzprobleme oder sonst etwas Staatstragendes nachdenken.

Hinzu kamen einige Dauerbewohner, die sich provisorische Unterkünfte, zeltartige Behausungen am Bullenwinkel gebaut hatten und dort den ganzen Sommer verbrachten. Meist in leicht angetrunkenem Zustand. Die Dauerbewohner waren es auch, die die ersten Hunde mit zum Bullenwinkel brachten. Die Hunde hatten wiederum nichts Besseres zu tun, als sich zwischen den dösenden und schlafenden Nackten herumzutreiben und die Intimzonen zu beschnüffeln. Ein Schnüffelparadies. Gelegentlich konnte man beobachten, wie ein Schlafender oder eine Schlafende von einer kaltfeuchten Hundeschnauze, die sich zwischen die Beine oder gar Pobacken verirrt hatte, aufgeweckt wurde. Einmal hatte Paul gesehen, wie ein junger Mann auf diese Weise aus dem Schlaf gerissen wurde und wegen der Zudringlichkeit des Hundes beinahe eine Prügelei mit den Zeltbewohnern begonnen hätte. Was angesichts der durchtrainierten und muskulösen Gestalt des jungen Mannes für die Zeltbewohner nicht gut ausgegangen wäre. In diesem Fall allerdings ganz zu Unrecht, denn der Hund hatte längst das Weite gesucht und gehörte gar nicht zu den Zeltbewohnern, sondern einem Spaziergänger.
Einerseits fanden sich also immer mehr Voyeure unter den Spaziergängern. Andererseits nahm auch die Anzahl der Exhibitionisten unter den Nackten zu. Die lebten ihren Exhibitionismus insofern aus, als sie sich anfangs wie jeder andere auch am Strand auszogen und auf ihr Handtuch oder ihre Decke legten, irgendwann aber kleinere Wanderungen in den umliegenden Grunewald unternahmen, um sich dort ahnungslosen Ausflüglern vollkommen

nackt und nicht selten auch mit erigiertem Penis zu präsentieren.
Kein Wunder, daß der Bullenwinkel mit der Zeit zu einem öffentlichen Ärgernis wurde, der die Polizei, das Jugendamt, das Ordnungsamt und auch die Lokalpresse beschäftigte. Ganz gewöhnliche Spaziergänger und vor allem Familien mit Kindern wurden mehr und mehr abgeschreckt, den See aufzusuchen. Schräge Typen jeder Veranlagung und aus allen Bezirken Berlins wurden dagegen mehr und mehr angelockt, so daß irgendwann die Polizei massiv einschritt und das Nacktbadeverbot mit Ausweiskontrollen, Platzverweisen und Strafanzeigen durchsetzte. Auch die provisorischen Behausungen der Dauercamper wurden abgerissen, so daß bald der frühere Zustand wiederhergestellt war. Wenn auch nicht vollständig. Denn nun bemächtigten sich die Hundebesitzer des Strandes, ließen ihre Hunde dort schwimmen, spielen, sich begatten und die Notdurft verrichten und verleideten den Badenden den Strand.
Als Paul mit den drei jungen Frauen zum Bullenwinkel hinausfuhr, befand sich der Nacktbadestrand gerade in seiner schönsten und unschuldigsten Phase. Von den Behörden toleriert, von Voyeuren und Exhibitionisten noch nicht frequentiert und zumeist von jungen und attraktiven Menschen besucht. Der Paradieszustand. Aber wie in jedem Paradies, so lauerte auch hier der Sündenfall. Es war nicht so einfach, gegenüber den Verlockungen, die der Strand zu bieten hatte, Gleichmut zu bewahren. Als Paul sich zusammen mit den Frauen auszog und nackt in den Sand legte, fürchtete er sich denn auch vor unerwünsch-

ten körperlichen Reaktionen. Vielleicht waren deshalb alle anderen seiner Kommilitonen lieber in den Biergarten oder in den Park gegangen, statt sich mit drei hübschen jungen und zudem nackten Frauen am Bullenwinkel herumzuquälen. Paul bemühte sich so zu tun, als fände er alles ganz normal. Die eigene Nacktheit ebenso wie die der Studentinnen neben ihm. Im Unterschied zu Paul hatten sie Handtücher dabei, Paul dagegen legte sich einfach in den Sand, der heiß war, grau und staubig. Schmuddeliger Grunewaldsand. Er fühlte sich entspannt genug, um sich wie die Frauen auf den Rücken zu legen und die Augen zu schließen. Andrea lag direkt neben ihm. Obwohl sie sich nicht berührten, spürte er ihre Körperwärme. Paul bildete sich ein, auch die Körperwärme der anderen beiden Frauen zu spüren, vielleicht gab es ja so etwas wie Körperwärmeübertragung. Zumal ihm auch vorkam, der Sand sei nicht von der Sonne, sondern von all den Körpern aufgeheizt. Die Namen der beiden anderen Studentinnen wußte er inzwischen auch: Die brünette hieß Flo oder auch Floh, obwohl es die kräftigste der drei war. Beinahe ein wenig muskulös, speziell die Oberschenkel waren Paul aufgefallen und ein geradezu durchtrainiert wirkender Hintern. Woher sie ihren Spitznamen hatte, konnte Paul sich nicht erklären. Vielleicht hieß sie ja Florentine – da war sie mit Flo in der Tat besser bedient. Die blonde beziehungsweise blondgefärbte hieß Martina und war eher dünn und jungenhaft, aber auf ihre Art trotzdem wohlproportioniert.
Paul wäre gern näher an die Frauen herangerückt. An alle drei. Am liebsten aber an Andrea. Sie lag ja auch neben ihm. Er hatte gesehen, daß Andrea rötliches Schamhaar

hatte. Der gleiche Farbton wie ihr Kopfhaar, das wohl doch nicht gefärbt war. Und sie hatte einen mädchenhaft weißen Körper, als würde sie sich niemals sonnen. Die beiden anderen dagegen waren offenbar schon öfter am Strand gewesen. Besonders Flo, die Athletin, war gebräunt wie nach einem Sizilienurlaub.

Paul lag neben den Frauen, hielt die Augen geschlossen und genoß die Wärme. Er hörte, wie die drei sich unterhielten. Sie redeten über das Frühmittelalter-Seminar und kicherten über den Dozenten, der anscheinend ein Auge auf Andrea geworfen hatte. Sie gehörte zu den wenigen, die er mit Namen anredete. Und die er immer gleich aufrief, wenn sie sich meldete. Aber der Dozent hatte natürlich keine Chancen. Sie nahmen ihn als Mann gar nicht ernst. Ein pfeiferauchender alter Mann. Auf jeden Fall über vierzig. Der war ihnen so fern wie ein Marsbewohner. Irgendwann würde er auch über vierzig sein, dachte Paul. Sie alle würden irgendwann über vierzig sein. Aber das zählte jetzt nicht. Jetzt zählte die Wärme, der sanfte Wind, das Blätterrauschen, das Plätschern des Wassers. Und der Salzgeruch. Paul spürte Salzgeruch. Dabei war er doch gar nicht am Meer. Er wandte den Kopf ein wenig zur Seite und betrachtete Andreas Achselhaare. Rötliche Achselhaare. Sie glitzerten. Kleine Schweißperlen hingen daran. Und winzige Salzkristalle an den Stellen, wo der Schweiß getrocknet war. Paul hatte Lust auf Salz. Er hätte gern von dem Salz probiert. Ein Salzkorn von Andreas Achselhaaren. Auf seiner Zunge.

Als hätte sie seine Gedanken gespürt, richtete Andrea sich plötzlich auf, holte Tabak und Zigarettenpapier aus ihrer Tasche und drehte sich eine Zigarette. Sie warf ihren Schatten auf Paul, der nun ihre Brüste von unten sehen konnte. Elfenbeinweiße Kegel mit rosa Spitzen. Er schloß wieder die Augen, hörte das Aufglimmen eines Streichholzes, hörte, wie Andrea an der Zigarette zog, und spürte kurz darauf den Rauch. Andreas Rauch. Paul atmete den Rauch ein. Zumindest einen Teil davon. Obwohl er Nichtraucher war. Ihm wurde auch sofort ein wenig schwindlig. Andrea rauchte ein paar Züge, dann hörte Paul, wie sie den beiden anderen ihre Zigarette anbot. Sie reichte die Zigarette weiter an ihre Nachbarinnen, legte sich wieder auf den Rücken und redete mit ihren Freundinnen. Er hörte das Wort Oberfranken. Er hörte das Wort Bamberg. Mit Bamberg konnte er nichts anfangen. Paul wurde müde. Er hörte die Stimmen der Frauen, die jetzt Bamberger Geschichten austauschten, er hörte das Wasser plätschern und die Bäume rauschen, und er begann von drei nackten jungen Frauen zu träumen, die neben ihm an einem heißen Sommertag am Grunewaldsee lagen.

Paul träumte und wurde immer müder. Er dämmerte weg. Er sank in heißen, schmutzig-grauen Grunewaldsand. Und während er in den Grunewaldsand sank, richtete sich sein Glied langsam auf. Paul wurde immer müder und sein Glied immer wacher. Er sank in den Boden, und sein Glied reckte sich zum Himmel. Er konnte sich nicht dagegen wehren. Er war einfach zu müde, und es war einfach zu schön, hier zu liegen. Er träumte davon, ein Hund zu sein. Ein Hund am Bullenwinkel. Ein Hund im Schnüffelparadies. Ansonsten war er schwer wie ein Stein. Ein Findling im Urstromtal. Und seine Augenlider wie zugenäht.

Es hätte unendliche Anstrengungen gekostet, sie auch nur einen Millimeter zu öffnen. Und je mehr sein Glied anschwoll, um so schwerer, bleierner und müder wurde er. Unendlich müde, bis er irgendwann richtig einschlief.
Er wurde erst wieder wach, als kein Laut mehr zu hören war. Alles war still um ihn. Kein Kichern, kein Oberfranken, kein Bamberg, keine Stimmen mehr. Nicht neben ihm und auch nicht weiter entfernt. Als wäre der Strand vollkommen leer. Auch das Wasser hörte er nicht mehr, kein sanftes Plätschern der Wellen, kein Windhauch bewegte auch nur ein einziges Blatt. Paul riß die Augen auf. Das erste, was er sah, war sein aufragendes Glied. Und neben ihm die drei Studentinnen, die nicht mehr lagen, sondern saßen und ihn betrachteten. Paul schoß das Blut in den Kopf. Was an seinem Zustand aber nichts änderte. In gewisser Weise fühlte sich sein Kopf nun genauso an wie sein Glied. Zum Platzen. Und noch ehe er überhaupt nachdenken konnte, tat er den Mund auf, rief »Scheiße«, drehte sich rasch herum und legte sich auf den Bauch. Immer noch blieb alles still. Paul wagte nicht aufzusehen. Er stellte sich vor, wie sämtliche Strandbesucher auf sein Glied gestarrt hatten, während er eingeschlafen war. Und nicht nur die. Auch den Blicken der Spaziergänger war er preisgegeben gewesen. Endlich erlöste ihn die Stimme von Andrea: »Ist ja nicht so schlimm«, sagte sie. Und Flo ergänzte: «Nur ein bißchen peinlich.« Schließlich gab die dünne Blonde mit einem »Das kann man wohl sagen« auch noch ihren Kommentar dazu ab.
Zum Glück legte Andrea kurz danach ihre Hand auf seine Schulter und tätschelte ihm verständnisvoll den

Rücken. Paul sagte nichts. Er genoß Andreas Hand auf seinem Rücken. Sie fühlte sich warm und mütterlich an. Und langsam kehrten auch die Geräusche wieder. Er hörte Vogelgezwitscher. Er hörte Blätterrauschen. Die Rufe der Badenden. Kindergeschrei. Und als er die Augen öffnete, durfte er hoffen, daß ihn nicht alle Welt beobachtet hatte. Es sah zumindest nicht danach aus. Alle schienen mit sich beschäftigt. Paul war erleichtert. Er blieb trotzdem noch eine Weile auf dem Bauch liegen. Er drückte sein Glied in den Sand, bis es schmerzte. Es tat weh, aber es half nichts. Er versuchte an Dinge zu denken, die nichts mit Sex zu tun hatten. Er dachte an das Frühmittelalter. An die karolingische Renaissance. Doch man kann sich nicht vornehmen, nicht an Sex zu denken. Schon gar nicht in Begleitung von drei nackten jungen Frauen. Eine Zeitlang versuchte Paul nicht nur nicht an Sex, sondern an überhaupt nichts zu denken. Doch man kann sich auch nicht vornehmen, an überhaupt nichts zu denken. Schließlich begann er nach häßlichen Menschen Ausschau zu halten. Er drückte sein Glied in den Sand und suchte die Umgebung nach häßlichen Menschen ab, was gar nicht so einfach war, denn hier überwog die Jugend. Bis sein Blick auf einen Mann fiel, der oberhalb des Spazierweges aus den Büschen kam. Der Mann war der Vorbote des Niedergangs, den der Bullenwinkel bald erleiden sollte. Vorbote all jener, die hier ihren Perversionen frönen und ihre Deformationen zur Schau stellen sollten. Der Mann war nackt, ungefähr sechzig Jahre alt, und er litt offenbar unter einer krankhaften Hodenvergrößerung. Er trug einen fußballgroßen Hoden mit sich herum, dem aber die Luft auszugehen schien. Und sein Penis war entsprechend klein. Geradezu winzig. Ein Köpfchen, nicht viel größer als das einer Klitoris, schaute aus Schamhaar und zwischen haarigen Hautlappen hervor. Der Mann schien unter Hodenwucherung und Penisschwund zugleich zu leiden. Das war im Prinzip bedauernswert und kein Grund, sich über ihn zu beschweren. Aber mußte jemand mit solchen Symptomen auch noch Exhibitionist sein? Offenbar ja, denn der Mann legte sich nicht bescheiden in einer Ecke des Bullenwinkels auf sein Handtuch, sondern spazierte großspurig in der Gegend herum. Als wäre der monströse haarige Beutel zwischen seinen Beinen eine besondere Zierde. Als gäbe es nichts Prächtigeres als so einen Minipenis. Niemand schien den Mann besonders zu beachten. Vielleicht hatten sich die anderen schon an seinen Anblick gewöhnt. Vielleicht war er bereits Stammgast hier. Paul aber war schockiert. Allerdings war der Anblick des Mannes ein heilsamer Schock, der ihn schlagartig von allen Verspannungen befreite.

Mit Birgit war Paul niemals zum Schwimmen im Grunewaldsee gewesen. Zu ihrer Zeit gehörte dieser Teil des Grunewalds bereits den Hunden. Der Rundweg, die Strände und oft genug auch das Wasser: alles war Hunderterrain. Die Menschen badeten und schwammen in der Krummen Lanke. Oder im Schlachtensee. Mit Birgit war er immer nur um den Grunewaldsee gegangen. Oder aber auf die Pfaueninsel gefahren. Aber daran wollte er jetzt lieber nicht denken. An ihr Erlebnis auf der Pfaueninsel. Es paßte auch so gar nicht zu der Frau, die hier in Businesskleidung und mit der riesigen Tennistasche ins Lokal gekommen war, freundlich und wie eine alte Bekannte vom Barkeeper begrüßt wurde, ihre Tasche seitlich neben der Theke abstellte und gleich mit einem Getränk bedient wurde. Coca-Cola. Auch das war neu für Paul, daß Birgit Coca-Cola trank. Jetzt erschien auch noch der Koch und küßte Birgit auf beide Wangen. Das wunderte Paul. Birgit war nicht der Typ, der mit Restaurantköchen befreundet war. Schon gar nicht mit solchen wie diesem Koch, der verschwitzt und mit einer fleckigen weißen Schürze dort neben ihr stand. Die Schürze war nicht nur fleckig, sie war stellenweise vollkommen verdreckt. Als hätte er sie in Bratensoße getaucht. Eine Kochmütze trug der Koch nicht. Dafür aber eine Art Piratenkopftuch, unter dem tiefschwarze, wie lackiert aussehende und beinahe schulterlange Haare heraushingen. Und außerdem Jeans und schwere Schuhe mit Eisenkappen. Das waren keine Kochschuhe. Das waren Straßenkämpferschuhe. Dieser Koch hätte in jede Hausbesetzerkantine gepaßt. Oder ins Zeltlager für verhaltensauffällige Jugendliche. Oder auch in die Wellblechfabrik, als sie wirklich noch eine Wellblechfabrik war und kein Lokal für die neue Kreuzberger Mittelschicht, von der seit einiger Zeit soviel die Rede war und von der Paul aber noch nicht allzuviel gesehen hatte. In seinem Haus zumindest nicht. Und in seiner Straße auch nicht. Da herrschte die alte Kreuzberger Mittelschicht. Da herrschten die Hausbesitzer mit der Nackenspoiler-Frisur. Und die Kioskbesitzer, die am Tag fünfzig *BZ* und zwei *Alge* beziehungsweise *Allge* verkauften. Und die meisten, die hier aßen, waren garantiert keine Kreuzberger, sondern Wilmersdorfer oder Charlottenburger. Alte Charlot-

tenburger Mittelschicht, der es am Savignyplatz zu langweilig wurde und die sich ein wenig Kreuzberger Abluft um die Nase wehen lassen wollte.
Paul beneidete die Charlottenburger Mittelschicht. Und die Wilmersdorfer Mittelschicht auch. In seinem Kreuzberger Schlafzimmer roch es noch immer nach Schmalzgebäck. Er mußte sich endlich nach einer anderen Wohnung umsehen. Und der Koch wäre gut beraten, sich in diesem Aufzug nicht im Gastraum zu zeigen. Birgit dagegen machte sich gut in dem Lokal. Sie wäre glatt als neue Kreuzberger Mittelschicht durchgegangen. Die riesige Sporttasche war zwar ein Stilbruch, aber da es sich um eine Tennistasche handelte, auch ein deutliches Mittelschichtssignal. Fehlte nur noch der Tennisplatz. Paul war sich nicht sicher, ob es in Kreuzberg überhaupt einen Tennisplatz gab. Er hatte zumindest noch nie einen gesehen.
Daß die Tasche gar nicht als Tennistasche diente, merkte Paul erst, als Birgit, nachdem der Koch in der Küche verschwunden war und sich der Barkeeper wieder seiner Arbeit zugewandt hatte, die Tasche öffnete, einen Stapel Bücher herausnahm und die Bücher an den Tischen im vorderen Teil des Lokals verteilte. Auf jeden Tisch legte sie ein halbes Dutzend Bücher. Die Gäste schienen sich darüber nicht zu wundern. Paul glaubte ebenfalls sofort zu wissen, was Birgit dort trieb. Er kannte diese Art Buchverkauf. Der war in Berlin einmal üblich gewesen, vor seiner Zeit. Es war wie eine Reise in die Vergangenheit, Birgit dabei zuzusehen, wie sie ganz offensichtlich Raubdrucke verkaufte. Allerdings keine marxistische, anarchistische oder psychoanalytische Literatur, sondern die aktuellen

Bestseller. Raubdrucke mochten damals noch geduldet worden sein, jetzt ganz sicher nicht mehr. Und der Verkauf von nachgedruckten Bestsellern erst recht nicht. Paul erkannte die Cover der Bücher, die von Autoren wie Isabel Allende, Gabriel García Márquez oder Umberto Eco stammten, schon von weitem, die Bände lagen in jeder Buchhandlung stapelweise aus.
Birgit schien guten Umsatz zu machen. Die Bücher wurden ihr beinahe an jedem Tisch abgenommen. Die Charlottenburger und Wilmersdorfer Mittelschichtler kauften sich diese Bücher ohnehin. Wenn sie sie hier für ein Viertel des Ladenpreises erwerben konnten statt in den Buchhandlungen in der Knesebeck- oder der Carmerstraße, dann hatten sie das Restaurantessen wieder heraus. Dafür stand Birgit sozusagen mit einem Bein im Gefängnis. Und die Betreiber des Restaurants möglicherweise auch. Obwohl sich Paul nicht vorstellen konnte, daß der Besitzer so etwas dulden würde. Aber er hatte hier noch nie einen Besitzer gesehen. Wahrscheinlich steckten der Barkeeper und der Koch mit dahinter. Köche und Barkeeper waren bekannt für ihre Neigung zu Schwarzhandel, Hehlerei und Drogengeschäften. Warum sollten sie nicht auch vom Handel mit Raubdrucken profitieren?
Paul würde Birgit kein Buch abkaufen. Er las keine Bestseller. Und falls doch, lieh er sich das Buch in der Amerika-Gedenkbibliothek aus. Gleich würde sie an seinen Tisch kommen. Er freute sich, sie wiederzusehen. Aber es war ihm auch ein wenig peinlich. Birgit. Die Kunstpädagogin. Die Blechen-Forscherin. Vielleicht würde sie ihn ja auch gar nicht erkennen, hier hinten im Halbdunkel

des Lokals. Fast hoffte Paul, daß sie es bei den Verkäufen im vorderen Bereich des Lokals bewenden lassen würde. Aber Birgit war konsequent und versuchte es an jedem einzelnen Tisch. Sein Tisch war der letzte. Obwohl es eigentlich der vorletzte war. Doch Birgit hatte längst bemerkt, daß Paul dort hinten saß – und sich ihn bis zum Schluß aufgespart. »Interesse an Büchern?« fragte sie ihn und setzte sich dann, ohne weitere Umstände und ohne seine Antwort abzuwarten, zu ihm. »Nur an Büchern über Bilder«, antwortete Paul, worauf Birgit nichts sagte, sondern zuerst ihre Hand auf seine legte, dann Paul einen Moment lang still anschaute und ihn schließlich küßte. Nur ein Begrüßungskuß. Freundschaftlich. Aber auf den Mund. Paul ließ es sich gefallen. Er hätte sich auch einen weniger freundschaftlichen Kuß auf den Mund gefallen lassen. Er hatte ja auch schon einige Gläser Wein getrunken. Er hätte sich einen weniger freundschaftlichen Kuß allerdings auch gefallen lassen, wenn er nichts getrunken hätte. Birgits Lippen fühlten sich wie damals an. Birgit fühlte sich wie damals an. Trotz ihres veränderten Aussehens.

Bücher über Bilder verkaufte sie keine. Aber ihre Schöneberger Wohnung, in der sie immer noch lebte, war voll davon, und sie hatte seine Anspielung auch sofort verstanden. Allerdings gingen sie in dieser Nacht nicht in ihre, sondern in seine Wohnung. Die lag ja nur um die Ecke. Und sie hatte die große Tasche dabei. Die war trotz der guten Verkäufe noch immer ziemlich schwer, und Paul trug sie bis in seine Wohnung. Dort machte er eine Flasche Wein auf, aber Birgit wollte nur Wasser trinken. Und auch Paul hatte keine Lust mehr auf Wein. Und falls sie miteinander schliefen, war es auch besser, nichts mehr zu trinken. Die Flasche blieb unberührt neben dem Bett stehen, über das Paul tagsüber eine bunte Decke legte und auf dem sie es sich nun wie in alten Studentenzeiten bequem machten. Am liebsten hätte Paul sie gefragt, warum sie ohne alle Umstände mit zu ihm gegangen war. Aber er hütete sich, diese Frage zu stellen. Sie mußte schließlich wissen, was sie tat. Früher hatte sie es ja auch gewußt. Erst war sie keusch und zurückhaltend gewesen und dann gewissermaßen vorsätzlich unkeusch. Doch Paul wollte keinesfalls ihre alten Geschichten aufwärmen. Statt dessen fragte er sie nach dem Bücherverkauf. Und ob sie wisse, daß sie sich strafbar mache. »Natürlich weiß ich das«, sagte sie. Und wollte dann doch ein Glas Wein trinken. Er schenkte ihr den Wein ein, sie nippte daran und erzählte, daß sie die Bücher nicht für sich verkaufe, sondern für ihren derzeitigen Lebensgefährten. Sie sagte »derzeitig«, für Paul ein deutlicher Hinweis darauf, daß es um die Beziehung nicht zum besten stand. Ihr Freund sei Drucker und Kleinverleger. Ein Literatur-, Bücher- und Papiernarr. Der tagsüber in einer ganz normalen Druckerei arbeite, wo Prospekte und Kataloge für Industriefirmen gedruckt würden. Und der sich nach der Arbeit seiner eigentlichen Passion, dem Herstellen von schönen Büchern, widme. »Schöne Bücher?« fragte Paul zurück. »Bücher aus Reispapier und so etwas«, sagte Birgit. »Numeriert, jedes Buch ein Unikat.« Ihr Freund sei schon mehrere Male sowohl nach Thailand als auch nach Indonesien gereist, um dort Papier einzukaufen. Vor allem besagtes Reispapier. Und

Schriftzeichen. Thailändische und indonesische Schriftzeichen aus Holz. Und Farbe. Er habe auch schon Farbe in Thailand eingekauft. Und ziemlich viel Geld für das alles ausgegeben. Inzwischen habe er eine ganze Kollektion von bibliophilen Büchern, deren Herstellung wahnsinnig teuer gewesen sei. Natürlich nicht nur aus Reispapier. Auch aus Karton. Wellpappe. Was wieder etwas ganz anderes sei. »Das glaube ich gern«, sagte Paul und bedauerte sogleich seinen ironischen Tonfall. Es gab keinen Grund, sich über einen Drucker lustig zu machen, der eine Passion für schöne Bücher hatte. Allerdings konnte er sich schwer vorstellen, was an Wellpappe schön war. Und von Wellpappe zu Wellblech war es auch nicht mehr weit. Aber er verkniff sich jede weitere Bemerkung. Es war unverkennbar, wie ernst es der Drucker mit seinen Büchern meinte. Und wie ernsthaft Birgit darüber sprach. »Ich habe ihm dann geholfen, seine Bücher zu verkaufen«, sagte Birgit. Erst auf Kommission an Galerien und Buchhandlungen, was aber nicht funktioniert habe. Nach ein paar Wochen konnte sie alle Bücher wieder abholen. Und dann in Kneipen, was ebenfalls nicht lief. Die Leute interessierten sich nicht für großformatige Bücher aus Reispapier mit thailändischen oder indonesischen Gedichten darin. Schließlich sei ihr Freund auf die Idee gekommen, es eine Zeitlang mit Raubdrucken zu versuchen. Er hatte einen Kollegen, der früher einmal einen Haufen Geld damit verdient habe. »Ein anarchistischer Typ«, so Birgit, »ist kurz vor der Rente und trägt immer noch schulterlange Haare und einen Button mit schwarzem Stern an der Jacke. Der hatte erst anarchistische Blättchen und linksradikale sozialpädagogische Broschüren gedruckt und war dann zum Nachdruck von Bestsellern übergegangen. Um den Druck der Broschüren zu finanzieren. Zwergschulergänzungshefte nannte er die.« »Die Bestseller?« fragte Paul. »Nein, die Broschüren«, antwortete Birgit, ließ sich aber nicht weiter ablenken und erzählte, daß der Typ ihren Freund auf die Idee mit den Bestsellern gebracht hatte. Nur eine Saison lang wollte Gerald das machen. Und sie half ihm eben dabei. Aber nur in der *Wellblechfabrik* und in ein, zwei anderen Restaurants, wo sie das Personal kannte. Hier mache es ihr nichts aus. Sie wäre niemals in der Lage, von Restaurant zu Restaurant oder gar durch die Kneipen zu ziehen, wie Gerald selbst das gelegentlich tue. Wobei der Umsatz allein in der *Wellblechfabrik* beträchtlich sei. Besonders wegen *Der Name der Rose*. Das Buch kaufe fast jeder. »Viel zu riskant«, sagte Paul. »Jeder Gast kann ein Finanzbeamter sein, jemand vom Gewerbeaufsichtsamt oder ein Buchhändler. Und dann hast du eine Anzeige am Hals.« »Du hast recht«, sagte Birgit. Aber Gerald habe Schulden. Die vielen Reisen und das alles habe er sich eigentlich gar nicht leisten können. »Er hatte gehofft«, so Birgit, »Ausstellungen in Galerien zu machen und die Bücher wie Kunstwerke zu verkaufen. Und irgendwann freiberuflich zu arbeiten und nicht mehr in die Druckerei gehen zu müssen. Völlig illusorisch das alles.« »Und du hilfst ihm, weil du Schuldgefühle hast?« fragte Paul. »Ja«, sagte Birgit, »wir schlafen nicht mehr miteinander. Das heißt, ich schlafe nicht mehr mit ihm. Oder so gut wie nie.« Sie schwieg und wollte einen weiteren Schluck von dem Wein nehmen, aber das Glas war inzwischen leer. Paul wunderte sich darüber. Sie hatte ja nur ein- oder zweimal daran genippt. Er schenkte ihr Wein nach, und nun nahm sie einen so großen Schluck, daß er ihr schon wieder hätte nachschenken können. Er tat es nicht, sondern schenkte sich selbst ein Glas ein.

Die Stimmung hatte sich spürbar verschlechtert. Auf dem gemeinsamen Weg in seine Wohnung war er noch sicher gewesen, daß sie miteinander schlafen würden. Und daß er mit ihr schlafen wollte. Er würde es noch immer tun, aber er wußte nicht mehr, ob er es noch wollte. Er wäre jetzt genausogern allein gewesen, zumal er an María denken mußte. Er hatte plötzlich Gewissensbisse. Als würde er María betrügen, wenn er mit Birgit schlief. Was für ein alberner Gedanke. María und er hatten sich schließlich keine Treue geschworen. Zumal sie ja ohnehin noch mit ihrem Mann zusammen war. Betrügt eine verheiratete Frau ihren Geliebten, wenn sie mit ihrem Ehemann schläft? Am liebsten hätte Paul Birgit jetzt ein Taxi gerufen. Doch genau in dem Moment streckte sie sich auf dem Bett aus und sagte: »Komm.« Gerade schien sie noch ganz in sich versunken und traurig, und jetzt diese entschiedene Aufforderung. Birgit verwirrte ihn. Er legte sich neben sie, sie drückte sich an ihn, schmiegte ihre Wange an seine und küßte ihn. Sie küßte ihn lange. Sehr lange. Mehrere Minuten. Wie lange konnte man sich küssen, ohne den Körper des anderen berühren und erkunden zu wollen? Birgit konnte es anscheinend ohne Ende. Und sie tat es durchaus leidenschaftlich, ohne Zweifel. Aber Paul spürte, daß sie nur sehr leidenschaftlich küssen wollte. Und nichts anderes. Er brauchte gar nicht erst zu versuchen, seine Hand unter ihre Bluse zu schieben. Oder gar ihre Hose zu öffnen. Und sie mußte ihn gar nicht erst abwehren. Er wußte es auch so. Er dachte an das Vergewaltigungsspiel. Das hätte jetzt der passende Moment dafür sein können. Wenn man sich mit Birgit nicht auskannte. Wie damals. Auf der Pfaueninsel. Aber seitdem kannte er sich mit ihr aus. Er beschloß, sich den leidenschaftlichen, aber dennoch unschuldigen Küssen hinzugeben und nichts anderes zu wollen. Und je mehr er sich hingab und je mehr er nichts anderes wollte, um so mehr zog sie ihn an sich und sorgte am Ende doch noch dafür, daß sie miteinander schliefen. Auf die alte, konventionelle Art. Partnerschaftlich, unaufgeregt, zugleich so innig, daß er plötzlich zu ahnen begann, daß es auch diese Möglichkeit gab: das kleine, unekstatische Liebesglück. Der Schrebergarten der Liebe.

Schrebergärten waren ohnehin im Kommen. Vor allem bei Künstlern und Akademikern. Er hatte von einem bekannten Berliner Theaterregisseur gehört, der sich in der Kleingartenkolonie Alte Ziegenweide in der Nähe vom S-Bahnhof Priesterweg einen Schrebergarten zugelegt hatte. Und dort die Inszenierungen vorbereitete, mit denen er in Berlin Mitte dann groß auftrumpfte und die Bürger erschreckte. Vielleicht hing das mit dem Mauerfall zusammen. Dieser Trend zur Kleinstummauerung. Vielleicht sollte Paul sich mehr um Birgit bemühen. Ihre nächtliche Umarmung einschließlich der langen Küsse war auch so etwas wie eine Kleinstummauerung gewesen. Bei der man sich durchaus geborgen fühlen konnte. Die man durchaus öfter erleben wollte. Vielleicht taugte die Kleinstum-

mauerung sogar zum Lebensmodell. Allerdings drohten auch hier Probleme, denn als Paul aufwachte, lag Birgit nicht mehr neben ihm. Sie war auch nicht mehr in der Wohnung. Offenbar war sie noch in der Nacht oder am frühen Morgen aus der Wohnung verschwunden. Seine Phantasien von der Lebensidylle mit Birgit konnte er gleich wieder vergessen. Schon kränkelte die Idylle. Birgit hatte die Flucht ergriffen. Allerdings hatte sie die Tennistasche mit den Büchern dagelassen. Wiedersehen wollte sie ihn offenbar doch. Ein Anruf am späteren Vormittag klärte dann den Vorgang. Sie sagte ihm, daß es ihr leid tue, daß sie gegangen sei. Aber sie sei mit Unterleibsschmerzen aufgewacht und habe es nicht ausgehalten, weiter still im Bett zu liegen. »Unterleibsschmerzen? Was für Unterleibsschmerzen?« hatte Paul in leicht gereiztem Ton zurückgefragt, denn er glaubte herauszuhören, daß sie ihn dafür verantwortlich machte. Aber Birgit schwieg nur, bis sie schließlich sagte, daß sie sich in den nächsten Tagen wieder melden würde, wegen der Tasche. Dann sagte sie »Tschüs«, und Paul sagte auch »Tschüs«, legte auf und nahm sich vor, Birgits Unterleibsschmerzen zu ignorieren und zur Tagesordnung überzugehen.
Aber er hatte keine Tagesordnung. Abgesehen von den Hispanistikkursen, die er immer noch besuchte, mußte er jeden Morgen neu überlegen, wie er seinen Tag gestaltete. Normalerweise las er jeden Tag ein paar Stunden. Historische Literatur. Biographien. Oder auch Fachaufsätze. Und gelegentlich auch Literatur. An der Unterrichtseinheit arbeitete er nicht, das konnte er während des Referendariats immer noch tun, er wußte ja auch gar nicht, ob das The-

ma akzeptiert würde. Aber er las alles mögliche über sein Thema. Fontane zum Beispiel. Die *Wanderungen durch die Mark Brandenburg*. Das war ja in gewisser Weise ebenfalls historische Literatur. Regionalgeschichte. Aber nichts, was man einfach so durchlas. Beinahe ein Nachschlagewerk. Und die Ausgabe, die er besaß, hatte immerhin einen Umfang von fünf Bänden. Paul hatte die Bände auf seinem Schreibtisch stehen, mehr als Mahnung denn als bereits geleistete Lektüre. Außerdem sah es gut aus. Er besaß ansonsten keine *Gesammelten Werke*. Nichts Dekoratives. Nur der Fontane machte etwas her. Ab und zu blätterte er in einem der Bände und las dann ein paar zufällig aufgeschlagene Seiten: über den Oderbruch, das Nuthetal oder über Caputh. Paul spazierte gleichsam durch Fontanes *Wanderungen* und ließ sich mal hier und mal dort nieder. Das Pfaueninsel-Kapitel mit Fontanes schwärmerischen Anfangssätzen hatte er natürlich ganz und sogar zweimal gelesen. Und den Anfang hatte er sich auf eine Karteikarte getippt und über den Schreibtisch gehängt: »Pfaueninsel! Wie ein Märchen steigt ein Bild aus meinen Kindertagen vor mir auf: ein Schloß, Palmen und Känguruhs«. Diese Sätze dürften Susanne gefallen, der Pfaueninsel-Verächterin. Känguruhs und Palmen! Typisch havelländisch war das nicht gerade. Und an Arkadien dachte man auch nicht dabei.

Paul hatte längere Zeit nicht mehr probiert, Susanne anzurufen. Vielleicht sollte er es heute tun. Am besten jetzt gleich. Um sich abzulenken. Die Nacht mit Birgit steckte ihm wie ein Kloß im Hals. Erst hatte sie ihn ohne Ende geküßt. Jetzt hatte sie Unterleibsschmerzen. Und ihre Tasche bei ihm gelassen. Birgit tat ihm leid. Und ganz gegen seinen Willen hatte er Sehnsucht nach ihr. Aber er würde nicht Birgit, sondern Susanne anrufen. Vielleicht war sie wieder erreichbar. Mit ihr gab es keine Probleme. Sex sowieso nicht. Sehnsucht auch nicht. Und auch keine Unterleibsschmerzen. Nahm er jedenfalls an. Aber vorher würde er einen Blick in Birgits Tennistasche werfen. Er wußte, daß das indiskret war. Aber er tat es nicht aus Neugierde, sondern weil er ihr jetzt gern nahe gewesen wäre. Auch mit Unterleibsschmerzen. Er hoffte, etwas Persönliches von ihr in der Tasche zu finden. Ein Taschentuch, einen Lippenstift oder einen Kamm. Aber da war nichts Persönliches. Da waren nur die Raubdrucke. Exakt die Titel, die er im Restaurant schon von weitem erkannt hatte.

Paul schloß die Tasche wieder, stellte sie in den Flur und rief Susanne an. Schon nach dem ersten Klingeln nahm sie mit einem etwas rauhen »Hallo« den Anruf entgegen. Paul war von der schnellen Reaktion so überrascht, daß er einen Moment zögerte und sofort ein zweites, unwilligeres »Hallo?« zu hören bekam. Susanne schien nicht allzu erfreut über Pauls Anruf. Auf seinen Hinweis, daß er sie nach ihrem letzten Treffen nicht mehr erreicht habe, sagte sie nur: »Viel zu tun gehabt.« Er wollte mehr wissen und fragte, ob sie die Gastprofessur in Caen bekommen habe. »Nein«, sagte sie, »ich habe was Besseres.« Dann schwieg sie und ließ Paul zappeln. Paul blieb nichts anderes übrig, als »Und was?« zu fragen, worauf sie sagte: »Eine Stelle in einem Forschungsprojekt.« »In Deutschland?« fragte

Paul. »In Berlin«, antwortete sie. »Für wie lange?« fragte Paul. »Sechs Jahre«, sagte Susanne. »Sechs Jahre?« fragte Paul zurück. »Drei plus drei«, sagte sie darauf. »Wie drei plus drei?« fragte Paul. »Drei Jahre fest plus drei Jahre Verlängerung.« »Phantastisch«, sagte Paul. »Stimmt«, erwiderte Susanne.

Jetzt war es soweit, dachte Paul. Jetzt führten sie genau den Dialog, den Paul damals von ihr erwartet hatte. Den »Ich-habe-was-was-du-nicht-hast«-Dialog. Der auch ein »Aber-ich-habe-es-nicht-mal-nötig-dir-von-meinem-Glück-und-meinen-Erfolgen-zu-erzählen«-Dialog war. Paul hatte aber auch was, was sie nicht hatte. Aber was eigentlich? Er konnte sich nicht in jeder Konkurrenzsituation damit trösten, daß er eine spanische Geliebte, ein halbes Haus in Gliesmarode und einen festen Platz auf der Warteliste für das Referendariat hatte. Vielleicht hatte Susanne ja ein ganzes Haus in Hamburg-Blankenese. Und zwei spanische Geliebte. Und was sonst nicht alles. Vielleicht rächte sie sich jetzt dafür, daß sie damals bei Gerber so offen zu ihm gewesen war und er schon angenommen hatte, sie würde sich prostituieren. Vielleicht bestrafte sie ihn jetzt dafür. Vielleicht war sie aber auch nur wie so viele Uniabsolventen überängstlich auf ihre beruflichen Vorteile bedacht.

Wie auch immer. Susanne konnte er vorerst vergessen. Mit der war wahrscheinlich erst wieder etwas anzufangen, wenn sie erneut arbeitslos war. Frühestens in sechs Jahren. Aber dann wäre er selbst nicht mehr arbeitslos. Und dann war vielleicht mit ihm nichts mehr anzufangen. Paul hatte keine Lust mehr auf diese Art Gespräch und verabschiedete sich ziemlich unvermittelt unter dem Vorwand, daß es geklingelt habe. »Wahrscheinlich die Post«, sagte er, »ich erwarte ein Paket.« Dann legte er schneller auf, als es höflich gewesen wäre. Aber Susanne war ja auch nicht höflich, sondern auf ärgerliche Weise arrogant. Sie war so arrogant, daß er es nicht gewagt hatte, sie zu fragen, worum es sich bei dem Projekt eigentlich handelte.

Das erfuhr er allerdings einige Wochen später aus einem Artikel im *Tagesspiegel*, worin über eine vom Berliner Bürgermeister und verschiedenen Mäzenen aus der Wirtschaft ausgehende und sogar vom Bundespräsidenten unterstützte Initiative zur Rettung und Restaurierung der vom Einsturz bedrohten Sacrower Heilandskirche berichtet wurde. Die Rettungsmaßnahme sollte von einem wissenschaftlichen Projekt begleitet werden, das sich der Geschichte der Heilandskirche beziehungsweise ihrer Vorgängerkirchen sowie des sogenannten Ports von Sacrow widmen und den Zeitraum vom Dreißigjährigen Krieg bis zur Gegenwart erforschen und dokumentieren sollte. Der Artikel war mit zwei Fotos illustriert. Auf dem einen waren der Regierende Bürgermeister, der evangelische Landesbischof, der Herausgeber der Zeitung und irgendwelche Mäzene und Wirtschaftsbosse zu sehen. Auf dem anderen Gerber sowie der Oxford-Cambridge-Angeber im Harris-Tweed-Jackett, der auf Gerbers Party gewesen war – und Susanne. Paul schoß beim Betrachten des Fotos das Blut in den Kopf. Das Foto war ihm peinlich. Er fand es unanständig. Ob Susanne wieder ihre Stiefel anhatte? Das konnte man auf dem Foto nicht erkennen. Aber man sah sehr deutlich, daß Susanne eine Spur zu dicht neben dem Oxford-Mann stand. Sie berührten sich. An den Armen

und, wenn man genau hinsah, auch an den Hüften. So stand man nicht neben einem Kollegen. Schon gar nicht während eines Fototermins. Paul hatte es ja damals schon gespürt, daß zwischen den beiden etwas war. Zumindest rein theoretisch. Jetzt hatte er den Beweis. Und neben ihnen stand in seiner ganzen Gelehrtenunschuld der etwas kleinere Gerber mit leicht verrutschter Krawatte und lächelte in die Kamera.
Unter dem Foto standen die Namen der Abgebildeten. Auch der Name des Oxford-Mannes. Der Name war so deutsch, wie ein Name nur deutsch sein konnte. Also doch kein Oxford-Mann. Dann würde Susanne eben einem Deutschen den Hintern versohlen. Nach Feierabend natürlich. Nach der Erforschung des Sacrower Ports. Pauls Blutdruck begann wieder zu sinken. Sollte Susanne doch befreundet sein, mit wem sie wollte. Er hatte keinen Grund zur Eifersucht. Er hatte zwar beständig das Gefühl, daß von Susanne eine Art Sexualisierungsdruck ausging, wenn man ihr begegnete oder auch nur ihr Foto sah, aber er hatte niemals den Wunsch verspürt, ihr physisch näherzukommen. Gleichwohl konnte er Neidgefühle nicht verhindern. Er war neidisch auf das Forschungsprojekt. Das war ja in gewisser Weise sein Projekt. Seine Unterrichtseinheit war das. Susanne hatte sich in seine Unterrichtseinheit gedrängt. Susanne nahm ihm die Heilandskirche weg. Den Sacrower Port. Das preußische Arkadien. Zusammen mit dem Oxford-Mann. Wo kam der überhaupt her? Das war alles eine Folge des Mauerfalls. Daß irgendwelche Leute sich für die Havellandschaft interessierten. Doch dagegen durfte man ja nichts haben, daß die Heilandskirche

restauriert wurde, vor dem Untergang bewahrt, daß es gerettet wurde, das sinkende Schiff. Es war allerhöchste Zeit. Durch die Planken drang schon das Wasser.

Aber es war trotzdem schön gewesen, der Kirche beim Untergang zuzusehen. Vom gegenüberliegenden Havelufer. Oder von der Pfaueninsel aus. Im milden Abendlicht. Obwohl man die Heilandskirche von der Pfaueninsel aus gar nicht sehen konnte. Aber man konnte sich einbilden, sie zu sehen. Paul hatte es sich eingebildet, als er mit Birgit in der Nähe des Schlosses im Gras lag. Er hatte seine Hand in ihren Hosenbund geschoben, die Augen geschlossen und die Heilandskirche gesehen, die in Wahrheit von einer Landzunge auf der Sacrower Seite verdeckt war. Es fehlte die Sichtachse. Paul sah die Kirche trotzdem. Den Arkadengang. Von Wellen umspült. Vom Salz zerfressen. Er sah ein schwankendes Schiff, das den Tiber hinabfuhr, direkt ins offene Meer.

Die Hofgärtner und Gartenbaudirektoren hatten sich nicht um die Sichtachse zur Heilandskirche gekümmert. Fintelmann und Fintelmann hatten nicht aufgepaßt. Jetzt war es zu spät. Jetzt war die Landzunge von Schrebergärten bevölkert. Jetzt regierte hier der Kleingartenverein Sacrow/Meedehorn e.V. Jetzt hätte man schon den Kleingartenverein Sacrow/Meedehorn e.V. beziehungsweise die Kleingärten selbst in den Havelfluten versenken müssen, um die Sichtachse doch noch herzustellen. Paul war schon bald nach der Wende nach Meedehorn hinübergefahren. Er wollte die Pfaueninsel vom Osten aus sehen, war mit der Fähre nach Kladow übergesetzt und dann zu Fuß immer am Havelufer entlang Richtung Meedehorn gegangen. Doch die Pfaueninsel war nur an wenigen Stellen vom Kladower Ufer aus zu sehen. Ein paar spärliche Durchblikke zwischen den Häusern am Ufer hindurch. Schon jetzt wußte Paul nicht mehr, ob diese Häuser bereits zum Osten oder noch zum Westen gehört hatten. Die Grenze verlief durchs Wasser, aber hier oben waren ebenfalls Reste von Grenzanlagen vorhanden. Sicher war nur, daß Meedehorn Ostgebiet gewesen war. Ebenso wie das angrenzende Schloß Sacrow, das nun samt Park und Wirtschaftsgebäuden im schönsten Dämmerschlaf lag. Ein Schild machte darauf aufmerksam, daß hier eine Hundeausbildungsstätte gewesen war. Für Zollhunde. Beziehungsweise Grenzhunde. Es roch nach Hund im Schloßpark von Sacrow. Es roch nach Grenzhund. Wo waren die Grenzhunde jetzt? Vielleicht waren sie zum Kleingartenverein Sacrow/Meedehorn e.V. übergelaufen. In Meedehorn sah es ganz nach Schäferhund aus. Einige der kleinen Häuschen waren keine hölzernen Schrebergartenhäuschen, sondern grau verputzte Einfamilienhäuser im Kleinformat. Stasihäuschen mit Stasigeranien. Grauputzgemütlichkeit. Der ideale Ort, um von pensionierten Grenzhunden bewacht zu werden. Paul mochte Meedehorn nicht. Obwohl es für einen Kleingartenverein keinen schöneren Platz als diese Landzunge geben konnte. Von hier aus konnte man sowohl auf die Pfaueninsel als auch auf die Heilandskirche sehen. Paul mochte Meedehorn trotzdem nicht. Es roch nach Desinfektionsmitteln. Die Geranien rochen nach Lysol. Oder Wofasept. Obwohl Meedehorn jetzt im Westen lag, hatte Paul das Gefühl, als würde er ein Visum brauchen, um durch Meedehorn zu gehen. Über die Landzunge führte

ein einziger Weg. Man ging einmal im Kreis herum, wenn man durch Meedehorn ging. Im gestreckten Kreis. Die Gärten standen in voller Blüte. Der Rasen war gemäht. Aber es war niemand zu sehen. Die Menschen von Meedehorn hielten sich verborgen. Vielleicht standen sie hinter den Gardinen und beobachteten den einsamen Spaziergänger. Notierten. Protokollierten. Schuhgröße. Augenfarbe. Irgendwelche Auffälligkeiten. Besaß Paul Auffälligkeiten? Er war mittelgroß. Darum war er auch kleiner als Susanne. Er war blond, dunkelblond, ein norddeutscher Typ, was keine Überraschung war bei jemandem, der aus Gliesmarode kam und dessen Eltern auch aus Gliesmarode beziehungsweise Braunschweig kamen. Er war schlank, aber nicht dünn. Genauso wie sein Vater. Und er dachte nichts Gutes über Meedehorn.
Paul ging schneller. Er wollte fort. Er wollte aus Meedehorn flüchten. Am liebsten wäre er gerannt. Aber das hätte ihn verdächtig gemacht. Obwohl jetzt alles Westen war. Aber in Meedehorn hätte es ihn trotzdem verdächtig gemacht. Er hatte kein Visum. Er hatte auch keinen Berechtigungsschein zum Empfang eines Visums. Wenn er früher nach Ostberlin gegangen war, dann hatte er sich vorher einen Berechtigungsschein zum Empfang eines Visums der DDR besorgen müssen. Jetzt brauchte er vielleicht einen Berechtigungsschein zum Empfang eines Visums des Kleingartenvereins Sacrow/Meedehorn e.V. Schon bei seinem ersten Ausflug nach Meedehorn hatte Paul gewußt, daß er bei aller Liebe zur Havellandschaft nie mehr nach Meedehorn zurückkehren würde. Meedehorn konnte seinetwegen versinken. Das wäre ihm ganz egal gewesen. Im

Gegenteil, das wäre sogar von Vorteil gewesen. Es hätte die Sichtachse frei gemacht.

Als Paul jetzt den Artikel über die Rettung der Heilandskirche im *Tagesspiegel* las, hatte er das Gefühl, sich von Susanne verabschieden zu müssen. Er fühlte sich ausgebootet. Obwohl er mit ihr gar nicht um das Forschungsprojekt konkurriert hatte. Er fühlte sich trotzdem ausgebootet. Das passierte ihm öfter, daß andere etwas hatten, was er gar nicht haben wollte, und er trotzdem neidisch darauf war. Er beneidete Susanne. Und Gerber. Und auch den Oxford-Angeber. Dabei war es ganz normal, daß die Heilandskirche restauriert wurde. Und daß der *Tagesspiegel* darüber schrieb. Es würde nicht lange dauern, und der *Tagesspiegel* würde eine ganze Serie über die Heilandskirche drucken, für die Friedrich Wilhelm IV. erste Bauskizzen persönlich angefertigt hatte und der Kirche zudem den Namen S. Ecclesiae sanctissimi salvatoris in portu sacro geben wollte, wie Paul in einer Broschüre über die Kirche nachgelesen hatte.
Es war auch ganz normal, daß immer mehr Autos durch Kreuzberg fuhren. Zum Glück nicht durch seine Straße. Die führte ja nur zum Kanalufer. Aber schon durch die nächste Querstraße fuhren viel mehr Autos als früher. Und erst recht durch die übernächste Querstraße, die zu einer neuen West-Ost-Verbindung geworden war. Früher hatte es in Kreuzberg keine West-Ost-Verbindung gegeben. Östlich von Kreuzberg war nichts mehr. Da war nur die Spree. Und die Spree war die Grenze. Einschließlich der Spreebrücken. Jetzt waren alle Brücken offen, und der

Verkehr donnerte durch sein Viertel. Paul mied jetzt die Kreuzberger Durchgangsstraßen. Es machte keinen Spaß mehr, an ihnen entlangzugehen. Da hätte er auch an den Ausfallstraßen von Bochum oder Osnabrück entlanggehen können. Oder einen Spaziergang unter den Yorckbrücken machen. Paul hatte auch keine besondere Lust mehr auf seine Joggingstrecke mit Blick über die Spree und auf Treptow. Die war jetzt historisch uninteressant geworden. Vorher war hier lebendige Geschichte gewesen, so beklemmend diese auch war, jetzt nur noch ödestes Wohngebiet. Da konnte er gleich nach Wilmersdorf ziehen. Oder zurück nach Gliesmarode. Das war historisch schon immer uninteressant gewesen. Das historisch interessanteste in Gliesmarode waren der Schachklub Gliesmarode von 1869 e.V. und der Schützenverein Gliesmarode von 1920 e.V.

Paul hätte jetzt gern ein paar Schimpfkanonaden auf die westdeutsche Provinz losgelassen. Wie er das immer wieder einmal tat, seit er in Berlin lebte. Alle anderen taten das auch. Vor allem diejenigen, die aus Westdeutschland kamen. Die gelernten Berliner. Das gehörte einfach dazu, daß man als gebürtiger Westdeutscher in Westberlin auf Westdeutschland schimpfte. Weil Westdeutschland Provinz war. Alles Niedersachsen. Alles Schwaben. Oder noch schlimmer. Aber die Schimpfkanonade wollte diesmal nicht zünden. Ein Rohrkrepierer Richtung Gliesmarode blieb Paul gleichsam in der Kehle stecken. Und statt dessen meldete sich eine Stimme, die er seit dem Ende des Studiums und während der Wartezeit auf das Referendariat schon einige Male vernommen hatte. Die Stimme sagte:

»Westdeutschland kann auch schön sein. Braunschweig hat auch gute Seiten. Und warum eigentlich nicht Gliesmarode?« Vielleicht hatte die Stimme recht. Er war immerhin Hausbesitzer dort. Halber Hausbesitzer. Und wenn seine Mutter das Haus nicht noch durchbrachte, indem sie sich in einem überteuerten Altenpflegeheim einmietete, dann hätte er zumindest hinsichtlich des Wohnproblems ausgesorgt. »Du solltest mal wieder nach Gliesmarode fahren«, sagte die Stimme. »Deine Mutter besuchen. Dich um deine Mutter kümmern. Und du solltest dich erkundigen, wie lange die Wartezeiten für Referendare in Niedersachsen sind. Ganz unverbindlich. Erkundigen kostet schließlich nichts.«

Jetzt reichte es Paul. Die Stimme nervte. Er brauchte sich gar nicht zu erkundigen. Er war schlauer als die Stimme. Er war schlauer als er selbst. Er wußte bereits, daß es in Niedersachsen keine langen Wartezeiten gab. Er hatte sich bereits erkundigt. Hinter seinem eigenen Rücken sozusagen, weil es ihm vor sich selbst peinlich gewesen war, dieser Anflug von Sehnsucht nach Niedersachsen. Normalerweise sehnte man sich mit sechzig oder siebzig an den Ort seiner Kindheit zurück. Er sehnte sich schon mit dreißig danach. Und hatte herausgefunden, daß er im Fall einer Bewerbung zu Beginn des nächsten Schuljahres eingestellt werden würde. In einem halben oder dreiviertel Jahr könnte er ein Mensch mit einem regelmäßigen Monatsgehalt sein.

Paul schaltete die Stimme ab. Das waren verbotene Gedanken, die er hier dachte. Er, der Westberliner, der Kreuzberger, der Gettobewohner, der Straßenkämpfer, der Freund der Türken und Hausbesetzer, der Mann der Metropole. Einfach lachhaft. Birgit verkaufte Raubdrucke in Kreuzberger Restaurants, Susanne forschte über den Sacrower Port – und er kehrte zurück nach Gliesmarode. Dann lieber gleich nach Dahlem. Oder Zehlendorf. Wenn schon spießig, dann richtig. Bürgerlich nannte sich das hier. Dahlemer oder Zehlendorfer Wohnungen waren für jemanden wie Paul bisher vollkommen unerschwinglich gewesen. Davon hätte er nicht mal träumen können. Nun, nach dem Abzug der Amerikaner, sah das schon ganz anders aus. Halb Dahlem und halb Zehlendorf standen leer. Sogar dicht am Grunewald gab es jetzt leerstehende Häuser. Typisch amerikanische Eigenheime. Soldatenhäuschen. Offiziershäuschen. Aber sympathisch. Paul zumindest waren sie immer sympathisch gewesen. Sie erinnerten ihn an die Häuser aus den amerikanischen Fernsehserien seiner Kindheit. Häuser ohne Vorgarten und Zaun. Ohne Kleinstummauerung. Die Alternative zum Schrebergarten. Allerdings nicht holzverkleidet. Aber eben auf einer freien, gleichsam durchlässigen Rasenfläche. Es gab sie auch als Doppelhäuser. Für rangniedrigere Stabsoffiziere. Das fand Paul noch sympathischer. Zwei gleich große Häuschen mit Kamin, Veranda und je einer Doppelgarage in der Mitte. Paul konnte sich vorstellen, hier eine Familie zu gründen. Am besten in beiden Häusern. In dem einen Häuschen wohnte er und in dem anderen seine Frau. Falls es Kinder gab, mußte man eben zusammenrücken. Aber an Kinder dachte er jetzt nicht. Ohne Referendariat war es sinnlos, an Kinder zu denken. In den Wohnvierteln westlich des Grunewaldsees gab es mehrere dieser amerikanischen

Doppelhäuser. Die nach und nach von ihren Bewohnern verlassen wurden. Zuletzt auch jenes Haus, das ihm am vertrautesten war. Es war gewissermaßen sein Haus und lag an der Zufahrtsstraße zum Grunewaldsee, die er gewöhnlich benutzte, wenn er zum See fuhr. Er war, seit er in Berlin lebte, unzählige Male an diesem Doppelhaus vorbeigekommen. Alle anderen Häuser in der Straße waren umzäunt oder mit Hecken vor fremden Blicken geschützt. Dieses nicht. In beiden Garagen standen amerikanische Autos. Familienautos. Vor beiden Türen lag im Sommer Kinderspielzeug herum. Und als dort irgendwann kein Spielzeug mehr herumlag, war an der Seitenwand des linken Hauses ein Basketballkorb angebracht worden. Paul hatte niemals einen der Bewohner des Hauses gesehen. Aber er stellte sich vor, daß im linken Haus eine Familie mit Sohn und im rechten eine Familie mit Tochter wohnte. Solange sie klein waren, spielten die Kinder zusammen. Als Teenager verliebten sie sich ineinander. Highschool Sweethearts nannte man solche Pärchen. Auf dem College waren es dann entsprechend College Sweethearts. Und als Erwachsene heirateten sie. Und erbten irgendwann die beiden Häuschen, von denen jeder eines für sich bewohnen konnte, falls sie sich doch einmal auf die Nerven gehen sollten. Das Paradies, dachte Paul. Und dank der deutschen Einheit käuflich zu erwerben. Das Problem war nur, daß ihm das Geld dafür fehlte. Und die Frau.

IV

Permanecemos juntos! Paul hatte gelegentlich gezweifelt, ob er noch an Marías Versprechen glauben sollte. Nicht weil er an ihrer Aufrichtigkeit zweifelte. Aber es war einfach zuviel Zeit vergangen, seit er mit María zusammengewesen war. Andererseits hatte sie ihm weiterhin geschrieben, hatte ihm Fotos geschickt und geradezu eisern an ihrem geplanten Wiedersehen festgehalten. Jetzt saß er im Zug nach München und hatte Lampenfieber wie ein Schuljunge. Sie hatten sich in der Lobby des Hotels *Vier Jahreszeiten* in der Maximilianstraße verabredet. Das mußte eines der teuersten Hotels der Stadt sein. Aber es handelte sich ja auch um einen Medizinerkongreß. Die Historiker würden nicht in solch einem Hotel absteigen. Und die Geschichtslehrer schon gar nicht. Aber Paul war es recht. Hier konnte man sich jedenfalls nicht verfehlen.

Er selbst hatte ein Zimmer im *Hotel Platzl* gebucht, das kostete sehr viel weniger, war aber nicht weit vom *Vier Jahreszeiten* entfernt. Obwohl er sich wünschte, daß es nicht nötig war, in getrennten Betten zu übernachten. Aber er wollte nichts erzwingen und weder María noch sich in Verlegenheit bringen. Sie hatten die Details ihres Treffens telefonisch verabredet. Nach all den Briefen endlich wieder ein Telefonat. Aber die Frage, ob sie in einem Zimmer schliefen, hatten sie nicht berührt. So etwas besprach man nicht am Telefon. Man tat es einfach. Oder man tat es nicht. Das Telefonat hatten sie auf spanisch geführt, was ihm anfangs schwergefallen war. Obwohl er immer noch die Kurse an der Uni besuchte, wozu auch ein Konversationskurs gehörte. Aber das war etwas anderes. Sie hatten besprochen, daß er am letzten Tag des Kongresses nach München kommen sollte. Und daß Paul ihr dann Deutschland zeigen würde.

Erst hatte er nur »Einverstanden« gesagt, dann aber doch zurückgefragt, was sie denn mit Deutschland meine, und es stellte sich heraus, daß sie vor allem Bayern meinte. Baviera. Sie wollte Bayern sehen. Bayern war eine Touristengegend, und Paul hatte keine Ahnung von Bayern. Er war bisher nur in Ulm und in Nürnberg gewesen. Und in München natürlich. Aber er konnte sich nicht vorstellen, daß María Ulm oder Nürnberg sehen wollte. Als Junge hatte er seine Ferien einmal in Schwangau in der Nähe von Schloß Neuschwanstein verbracht. Mit dem CVJM. Eine Wanderfreizeit einschließlich Nachtwanderung und Tischtennisturnier. Davon war ihm vor allem der Jugendleiter in Erinnerung geblieben, der sich gern in den Jungenduschen und Schlafräumen herumtrieb. Alles andere einschließlich Schloß Neuschwanstein, Nachtwanderung und Tischtennisturnier war im Nebel der Erinnerung verschwunden. Er würde María vorschlagen, nach Schwangau zu fahren und Neuschwanstein zu besichtigen. Das war zwar in höchstem Maß touristisch, aber auch konsequent. Wenn schon Deutschland, dann eben Neuschwanstein. Und einen See und Alpenpanoramen gab es dort auch. Danach konnte man weitersehen.

Als Paul das *Vier Jahreszeiten* betrat, hatte er seine Reisetasche noch immer dabei. Die Zeit war zu knapp gewesen, um vorher noch ins *Platzl* zu gehen. Und er wollte auf keinen Fall zu spät kommen. Im Gegenteil, er hatte sich vorgenommen, lieber etwas früher dazusein. Es minderte sein Lampenfieber, wenn er sich vorstellte, daß er María erwartete – und nicht sie ihn. Aber als er die Lobby des Hotels betrat, sah er sofort, daß er nicht früh genug gekommen war. María saß direkt gegenüber der Drehtür in einem Sessel und blickte ihn an. Er ging auf sie zu, stellte die Tasche ab und wollte sie vor lauter Verlegenheit auf zwei Arten zugleich begrüßen: ihr die Hand geben und sie umarmen. Aber beides zugleich ging nicht, und so wurde aus der doppelten Begrüßung eine mißglückte.
Paul hatte sich vorgestellt, daß sie erst einmal in der Lobby bleiben würden, etwas tranken, sich unterhielten und miteinander wieder vertraut machten – und dann Pläne für die nächsten Tage schmiedeten. Doch noch ehe er sich setzen konnte, sagte María: »Laß uns hier verschwinden.« Paul war überrascht. »Wohnst du nicht hier?« fragte er, worauf sie nur sagte: »Wo denkst du hin. Viel zu teuer.« Dann erzählte sie ihm, daß sie wie alle anderen Kongreßteilnehmer in einem Hotel in Flughafennähe gewohnt und dort heute morgen ausgecheckt habe. Jetzt sah Paul auch, daß sie ihr Gepäck dabeihatte. Nicht sehr viel und nicht gerade typisches Gepäck für eine Frau: einen mittelgroßen Aluminiumkoffer und eine lederne Aktentasche, die so verwittert aussah, daß sie auch dem Onkel gut angestanden hätte.
Paul fügte sich, und sie verließen das Hotel. Trotz der Reservierung im *Platzl* hatte sich Paul insgeheim auf eine

gemeinsame Nacht im *Vier Jahreszeiten* gefreut. Eine Champagnernacht sozusagen. Seinetwegen auch ohne Champagner. Aber wenn sie hier gar nicht wohnte, dann würden sie eben ins *Platzl* gehen, das gleich in der Nähe vom Hofbräuhaus lag und ohnehin mehr Lokalkolorit besaß als das *Vier Jahreszeiten*. Letzteres war offenbar nicht nur für ihn, sondern auch für die spanischen Diabetologen zu luxuriös und bekanntermaßen auch einer ganz speziellen Klientel vorbehalten: Managern, Politikern, amerikanischen und asiatischen Touristen und allen möglichen Prominenten.

Als sie sich erhoben, eilte einer der Hotelboys auf sie zu und nahm das Gepäck an sich. Sowohl Marías Koffer und Aktentasche als auch seine Reisetasche. »Zum Taxi?« fragte der Boy. Paul sagte »Nur nach draußen«, erntete einen fragenden Blick und ergänzte: »Wir werden abgeholt.« Der Boy war zufrieden und trug das Gepäck durch eine Seitentür neben dem Haupteingang. Paul und María nahmen die Drehtür und begegneten dort prompt einem bekannten deutschen Politiker. Der Politiker ging hinein, und sie gingen hinaus. Doch der Moment war lang genug für einen Blickwechsel. Einen Sekundenbruchteil lang starrte der Mann Paul direkt in die Augen. Mit einem Gesicht, das verriet, daß der Mann wußte, daß er erkannt wurde. Wie auch anders. Er gehörte zu dem Dutzend Politikern, die jeder in Deutschland kannte, weil sie beinahe Tag für Tag im Fernsehen zu sehen waren. Vielleicht war das eine Art antrainiertes Politikerverhalten, dieses in die Augen Starren. Gesichtswahlkampf. Der Moment in der Drehtür war kurz, aber er reichte nicht nur für den offensiven Blickkontakt mit Paul, sondern auch für eine umfassende Taxierung von María, die, wenn sie auch nur eine Viertelsekunde länger gedauert hätte, eine Unverschämtheit gewesen wäre. Sie war schon jetzt eine Unverschämtheit, aber Paul konnte schlecht einen Streit mit dem Politiker beginnen, der das Hotel nicht allein betrat, sondern von mehreren Mitarbeitern begleitet wurde, zu denen möglicherweise auch einige Personenschützer gehörten. So rasch konnte Paul das nicht unterscheiden. Immerhin aber wurde er jetzt wieder daran erinnert, was der Politiker offenbar in einem winzigen Augenblick erfaßt hatte: daß María eine äußerst anziehende Frau war und daß sich ihre Attraktivität nicht unbedingt speziellen Körpermerkmalen verdankte, sondern der Art, wie sie sich bewegte. Und dies selbst dann noch, wenn sie durch eine Drehtür ging. Zugleich hatte Paul nach den Aufregungen der Begrüßung zum erstenmal Augen für ihre Kleidung und dafür, daß sie diesmal nicht mit einer roten, sondern mit einer schwarzen Lederjacke bekleidet war. Daß sie Jeans dazu trug und Schuhe, die wie Stiefel aussahen, aber kurz über den Knöcheln endeten. Und daß sie unter ihrer Lederjacke, die allerdings nicht im Stil einer Motorradjacke, sondern wie ein Herrenjackett geschnitten war, ein T-Shirt trug, das ihm bekannt vorkam. Hellblau, seidig, enganliegend, mit einem aus silbernen Fäden gestickten Stern auf der Brust. Es ähnelte dem T-Shirt, das sie damals getragen hatte, als sie in Andrews und Janets Wohnung zum ersten Mal sein Zimmer betreten hatte. Das T-Shirt damals war ebenfalls hellblau gewesen, genauso seidig-glänzend und enganliegend. Aber statt mit einem Stern war es mit einer silbernen Sonne bestickt.

Ob Stern oder Sonne – Paul hätte jetzt gern den seidigen Stoff berührt. María hatte sich fast nicht verändert. Ein paar Fältchen mehr im Gesicht, doch noch immer die schlanke, etwas jungenhafte Silhouette und den unwiderstehlichen Hüftschwung, wenn sie sich bewegte. Allerdings schien sie mittlerweile eine Lesebrille zu benutzen, obwohl sie immer noch weit von dem Alter entfernt war, in dem die Sehkraft normalerweise nachließ. Er sah, wie sie mit der Brille hantierte, sie aus einer Jackentasche herausnahm und in eine andere steckte, ohne sie jedoch aufzusetzen.

Paul schlug noch auf dem Bürgersteig vor dem *Vier Jahreszeiten* vor, ins *Platzl* zu gehen. Das sei ganz in der Nähe vom Hofbräuhaus, was aber María nicht weiter beeindruckte. Das Hofbräuhaus kannte sie schon. Es hatte einen Hofbräuhausabend im Rahmen des Kongresses gegeben. Einmal Hofbräuhaus reichte. »Pienso que es suficiente«, sagte sie, und er widersprach nicht. Es ging auch ohne Hofbräuhaus. Aber ins *Platzl* wollte sie ebenfalls nicht.

Sie wollte nicht nur nicht ins *Platzl*. Sie wollte auch nicht länger in München bleiben, sondern am liebsten sofort die Stadt verlassen. »Aber wohin?« fragte Paul. »Ganz egal. Irgendwohin«, antwortete sie. »A alguna parte.« Sie schaute ihn dabei mit unruhigem und geradezu gehetztem Blick an. Er würde sie später fragen, ob etwas nicht stimmte. Jetzt war es sicher besser, ohne Diskussionen ihren Wünschen nachzugeben. Er sagte: »In Ordnung, wir verschwinden aus München und fahren nach Schwangau.« María reagierte mit einem geradezu enthusiastischen »Fantástico«, als habe sie sich schon immer gewünscht, nach Schwangau zu reisen. Paul dachte kurz

daran, das Zimmer im *Platzl* zu stornieren, bevor sie zum Bahnhof fuhren. Aber er hatte bei der Reservierung seine Kreditkartennummer angegeben und mußte bei einer so kurzfristigen Stornierung ohnehin den vollen Preis bezahlen. Also fuhren sie direkt zum Bahnhof und von dort weiter nach Schwangau beziehungsweise Füssen. Um die Übernachtung dort machte er sich keine Sorgen. Es war keine Ferienzeit, und da der Ort Ausgangspunkt für viele Neuschwanstein-Touristen war, gab es sicher zahlreiche Übernachtungsmöglichkeiten.
Die Bahnfahrt war umständlich, sie mußten in Kaufbeuren umsteigen und in Füssen den Bus oder ein Taxi nehmen, was Paul aber nicht weiter betrübte. Er hatte sogar überlegt, in beiden Städten auszusteigen und eventuell auch zu übernachten, seine Idee dann aber für sich behalten. Gleich mehrere bayerische Orte in so kurzer Zeit – das wäre vielleicht eine Überdosis Deutschland gewesen. Für Paul ohnehin. Paul hatte nicht nur nicht zu Bayern, sondern zu den sogenannten schönen Seiten Deutschlands insgesamt nie eine besondere Beziehung entwickelt. Mit Ausnahme der schönen Seiten von Berlin, die allerdings sehr davon profitierten, daß Berlin eher häßlich war. Wedding und Moabit noch gar nicht gerechnet. Auch vor Lankwitz und Lichterfelde oder Steglitz und Schöneberg ging man nicht unbedingt in die Knie vor Entzücken. Wäre Berlin insgesamt etwas schöner, dann wäre ihm der überlaufene, staubige, vom Dröhnen der Avus erfüllte und nach Hundeurin riechende Grunewald womöglich von Anfang an weniger schön vorgekommen. Die Pfaueninsel natürlich nicht. Die war konkurrenzlos. Da hätte der Rest von Berlin noch so

schön sein können. Ostberlin eingerechnet. Wobei er über Ostberlin gar nicht urteilen konnte. Er war viel zu selten drüben gewesen. Und wenn, dann meist nur, um ins Museum oder ins Theater zu gehen.

Paul war froh, daß er seinem Impuls nicht nachgegeben hatte, die Fahrt in Kaufbeuren und Füssen zu unterbrechen, zumal es von Füssen nach Schwangau ohnehin nur ein paar Kilometer waren. Und er war ebenfalls froh, daß er jetzt mit María im Zug saß und sie nicht flüchten konnte. Nachdem sie es sich erst einmal in einem ansonsten leeren Abteil bequem gemacht hatten, war sie auch ein wenig ruhiger geworden. Und schon bald eingeschlafen, noch bevor sie ausführlicher miteinander sprechen konnten. Der Kongreß mußte anstrengend gewesen sein. Vielleicht war auch ihr Leben anstrengend. Er fragte sich, wie es um ihre Ehe stand. Und wie es ihrer Tochter ging. Wer sie während ihrer Abwesenheit betreute. Und was der Onkel machte. Ob der überhaupt noch lebte. Er würde María nach alldem fragen, wenn sie wieder wach war.

Aber sie wurde nicht wach. Schließlich mußte er sie kurz vor Kaufbeuren wecken. Sie hatte gut eine Stunde geschlafen, so daß er erst nach dem Umsteigen und während der Weiterfahrt nach Füssen Gelegenheit hatte, mit ihr zu reden. Er fragte sie nach María Cristina. María hatte ihm in den letzten Jahren mindestens zwei Dutzend Fotos von ihrer Tochter geschickt. Paul kannte das Kind in all seinen Entwicklungsphasen. Vom Säuglingsalter an. Das neueste Foto ihrer Tochter trug María bei sich, es zeigte Mutter und Kind neben einer silberfarbenen Mercedeslimousine. Im Hintergrund war eine Stadtmauer mit

Rundtürmen zu sehen und darüber ein strahlend blauer Himmel. Vielleicht Granada. Die Stadt war berühmt für ihre Stadtmauer. Aber Paul wußte nicht, ob es eine Mauer mit Rundtürmen war.
Nachdem Paul das Foto betrachtet und María versichert hatte, was für eine entzückende Tochter sie habe, wollte er wissen, ob das Foto ihr Mann gemacht habe. Ein knappes »Nein« war die Antwort. Ein wenig zu knapp. Paul sah sie fragend an, so daß María ergänzte: »Ein Freund.« Natürlich hatte Paul sofort daran gedacht, daß dieser Mann ihr Liebhaber sein mußte. Mit dem sie Ausflüge unternahm. Nach Granada. Mit dem sie durch Andalusien fuhr. Im silberfarbenen Mercedes von Parador zu Parador, wo man unter Baldachinen in holzgeschnitzten Betten schlief, in denen schon Könige geschlafen hatten. Zum Mercedes paßten Marías T-Shirts. Die silberne Sonne von damals. Der silberne Stern, den sie jetzt trug, auch wenn er kein Mercedesstern war, sondern eher einem Spinnennetz ähnelte. Paul verlor sich für einen Moment im Anblick ihres Shirts, unter dessen dünnem Stoff sich ihre Brüste wölbten. Fest und nicht allzugroß. Genau wie damals. Obwohl sie jetzt einen BH trug, was sie damals selten tat. Paul konnte die Träger unter dem Shirt erkennen.
Als María ihn schließlich mit der Information überraschte, daß sie sich schon vor einiger Zeit von ihrem Mann getrennt hatte, wuchs seine Überzeugung, daß sie mit dem Mercedesfahrer zusammen war, zumal sie noch andere Bilder in ihrer Tasche hatte, die sie ihm aber nicht zeigte. Ihre Tochter sei bei ihren Eltern. Die Großeltern würden sich über jede Gelegenheit freuen, das Kind bei sich zu ha-

ben. Dann fragte sie Paul nach seinen Lebensumständen. Dem Studium. Dem Referendariat. Dem Leben in Berlin. Und ob er eine Freundin habe. Oder sogar eine Verlobte. »Una prometida.« Paul mußte lachen über die prometida. Er ging davon aus, daß die Frage nicht wirklich ernst gemeint war. In Kreuzberg verlobte man sich nicht. Es sei denn, man hatte die Absicht, eine anatolische Bäckerstochter zu heiraten.

Ansonsten beantwortete er brav alle Fragen, die María ihm stellte. Geradezu musterschülerhaft, wie er ihre Fragen beantwortete, worüber er sich zugleich ärgerte. Sie war ja nicht seine Erbtante, der der Neffe Rede und Antwort stehen mußte. Sie war seine ehemalige Geliebte. Mit der er auf dem Grundstück gewesen war. Mit der er den Paradieszustand genossen hatte. Die ihm alles erlaubt hatte. Alles und noch einiges mehr. Paul hätte jetzt Lust gehabt, sich in einen noch größeren Ärger hineinzusteigern. Aus Ärger über sich selbst. Aus Ärger über María. Aus Eifersucht auf ihren neuen Liebhaber, was lächerlich und vollkommen unangemessen war – trotzdem empfand er die Eifersucht. Er unterdrückte seinen Ärger, hatte aber keine Lust mehr, weitere Fragen zu beantworten. Er hatte zu etwas ganz anderem Lust. Fragen konnte er immer noch beantworten. Er hatte Lust, María zu küssen, was jetzt wahrscheinlich das Unpassendste überhaupt war. Sie sah immer noch müde aus. Sie blickte ihn noch immer mit müden Augen an. Er hätte sie gern wach geküßt, auf die Augenlider, die Nasenflügel, das hätte ihm schon genügt. Aber er wußte, daß er die Form wahren mußte, und versagte sich jede körperliche Annäherung.

Er spielte den Wohlerzogenen und bemühte sich darum, nicht nur an das eine zu denken. Er dachte auch nicht nur daran. Aber hauptsächlich. Er dachte daran, wie es wohl sein würde, wenn sie in Schwangau im Hotelzimmer waren. Und ihm wurde wieder bewußt, welches Riesenglück er in Spanien gehabt hatte. Daß sie auf ihn aufmerksam geworden war. Den Untermieter ohne Fenster. Daß sie ihn mochte. Und daß ihr auch sein Akzent gefallen hatte. Sie fand seinen Akzent erotisch, hatte sie ihm damals gestanden. Hoffentlich war das noch immer so. Wahrscheinlich war der Akzent jetzt stärker als damals. Also noch erotischer.
Schön wär's. Er glaubte nicht daran. Im Moment jedenfalls sah es nicht danach aus. María schien ihm sehr gut widerstehen zu können. Vielleicht ahnte sie auch gar nichts von seinen Wünschen. Er bedauerte, daß er nicht offensiver, nicht anspielungsreicher in ihrer Korrespondenz gewesen war. Vielleicht hätte ihr das ja gefallen, so ein erotischer Briefverkehr. Vielleicht war die Zusendung ihres Nacktfotos ja eine Aufforderung dazu gewesen. Aber das Kind hatte gestört. Wenn überhaupt, war das Foto keine erotische Botschaft gewesen, sondern eine keusche und beinahe religiöse. María mit Kind. Das Kind auf dem Foto hatte ihn daran gehindert, auch nur die geringsten erotischen Regungen beim Betrachten des Fotos zu spüren. Im Gegenteil: Es versah die nackte María mit einer Aura der Unnahbarkeit. Und auch jetzt schien sie unnahbar, doch er dachte trotzdem an das eine. Er wollte mit María schlafen. So wie in Spanien. So wie auf dem Grundstück. Er konnte sich nicht vorstellen, nicht mit ihr zu schlafen.

Lippendiagnose. Zungenvorsorge. Sie war schließlich Ärztin. Allerdings Diabetologin. Er fragte sie nach dem Kongreß. Routine, sagte sie. Aber sehr anstrengend. Tagelange Vorträge. Abendveranstaltungen. Pharmawerbung. Kontakte. Er wollte wissen, was es Neues gab in der Diabetologie. Und ob es stimme, daß in Spanien die Mittelmeerküche mehr und mehr verdrängt würde. Es stimme, sagte sie, es sei schrecklich und treffe nicht mehr allein die einkommensschwachen Schichten. Auch die Bessergestellten ernährten sich schlechter. Aber darum müsse sich die Politik kümmern. Die Ärzte haben mit den Folgen zu tun. Und mit der Entwicklung besserer Behandlungsmethoden. Aber interessiere ihn das wirklich? Dann könne sie ihm gern etwas über solche Dinge wie Betazellstreß, biphasische Insulinsekretion und anderes mehr erzählen. Paul sagte nur »Lieber nicht«, worauf María lachen mußte, aber sehr schnell wieder ernst wurde. Schließlich nahm sie eine seiner Hände, führte sie an ihre Wange, als wollte sie, daß er ihre Temperatur fühle – oder als fühle sie seine. Dann schaute sie ihn zum erstenmal mit ihren Augen von damals an. Mit ihrem grüngrau irisierenden Blick. Aber der Blick reichte nur für wenige Sekunden, irrte wieder ab, und sie sah aus dem Fenster, auf Felder, auf Wiesen und ein Stück Wald, das vorbeirauschte. Doch seine Hand hielt sie noch immer. Die Hand wurde warm. Und auch ein wenig feucht. Paul begann zu schwitzen, aber María schien es nicht zu merken. Sie war schon wieder abwesend. In ihrer Trance. Der Zug bremste, Paul sah auf die Uhr, das müßte Füssen sein. Paul sagte: »Gleich kommt Füssen.« María sagte: »No hay broca.« Kein Problem.

Paul wußte nicht, was sie damit meinte. Aber er fragte nicht zurück, nahm seine Reisetasche und auch ihren Aluminiumkoffer und ging voraus Richtung Waggontür, um ein letztes Mal umzusteigen.

Paul sehnte sich nach Schwangau. Er wollte endlich in Schwangau sein. Er hatte sich sein ganzes Leben noch nie nach Schwangau gesehnt. Aber jetzt war es soweit. Er war der Zugfahrt müde. Er wollte raus aus dem Zug. Er wollte in ein Hotelzimmer. Er wollte mit María in ein Hotelzimmer. Mit oder ohne Blick auf Schloß Neuschwanstein. Er wußte nicht mehr, ob man von Schwangau aus auf das Schloß sehen konnte. Er konnte sich nicht mehr daran erinnern. Irgend etwas konnte man von Schwangau aus sehen. Er konnte sich nur noch an den Jugendleiter erinnern. Und daran, daß ein Bettnässer in ihrer Gruppe gewesen war. Der ihm leid getan hatte. Nicht nur, weil er ein Bettnässer war. Sondern weil er der einzige war, der mit einem Gummilaken unter dem Bettlaken schlief und entsprechend gehänselt wurde. Die Jugendfreizeit in Schwangau war sein Abschied vom CVJM gewesen. Er wurde kurz danach ohnehin konfirmiert und bekam einen elektrischen Rasierapparat geschenkt. Mit dem er sich allerdings nicht das Kinn und die Wangen, sondern die Haare auf den Armen rasierte. Bis er feststellte, daß einige seiner Schulkameraden auch Haare auf den Armen hatten.

Wenn María wollte und falls sie immer noch müde war, könnte sie im Hotelzimmer sofort weiterschlafen. Er würde sie nicht dabei stören. Er würde sich neben das Bett setzen und sie betrachten. Ihren Mund, die Fältchen um den Mund und die Augen. Besonders die hinzugekommenen. Am liebsten auch ihren Bauchnabel. Auch um den Bauchnabel hatte sie Fältchen gehabt. Er war gespannt, ob auch ihr Bauchnabel gealtert war. Er hätte nichts dagegen gehabt. Im Gegenteil. Es würde ihn beruhigen.

In Schwangau würde alles anders werden. Wenn sie erst im Hotel waren. Egal, in welchem. Am besten in einem Zimmer mit Badewanne. Vielleicht würde sie baden wollen. Und er würde am Rand der Badewanne sitzen und sie dabei betrachten. Badeschaum auf ihr verteilen. Auf ihren Oberschenkeln, ihrem Bauch, ihren Brüsten. Badeöl in ihren Bauchnabel tropfen lassen. Er erinnerte sich an das Olivenöl, mit dem sie ihn einmal geradezu getränkt hatte. Und an die Küsse danach. Olivenölküsse. Die Erinnerung bedrückte ihn. Jetzt waren sie meilenweit entfernt von solchen Küssen. Sie war meilenweit entfernt.

Als sie schweigend im Taxi saßen, sagte Paul, um irgend etwas zu sagen: »Nur noch ein paar Kilometer bis Schwangau.« María erwiderte nichts, sondern nickte nur. Das war immer noch besser, als wenn sie »No hay broca« gesagt hätte. Als sie fast am Ortseingang waren, nahm sie seine Hand, schaute ihn mit ernsten Augen an und sagte: »No quiero ir a Schwangau.« Ich will nicht nach Schwangau. Sie sagte den Satz sehr langsam. Sie sagte den Satz so, als gehöre er zu einer Spanischlektion für Anfänger. Und sie machte eine Pause vor dem Wort Schwangau. Um es dann besonders sorgfältig auszusprechen. So deutsch wie möglich. Ohne jeden Akzent. Damit es bloß keine Mißverständnisse gab. Was natürlich unmöglich war. Dazu war sie viel zu sehr Spanierin. Möglicherweise konnte sie den kompletten deutschen *Pschyrembel* lesen und verstehen. Aber das Wort Schwangau würde sie niemals ohne Akzent hinbekommen. Da konnte sie noch so langsam sprechen. Paul fand ihre Anstrengungen rührend. Sie strengte sich seinetwegen so an. Aber er fand ihre Anstrengungen nur eine Sekunde lang rührend. Als die Sekunde vorbei war, hatte er Mühe, nicht wütend zu werden. Erst wollte sie nicht ins *Platzl*. Dann wollte sie nicht in München bleiben. Jetzt wollte sie nicht nach Schwangau. Wollte sie vielleicht lieber nach Madrid? Oder gleich nach Málaga? Er konnte den Fahrer schlecht darum bitten, umzudrehen und nach Málaga zu fahren. Er war nicht der König von Spanien. Er war nicht Juan Carlos I. Er war nicht Juan Carlos Alfonso Víctor María de Borbón y Borbón-Dos Sicilias. Paul hatte den Namen während eines Hispanistikseminars auswendig gelernt. Zum Zeitvertreib. Weil das Seminar quälend langweilig gewesen war. Und in Málaga hatte er seine Studenten damit verblüfft.

Paul fühlte sich nicht danach, auf María wütend zu sein. Aber er konnte es auch nicht verhindern und fragte gereizt zurück, wohin sie denn wolle, wenn nicht nach Schwangau. Zurück nach Füssen? Nach Kaufbeuren? Wieder nach München? Vielleicht doch ins *Platzl*? María brauchte nicht lange zu überlegen. Sie schien es schon längst zu wissen. Der Satz war abrufbereit in ihrem Kopf, und ohne auch nur eine Sekunde zu zögern, sagte sie, daß sie nach Frankfurt wolle: »Quiero ir a Frankfurt.« Paul hätte am liebsten die Notbremse gezogen. Aber ein Taxi hatte keine Notbremse. Er hätte diesen Satz gern noch einmal und in aller Ruhe gehört. Was wollte sie nur in Frankfurt? Da

könnten sie genausogut nach Kassel oder Hannover fahren. Oder nach Braunschweig. Beziehungsweise Gliesmarode. Gliesmarode war auch Deutschland. Da hätte er ihr die Wiese zeigen können, wo jedes Jahr das Schützenfest stattfand. Es muß ja nicht immer Neuschwanstein sein. Aber er war zu schockiert, um jetzt sarkastisch zu werden. Und er hatte Kopfschmerzen. Das Wort Frankfurt hatte sich wie ein Bleigewicht auf seine Schädeldecke gesenkt. Paul ahnte nichts Gutes. María dagegen schien jetzt wach zu werden. Ihr hatte das Wort Frankfurt offensichtlich gutgetan. Auch wenn sie es ausgesprochen hatte, als würde es aus zwei Wörtern bestehen: Frank Furt. Aber das war nun auch egal. Wichtiger war, daß sie ihm nun endlich erklärte, was mit ihr los war.
Das war sie ihm schuldig, und sie zögerte auch nicht lange, alles zu erzählen, nachdem sie an einem Taxistand in Schwangau ausgestiegen waren und sich ganz in der Nähe auf eine Bank gesetzt hatten: Sie hatte vor kurzem einen Mann kennengelernt und sich verliebt. Es war der Mann, der das Foto gemacht hatte. Es war der Mann mit dem silberfarbenen Mercedes. Ebenfalls Arzt. Neurologe. Am gleichen Krankenhaus in Málaga. Wie das Krankenhaus heiße, wollte Paul wissen. Eine unsinnige Frage, wie er sofort einsah, aber María beantwortete sie trotzdem: Hospital Clínico Universitario Virgen de la Victoria. Die Uniklinik also. Erst vor ein paar Jahren gegründet, wie María hinzufügte. Die Virgen de la Victoria kam Paul bekannt vor. Die hatte der Onkel erwähnt. Die Guardia Civil hielt jedes Jahr eine Parade zu Ehren der Virgen de la Victoria ab. Die Virgen de la Victoria war nicht Pauls Heilige. Sie

war die Heilige des Onkels. Der Guardia Civil. Und des neuen Mannes von María. Sie war die Heilige der spanischen Neurologen, die mit silberfarbenen Mercedeslimousinen Frauen wie María durch die Gegend fuhren. Pauls Heilige war eine andere. Seine Heilige war die Virgen de la Candelaria. Die Ortsheilige von Colmenar. Hier hatten sie immer Pause gemacht, wenn sie aufs Grundstück gefahren waren. Hier hatten sie auf dem Weg ins Paradies Kaffee getrunken und ein Sandwich gegessen. Er würde der Heiligen eine Kerze anzünden. Aber nicht jetzt. Jetzt interessierte Paul, warum María nach Frankfurt wollte. »Weil Alberto«, so hieß ihr neuer Freund, »dort ist und auf mich wartet. Er hatte in Frankfurt zu tun.«

Von Schwangau nach Frankfurt ging es über München. Paul fragte María, warum sie ihm nicht gleich gesagt habe, daß sie nach Frankfurt wolle. Nun müßten sie wieder zurück nach München. Da könnten sie eigentlich auch ins *Platzl* gehen. Aber das sagte er nicht, er dachte es nur. Und glaubte nicht mehr an eine gemeinsame Nacht. Weder im *Platzl* noch sonstwo. Er hatte zwar im *Platzl* reserviert, aber im *Platzl* war trotzdem kein Platz mehr für ihn. Kein Lebensplatz sozusagen. Er wollte auch gar nicht mehr ins *Platzl*. Er pfiff auf das *Platzl*. Er wollte nur noch wissen, warum María ihm nicht früher gesagt hatte, daß sie nach Frankfurt wolle. Und daß sie einen neuen Mann habe. Und daß sie sich offenbar vorgenommen habe, diesem Mann treu zu sein. Also wiederholte er seine Frage. »Ich habe mich nicht getraut«, antwortete sie. Und diesmal schien es, als habe sie einen Kloß im Hals. »Permanecemos juntos«, sagte er. »Ja«, sagte sie nur. Und dann begann sie leise ein Lied vor sich hin zu singen und dabei wieder seine Hände in ihre zu nehmen: »Por todos estes anos / Nós permanecemos juntos / amigos para sempre / Agora vamos nos separar / O futuro é nossa separação.«

»Kein schönes Spanisch«, sagte Paul. »Portugiesisch«, erwiderte María, und dann sah Paul, daß ihre Augen sich für einen Moment mit Tränen füllten. Sie reichten nicht aus, um zu weinen. María war eben nicht der Typ, der weinte. Aber Paul freute sich trotzdem darüber, daß sie wenigstens traurig war. Daß sie wenigstens beinahe weinte.

V

Sie hatten sich in Schwangau wiederum ein Taxi nach Füssen genommen und dort zum Glück nicht lange warten müssen, bis sie in einen Zug nach München steigen konnten. Sie waren dann insgesamt mehr als sechs Stunden unterwegs gewesen und keinen Schritt vorangekommen. Paul sah voraus, daß sie sich in München trennen würden. Er konnte María schlecht bis Frankfurt begleiten und sie dann an Alberto übergeben. Also würde er in München den Nachtzug nach Berlin nehmen müssen. Oder aber allein ins *Platzl* gehen. Gut, daß er seine Hotelreservierung nicht storniert hatte. Von München nach Frankfurt gab es sicher noch einen Abendzug. Den konnte María dann nehmen. Paul fürchtete sich vor dem Abschied auf dem Hauptbahnhof. Aber María mußte wissen, was sie tat. Paul war nicht mehr verantwortlich für sie. Jetzt war Alberto verantwortlich. Darum sagte ihr Paul auch nichts von einem Abendzug. Das konnte sie ebensogut allein herausfinden. Er sagte ihr gar nichts. Und auch María schwieg. Dann holte sie Papiere aus ihrer Aktentasche hervor, Kongreßpapiere wahrscheinlich, und begann zu lesen. Aber immerhin hatte sie ihn vorher gefragt: »Stört es dich, wenn ich lese?« »Nein«, hatte er gesagt, »es stört mich ganz und gar nicht.« Was natürlich gelogen war. Oder eben höflich. Denn es störte ihn ungemein. Sie hätte jetzt mit ihm sprechen müssen. Ihm alles erklären. Ihm alles wieder und wieder erklären. Warum sie ihn überhaupt getroffen hatte? Warum sie ihn wiedersehen wollte. Vielleicht aus purer Anhänglichkeit. Und wegen der alten Zeiten.

Er hatte diesen Satz noch nicht ganz zu Ende gedacht, als sie von ihren Papieren aufschaute und sagte: »Es tut mir leid.« Und dann erklärte sie Paul, daß sie ihn aus Anhänglichkeit getroffen habe. Und wegen der alten Zeiten. Und daß sie ihn immer noch mochte. Immerhin war sie schwanger gewesen damals, und so etwas vergißt man nicht. Da hatte sie recht. Er hatte es ja auch nicht vergessen. Er würde es auch nie vergessen. Schließlich steckte sie ihre Papiere wieder in die verwitterte Aktentasche, rückte dichter an ihn heran und sagte: »Ich mochte schon immer deinen Akzent.« Und dann küßte sie ihn. Ziemlich lange und ziemlich intensiv. Fast so wie damals. Und schließlich fragte sie ihn, ob er sie mit ins *Platzl* nehme.

Natürlich nahm er sie mit ins *Platzl*. Nichts lieber als das, auch wenn er einen Moment gezögert hatte mit seiner Antwort. Er fürchtete die Traurigkeit danach. Nichts war schlimmer als mit einer Frau, die man begehrte oder sogar liebte, mit vollem Bewußtsein ein letztes Mal zu schlafen. Dann lieber kein letztes Mal. Aber wer hatte schon die Kraft, nein zu sagen. Paul hatte sie nicht. Also fuhren sie nach der Ankunft in München ins *Platzl* und checkten ohne Umstände ein – wie auch anders, er hatte schließlich reserviert. Und es war auch kein Problem, statt des Einzelzimmers, das er ursprünglich gebucht hatte, ein Doppelzimmer zu bekommen. Allerdings konnten sie von ihrem Zimmer aus das Hofbräuhaus nicht sehen. Sei's drum. Sie hatten ja auch Neuschwanstein nicht gesehen. Dann

duschten sie. Beziehungsweise badeten. Beziehungsweise und um genau zu sein: María badete, und Paul setzte sich auf einen Hocker neben die Badewanne und veranstaltete mit María ein Schaumbad. Ganz nach seinen Wünschen. Und sie ließ es sich gefallen. Offenbar waren es auch ihre Wünsche. Aber Paul war sich dessen nicht ganz sicher. Zumal dann nicht, als sie endlich miteinander schliefen. Auch da ließ sich María alles gefallen, reagierte aber seltsam träge auf Pauls leidenschaftliche Umarmungen. Was Paul dazu trieb, nur noch leidenschaftlicher und geradezu verzweifelt aktiv und mit aller Macht zu versuchen, ihre Erregungen von damals wiederherzustellen. Den Paradieszustand zu erreichen. Um schließlich zu begreifen, daß sie aus dem Paradies vertrieben waren.
Sein Liebesversuch war anstrengend gewesen. Sein Herz klopfte, er schwitzte, während er sich ermattet zurücksinken ließ. Nicht in Marías Arme, sondern neben sie. Eine Zeitlang lagen sie still nebeneinander, bis María sich Paul zuwandte und ihm ins Ohr flüsterte: »Laß uns Freunde werden.« »Einverstanden«, erwiderte Paul, »aber nur mit Sex.« Worauf María ihn küßte und ihm dann ganz unbefangen und gar nicht mehr träge zeigte, was sie sich unter Freundschaft mit Sex vorstellte und was sich erfreulicherweise nicht allzusehr von seinen eigenen Vorstellungen unterschied. Und während sie sich noch mit ihm beschäftigte, erzählte sie ihm, wie der Sex mit Alberto war, bei dem es sich offenbar um einen echten Kerl und grandiosen Liebhaber handelte, was Paul schmerzte, ihn aber auch anfeuerte. Sein Schmerz wurde ein wenig dadurch gelindert, daß María ihm schließlich ins Ohr flüsterte, daß

der grandiose Liebhaber Alberto trotzdem nicht alles dürfe, was Paul gedurft hatte. »Zumindest jetzt noch nicht«, ergänzte sie und spielte mit ihrer Zungenspitze an seinem Ohr herum. Bis er sie bat, ihm das doch alles noch einmal ganz genau zu erklären, was Alberto dürfe und was er nicht dürfe, er sei schwer von Begriff, und sie sagte: »Okay, aber nur noch ein einziges Mal.«

Als sie sich am nächsten Morgen am Münchener Bahnhof voneinander verabschiedeten, rief María Paul kein »Permanecemos juntos!« hinterher. Weder auf spanisch noch auf portugiesisch. Es war auch nicht mehr nötig. Sie würden ohnehin zusammenbleiben. Auf ihre Weise. Auch wenn sie sich möglicherweise nie mehr wiedersähen. Sie waren ja jetzt auch kein Liebespaar mehr. Doch sie waren Komplizen geworden, was weniger intensiv, aber auch weniger schmerzhaft war. María stieg in den Zug nach Frankfurt, und Paul nahm kurz danach den Zug nach Berlin. Über Göttingen. Über Braunschweig. Er hatte seit Monaten seine Mutter nicht mehr gesehen. Er würde nicht durchfahren, sondern in Braunschweig aussteigen und seine Mutter besuchen.

Er war immer gern nach Berlin zurückgefahren, wenn er auf Reisen oder in Westdeutschland gewesen war. Jetzt aber spürte er eine Hemmung. Der Abschied von María bedrückte ihn weniger, als er befürchtet hatte. Dafür bedrückte ihn der Gedanke, in seine Kreuzberger Wohnung zurückzukehren, die ihm öde, ärmlich und verlassen schien und wie aus einer anderen Zeit. Er mußte umziehen. Er mußte Geld verdienen. Er würde sich in Westdeutschland um ein Referendariat bewerben. Er würde sich während der Zugfahrt nach Braunschweig überlegen, ob er sich in Westdeutschland um ein Referendariat bewerben solle. Warum nicht in Niedersachsen? Warum nicht Nordrhein-Westfalen? Warum nicht erwachsen werden? Und er würde Birgit anrufen. Er würde mit Birgit um den Grunewaldsee gehen. Falls sie Lust dazu hatte. Aber zuerst würde er nach Gliesmarode fahren und nach dem Rechten sehen. Wie es seiner Mutter ging. Ob mit dem Haus alles in Ordnung war.

In Fulda dachte Paul daran, nicht in Braunschweig auszusteigen, sondern bis Berlin durchzufahren. In Göttingen war er entschlossen, doch in Braunschweig auszusteigen. In Hildesheim war er sich wiederum sicher, sich in Niedersachsen um ein Referendariat zu bewerben. Oder in Nordrhein-Westfalen. In der Braunschweiger Bahnhofshalle war er sich dessen nicht mehr so sicher. Zumindest was Nordrhein-Westfalen anging. Im Bus nach Gliesmarode verordnete er sich auch hinsichtlich Niedersachsens eine weitere Bedenkzeit. Als er die drei Stufen zur Haustür seines Elternhauses hochstieg, das ja zur Hälfte auch sein Haus war, und – um seine Mutter nicht zu erschrekken – an der Haustür klingelte, obwohl er einen Schlüssel besaß, war er ganz und gar davon überzeugt, daß er nur in Westberlin sein Referendariat machen könne, egal, wie lange er warten müsse.

Niedersachsen deprimierte ihn. Die Bahnhofshalle von Braunschweig. Die Busfahrt nach Gliesmarode. Der tiefhängende Himmel. Die Hecken und Gärten. Die Eigenheime mit den bunten Sternen in den Fenstern. Auch sein Haus war ein Eigenheim mit bunten Sternen in den Fenstern. Mit extra vielen Sternen. Hier war immer Weihnachten. Er klingelte noch einmal. Aber seine Mutter öffnete nicht. Er klingelte ein drittes Mal. Jetzt endlich hörte er Geräusche und ein leises und schüchternes »Ja bitte?«. »Ich bin's, Paul!« rief er, und sie öffnete ihm. »Ist etwas passiert?« fragte sie ihn, noch ehe sie ihn begrüßte. Es war bisher nur zwei- oder dreimal vorgekommen, daß er sie ohne Vorwarnung besucht hatte. »Nein, nichts, ich bin auf der Durchreise, war in München«, sagte er nur, und sie bat ihn herein. Sie sagte: »Ich war eingeschlafen. Ich mache uns einen Tee. Setz dich schon mal.« Und: »Willst du etwas essen?« Paul verneinte und ging ins Wohnzimmer. Auf dem Tisch lag ein Puzzle. Vielleicht zu einem Drittel fertig. Ein Kunstpuzzle. Ansonsten war alles unverändert. Alles unverändert geschmückt und dekoriert und zugleich tadellos sauber und aufgeräumt.

Seine Mutter schien immer noch mit allem klarzukommen, auch wenn sie ihm wieder ein wenig schmaler und durchscheinender vorkam. Aber das ging ihm jedesmal so, wenn er sie länger nicht gesehen hatte. Nur das Puzzle war neu. Auf dem Deckel der Schachtel mit den Teilen war das ganze Bild zu sehen. Paul kannte es. Adolph Menzels *Balkonzimmer*. Es hing in der Alten Nationalgalerie. Es war eines seiner Lieblingsbilder dort. Aber wer liebte das Bild nicht. Paul hatte keine Ahnung gehabt, daß seine Mutter sich für Menzel interessierte. Er wußte auch nicht, daß seine Mutter puzzelte. Und er wußte am allerwenigsten, daß es Menzels *Balkonzimmer* als Puzzle gab. »Menzel«, sagte Paul, »das *Balkonzimmer*«, als seine Mutter den Tee servierte. Offenbar verstand sie ihn nicht. Er wiederholte noch einmal den Namen des Malers, aber seine Mutter schien sich nicht dafür zu interessieren. Das Puzzle hatte sie von einer Nachbarin bekommen, die damit nicht fertig geworden war und es wieder auseinandergenommen und weitergeschenkt hatte. Auch Pauls Mutter schien damit nicht fertig zu werden. Sie sagte, daß das Puzzle schon seit Wochen auf dem Wohnzimmertisch liege und sie damit nicht vorankomme. Es sei ziemlich schwierig.

Da hatte sie recht. Es war auch schwierig, nicht nur der wehende, aufgebauschte Vorhang, sondern auch der weiße Fleck an der Wand. Wie sollte eine alte Frau solch einen weißen Fleck zusammenpuzzeln. Selbst die Kunsthistoriker waren mit dem weißen Fleck nicht zu Rande gekommen. Paul hatte sich in der Alten Nationalgalerie sogar einmal eines der Audiogeräte um den Hals gehängt, um den Kommentar zu dem Bild zu hören. Wenn er sich recht erinnerte, war der weiße Fleck in dem Kommentar nur als »rätselhafter weißer Fleck« erwähnt worden. Sonst kein weiteres Wort darüber. Rätselhaft fand Paul den Fleck nicht. Eher unansehnlich, unschön. Eine Bildstörung. Aber Menzel hatte ja auch andere Bilder mit Bildstörung gemalt. Ansonsten war Paul das Bild immer wie eine Verheißung erschienen, eine Verheißung des Südens, als ob sich die Terrassentür zu einem südfranzösischen Garten öffnete. Oder zu einem toskanischen. Oder andalusischen. Darum war für ihn auch das Balkonzimmer gar kein Balkonzimmer, sondern ein Zimmer im Erdgeschoß. Und die Balkontür keine Balkontür, sondern eine Terrassentür.

Er hatte über das Bild einmal mit Birgit gesprochen, die sich über seine Südphantasie amüsierte und ihn darüber aufklärte, daß das Balkonzimmer ein Zimmer in Menzels Berliner Wohnung war. Sie hatte einiges über Menzel gelesen und erinnerte sich sogar an die genaue Adresse: Schöneberger Straße, zweiter Stock. Gleich am Anhalter Bahnhof. Die Straße gäbe es immer noch. Die Wohnung befand sich in einem Neubau, der erst kurz vor Menzels Einzug errichtet worden war. Pauls Terrassentür in Südfrankreich war also eine Balkontür im zweiten Stock in einem damaligen Kreuzberger Neubau. Für Paul war es trotzdem ein Südbild geblieben. Ein Südversprechen in der Schöneberger Straße. Er hätte das Bild jetzt gern María gezeigt, seiner Komplizin. Er wäre mit ihr jetzt gern durch die Tür des Balkonzimmers hinaus in den sonnenwarmen, von Blütenduft und Grillenzirpen erfüllten Garten getreten, und sie hätte ihm erzählen dürfen, was ihr neuer Liebhaber so alles mit ihr anstellte.
Statt dessen machte er mit seiner Mutter einen Rundgang durch den kleinen Garten seines Elternhauses. Ein Apfelbaum, zwei Pflaumenbäume, ein paar schmale und eher dürftig bepflanzte Gemüse- und Blumenbeete. Der Rundgang dauerte zehn Minuten. Man hätte ihn auch in fünf Minuten bewältigen können. Wenn man aber vor jedem Busch, jedem Kraut und jeder Blume stehenblieb und sich ausführlich über jede einzelne Pflanze unterhielt, konnte man ihn auch auf dreißig Minuten ausdehnen und sich einbilden, ein wahrhafter Gartenbesitzer zu sein.
Der Garten war nicht im allerbesten Zustand. Paul dachte, er sollte seiner Mutter einmal zur Hand gehen. Es war ja

auch sein Garten. Der halbe Apfelbaum gehörte ihm. Paul dachte an Fintelmann. An Fintelmanns ausgestorbene Apfelsorten. Er mußte zurück nach Berlin. Er wäre am liebsten noch am gleichen Nachmittag weitergefahren, doch das wollte er seiner Mutter nicht antun und entschied, bis zum nächsten Morgen zu bleiben. Statt dessen begann er sich um den Garten zu kümmern. Laub zusammenzufegen, Unkraut auszureißen, während seine Mutter zurück ins Haus ging und sich mit dem Puzzle beschäftigte. Und das Abendessen vorbereitete.

Am nächsten Morgen wachte er früh auf und fuhr gleich nach dem Frühstück zum Bahnhof. Seine Mutter stand wie immer in der Tür und sah ihm nach, während er durch die stille Wohnstraße Richtung Bushaltestelle ging. Er hatte sich nie an diese Abschiede gewöhnen können. Sie waren ihm immer schwergefallen, obwohl er keine Stunde länger hätte bleiben wollen. Es gab Zeiten, da war er monatelang nur deshalb nicht nach Gliesmarode gefahren, weil ihn die Abschiede bedrückten, das Bild der Mutter in der Haustür. Jeder Abschied ein Abschied für immer. Die beste Therapie gegen diese Art Melancholie war die Durchquerung des Korridors gewesen, die Durchfahrt durch die DDR.

Hinter Helmstedt hatte die Fremde begonnen, die Vernichtung von Niedersachsen, die Auslöschung von Gliesmarode, und wenn die Fremde durchfahren war, fing die andere Welt an: Westberlin. Kreuzberg. In Westberlin standen keine Mütter in der Haustür. In Kreuzberg erst recht nicht. Allerdings wirkte die Therapie nicht mehr, seit die Mauer verschwunden war. Alles war nahe gerückt. Nicht nur der Osten, auch der Westen. Alles war eins. Und alles war mit allem verbunden. Es roch nach Gliesmarode in Kreuzberg. Dagegen half am besten der Grunewald. Zumindest, was Paul anging. Andere behalfen sich mit der Einbildung, daß Berlin jetzt so etwas wie New York, London oder Paris war – und fuhren nicht in den Grunewald, sondern nach Mitte. Paul glaubte nicht an New York, London oder Paris in Berlin Mitte. Er ging lieber um den Grunewaldsee. Oder fuhr auf die Pfaueninsel. Die Pfaueninsel war freilich nicht jeden Tag zu ertragen. Der Grunewald hingegen schon, da konnte man jeden Tag hin, auch wenn der Hundeurin bereits in der Pücklerstraße zu riechen war. Das schwarze Wasser des Berliner Urstromtals zum Glück aber auch.

Paul fuhr nach seiner Ankunft in Berlin zuerst nach Kreuzberg, leerte den Briefkasten, sah in der ausgekühlten und schon am frühen Nachmittag dunklen Wohnung nach dem Rechten und machte sich dann auf in den Grunewald. Allerdings hatte er vorher noch feststellen müssen, daß ein sinniger Hausbewohner das eigene Fahrrad statt an den Fahrradständer an Pauls Fahrrad gekettet hatte. Das war ärgerlich. Aber auch irgendwie rührend. Paul war jedenfalls mehr gerührt als verärgert, zumal es sich um ein Damenrad handelte. Und er brauchte sein Rad jetzt ohnehin nicht. Er würde mit U-Bahn und Bus zum Grunewaldsee fahren.

Als er den See erreichte, begann es schon zu dämmern. Zuvor war er wieder an dem Doppelhaus mit den beiden Eingängen und den beiden Garagen vorbeigekommen. An seinem Haus. Es stand leer. Eine der vorderen Scheiben

war eingeschlagen. Der Basketballkorb an der Wand des linken Hauses war aus der Verankerung gerissen und hing schief. Offenbar hatte jemand einen Klimmzug daran gemacht oder absichtlich versucht, ihn herunterzureißen. Da es keine Gartentür und auch keinen Zaun gab, konnte Paul bis an das Haus herangehen. Der Basketballkorb interessierte ihn. Er hatte noch nie solch einen original amerikanischen Basketballkorb aus der Nähe gesehen. Auf dem Holzbrett hinter dem Korb klebte ein Etikett mit der Aufschrift *Lifetime*. Der Korb hatte ausgedient. Seine Lebenszeit war vorüber. Und wohl auch die des Hauses. Selbst wenn er das Geld dazu gehabt hätte, würde er es nicht mehr kaufen wollen. Alles sah nach Abriß aus. Paul bemerkte, daß die linke Eingangstür offenstand. Beziehungsweise die Drahttür vor der Eingangstür. Paul zog sie ein Stück weiter auf, horchte kurz, ob hinter der Tür alles ruhig war, und drehte dann an dem Türknopf. Der Knopf gab nach, und die Tür ließ sich ebenfalls öffnen.
Paul ging hinein. Das Erdgeschoß bestand aus einem einzigen großen Raum und einer angrenzenden Küche. Es war komplett ausgeräumt. Besenrein. Nicht eine tote Fliege war übriggeblieben. Das sah nach militärischem Ordnungssinn aus. Hier hatte die U.S. Army ausgeräumt. Auch die Küche war leer. Allerdings stand eines der hinteren Fenster offen, und auf dem Boden hatte sich eine Pfütze gebildet. Irgendwann würde das Haus zu schimmeln anfangen. Es war schließlich ein Holzfußboden. Entsprechend knarrten auch die Dielen, als Paul die Treppen in den ersten Stock hinaufging. Auch hier schien alles leer zu sein. Drei Zimmer und ein Bad. Das war alles. Einzig in dem dritten

Zimmer befanden sich noch Sachen der ehemaligen Bewohner. Aktenordner, Bücher, sogar ein Schreibtisch stand noch darin. Anscheinend wurde das alles dem Abrißunternehmen überlassen. Der Raum unterschied sich von den anderen insofern, als seine Wände nicht weißgestrichen, sondern komplett mit braunem Holz verkleidet waren. Offenbar das Arbeitszimmer. Die Schreibtischschubladen standen offen. Womöglich war vor Paul schon jemand hier gewesen und hatte sie durchsucht. Auch Paul schaute hinein. Buntes, aber verblaßtes Briefpapier und ebensolche Umschläge. Außerdem ein Stapel aufklappbare Weihnachtskarten. Weihnachtskarten von PEZ. Paul kannte PEZ aus seiner Kindheit. *Say Merry Christmas with the PEZ Santa Claus Dispenser*, stand darauf. Paul klappte eine der Karten auf und las *PEZ on Earth*. Wer würde solche Weihnachtskarten versenden? Mit Reklame für Brausebonbons? Alles andere war auch nicht allzu interessant: Ein leeres, stockfleckiges Brillenetui, ein halbes Dutzend verschiedene Lineale aus Holz und aus Plastik, ein elektrischer Bleistiftanspitzer, der nicht aussah, als würde er noch funktionieren. Und eine Broschüre über eine Ausstellung mit dem Titel *The Geometry of War, 1500 – 1750*, die immerhin auf einen historisch interessierten Armeeangehörigen schließen ließ.
Die Bücher hingegen ließen eher an einen historisch interessierten Handwerker denken. Am auffälligsten war ein wahrhaft prächtiger und vollkommen unbeschädigter Bildband mit dem Titel *The Handplane Book*, auf dessen Titel ein aus Holz und Eisen gefertigter Hobel mit deutlich sichtbarem Prägestempel der Firma Morris/London

auf eine solch veredelnde Weise abgebildet war, als würde es sich um ein Fundstück aus dem Schatz von Mykene handeln. Thematisch passend dazu, aber weitaus weniger aufwendig war das einzige deutsche Buch in dem in der Ecke gelagerten Bücherstapel: eine *Geschichte des Hobels* von einem Autor namens Greber.

Obwohl Paul als Historiker durchaus Verständnis für geschichtliche Spezialinteressen hatte, kam ihm dies doch reichlich kurios vor. Er konnte sich nicht daran erinnern, daß während seines Studiums jemals ein Seminar über Werkzeuggeschichte oder gar über Hobel oder ähnliches angeboten worden war, und er wäre nicht im Traum darauf gekommen, daß man sich speziell für die Geschichte des Hobels interessieren konnte. Nachdem Paul den Bildband durchgeblättert und entdeckt hatte, daß der Hobel sogar in der Kunstgeschichte eine Rolle spielte und daß beispielsweise auf einem Fresko im Friedenssaal des Rathauses von Siena ein von Ambrogio Lorenzetti gemalter Hobel zu sehen war, änderte er seine Meinung. Warum sollte man sich nicht für Hobel interessieren? Die einen interessierten sich für Hobel und die anderen für die Pfaueninsel. Die einen interessierten sich für den Unterschied zwischen einem Geigenhobel und einem Bogenhobel – und die anderen interessierten sich für ausgestorbene Apfelsorten. Oder russische Rutschbahnen.

Am liebsten hätte Paul eines der Bücher mitgenommen. Vor allem den Bildband. Aber das wäre Diebstahl gewesen, und er ließ es bleiben, zumal er plötzlich Stimmen von draußen hörte. Es gab noch andere Passanten, die sich für das Haus interessierten, und er hörte sogar, wie sich jemand an der Haustür zu schaffen machte und sich lauthals über die Fliegentür mokierte. Doch dann entfernten sich die Stimmen wieder – und nach einigen Minuten verließ auch Paul das Haus und ging Richtung See, der im Dämmerlicht eines kühlen Vorfrühlingstages lag.

Es waren nur noch wenige Passanten unterwegs und fast keine Hunde mehr zu sehen. Dafür rauschte der Autoverkehr lauter als an anderen Tagen von der Avus herüber, was an der Windrichtung liegen mußte. Es wurde nicht nur dunkler, sondern auch kühler. Der Wald roch nach Frost, und das Wasser war wie so oft tiefschwarz. Am Hundestrand am westlichen Ufer setzte sich Paul auf einen Baumstamm, der dort schon seit Jahren lag und als Sitzgelegenheit diente. Lange würde er hier nicht sitzen bleiben. Ihm wurde kalt, er hatte nur eine dünne Jacke an. Und ein Sonnenuntergang wurde ihm heute auch nicht geboten. Nicht ein Hauch von Abendröte war am Himmel zu sehen.

Als Paul sich gerade erheben wollte, um sich auf den Rückweg zu machen, sah er zwei Spaziergänger herankommen. Einen Mann und eine Frau. Die Frau war einen Kopf größer als der Mann, und es dauerte einige Zeit, bis Paul klar wurde, daß es sich um Susanne und Gerber handelte. Paul wandte sich ab und starrte aufs Wasser. Er wollte jetzt nicht erkannt werden. Er wollte weder Susanne noch Gerber begrüßen müssen. Susanne, weil er sie nicht mehr mochte seit ihrem letzten Telefonat. Und Gerber, weil er zuviel Respekt vor ihm hatte und ihn jede Begegnung mit ihm verlegen machte. Falls sie aber einen Hund dabeihatten, würden sie doch noch herunter zum

Strand kommen. Kein Hund, der hier vorbeilief, ließ den Hundestrand aus. Aber Paul wußte, daß Gerber keinen Hund hatte. Und Susanne auch nicht. Susanne und Gerber gingen nicht um den Grunewaldsee, um einen Hund auszuführen. Sie gingen sicherlich hier spazieren, um das Forschungsprojekt zu besprechen. Um über den Port von Sacrow und die Heilandskirche zu reden. Paul dachte, daß er sich vielleicht doch in Niedersachsen bewerben könnte. Oder in Nordrhein-Westfalen. Und daß er eigentlich Birgit anrufen wollte – und daß er es doch nicht tun würde. Obwohl er manchmal Sehnsucht nach ihr hatte. Doch seit seinem Abschied von María hatte sich irgend etwas in ihm auch von Birgit verabschiedet. Er sah noch einmal nach oben und in Richtung Spazierweg. Susanne und Gerber waren weitergegangen. Paul erhob sich und verließ den Hundestrand. Sein Weg führte ihn nach rechts, Richtung Stadt. Susanne und Gerber waren nach links gegangen. Er drehte sich nach ihnen um, aber sie waren verschwunden. Auch der Weg versank langsam im Dunkeln. Im Wald und über dem Wasser war es jetzt vollkommen still. Nur das Rauschen von der Avus war noch immer zu hören.